這是首獻給你的情歌，
它因你而甜蜜，我因你而目眩神迷。

誰的情歌那麼甜

WHO'S LOVE SONG IS SO SWEET

蘭緗 著

第一章

「第二十三屆金歌獎，演唱類，最佳國語女歌手，得獎的是——」

頒獎人故意拖長尾音，擺明了要吊人胃口。大螢幕上同時出現所有入圍者的身影，有的人低頭禱告，有的則和身旁的女星互相握緊雙手等待結果，也有人平常心微笑以對。

而田在歆和這些入圍的女歌手一樣，一顆心都提到了嗓子眼。她垂下頭，雙手緊握著掛在胸前的工作證，嘴裡不斷低喃各種宗教誓詞。

佛祖啊！上帝啊！阿拉啊！聖母瑪利亞啊！不管是哪路神明，只要能保佑她家藝人贏得大獎，她信，她都信！

「傅雪薇！」

新任歌后的名字一公布，田在歆先是愣了三秒，隨後緩緩抬起頭，扯開嗓子高聲尖叫。

「小歆姊，恭喜妳！」

「恭喜妳！繼歌王之後又帶出一位歌后！」

身旁其他經紀公司的經紀人紛紛上前給予田在歆祝福與擁抱，田在歆哽咽著一一道謝。

明明得獎的不是她，明明他們站在鏡頭照不到的黑暗處，但大勢已定，眼睛夠利的立刻就知道接下來該巴結誰。

她，田在歆，是傅雪薇的經紀人，更是孵育出新科歌后的重要推手，可想而知接下來會有數不清的廣告邀約找上她，數不清的商演等著跟她接洽，數不清的新人歌手擠破頭想要成爲她旗下的藝人。

她年紀輕輕，卻已在前年帶出一個黑馬歌王，而今天，她苦心經營的偶像劇主題曲女王傅雪薇也鍍了金。今晚之後，這將會爲她的經紀人生涯添上鮮明亮麗的一筆，等待她的將是不可限量的光明未來……

才怪。

乍聞得獎的喜悅過後，田在歆漸漸冷靜下來，她再次握緊工作證，盯著提著禮服裙襬走上舞台的傅雪薇，又一次在心裡祈禱。

但願得獎的喜悅能讓她沖昏頭，讓她忘了做那件傻事……

「謝謝，謝謝各位評審的肯定。」一身華美禮服的傅雪薇接過獎座，舉在胸前深深地一鞠躬，「在座跟我一起入圍的女歌手都萬分優秀，我眞的沒料到自己會得獎……」

她因爲哽咽而中斷了致詞，台下立刻響起熱烈的喝采聲。傅雪薇頷首感謝後，深吸了一口氣，「謝謝我的父母、經紀公司君皇娛樂、我的經紀人小歆，當然還有我的歌迷們。謝謝所有人的支持與鼓勵，讓傅雪薇能一路走到今天。只是，在這個重要的場合，我還有另一件重要的事要和大家宣布——」

田在歆放下了緊握在胸前的手，沉沉地嘆了口氣。

「今年夏天，我找到了想要相伴一生的男人，經過深思熟慮，我們決定在下個月完婚，而同時，我也將退出歌壇，結束我的演藝事業。」

典禮會場瞬間陷入一片肅靜，數秒鐘後，現場頓時像炸開鍋似的，議論聲此起彼落，就差沒掀翻天花板。

田在歆眼前彷彿出現電影的慢動作畫面，周遭認識的、不認識的音樂公司同行和媒體記者如潮水般一波波向她湧來，讓她覺得自己下一秒就會滅頂。

她無奈地垂下眼眸。

去他的光明前程！她還能保住飯碗就該偷笑了。

❤

「歌壇小霸王秦海鳴與天星音樂的合約即將到期，據傳將不再續約。另覓東家的原因秦海鳴與天星音樂目前皆未有個明確的說法，但可以確定的是，未來將會引爆國內各大音樂公司一番激烈的爭奪戰……」

新聞播報的畫面倏地切換成韓劇男女主角含淚相擁的狗血場景，田在歆咬著吐司扭頭朝一旁看去，罪魁禍首舉著遙控器向她挑了挑眉，耀武揚威的意圖相當明顯。

「妳都要被炒魷魚了，現在還看這些娛樂新聞幹麼？」大她三歲的姊姊田家怡理所當然地開口，半點都不覺得未經別人同意，就隨便轉台是件多麼沒禮貌的事。

「我『還沒』被炒魷魚，做一日和尚撞一日鐘，只要我還是這個圈子裡的人，就有義務接收這個圈子的訊息，做足準備。」田在歆斜睨了她姊一眼，扯下吐司冷冷地抽了抽嘴角，「不像有人這麼沒職業道德，賣雞排賣了八年還不知道雞的三角骨是什麼部位。」

「了不起！」田家怡誇張地拍手鼓掌，語氣尖酸諷刺，「妳那麼厲害，怎麼不乾脆回來幫家裡賣雞排？連店名都是用妳的名字取的，每次客人問我是不是那個『在歆』，我都很想告訴他們，不要把我跟那個倒楣鬼相提並論。」

「彼此彼此。」田在歆冷哼一聲，拿起杯子灌了一口鮮奶，結束這每天早上都要上演一次的「溫馨姊妹情」大戲，「爸媽是去菜市場吧，今天怎麼這麼晚還沒回來？」

「阿災。」田家怡聳了聳肩，從桌上拿了片吐司叼在嘴裡，翹著二郎腿坐在沙發上看韓劇，「可能又再跟雞肉攤的老闆娘聊天吧，媽每次跟她聊起來都沒完沒了，所以我才不想和她一起去市場批貨。」

「少在那裡找藉口，妳每天睡到快中午，要等妳一起去市場，什麼事都不用做了。」田在歆拿著空杯起身，走到廚房流理台扭開水龍頭清洗著，「田智輝的功課妳也稍微盯一下，他馬上就要升高三了，別讓他一天到晚打電動。」

「就妳厲害，就妳會管，那妳這個無業遊民怎麼不自己盯他？」

田在歆關掉水龍頭，靜默了一會兒後才緩緩開口：「公司剛剛通知我過去一趟，我等等就要回台北了，妳再幫我跟爸媽說一聲。」

「妳的假不是到月底嗎？怎麼這麼快……」田家怡頓了頓，幸災樂禍地從鼻子裡哼出一聲，「該不會真要把妳叫回去炒魷魚了吧？」

「嗯，可能吧。」田在歆平靜地點點頭，這是她這個早上頭一次沒反駁她姊的話。

「小歆姊。」

「小歆姊好。」

田在歆朝一路上和她打招呼的後輩們一一頷首致意，至少君皇娛樂在員工素質管理這塊做得不錯，儘管身處於拜高踩低才是常態的演藝圈，還是沒有忘了應有的禮貌。當然，即便表面上是和即將失業的她笑著打招呼，但他們心裡眞正在想些什麼她也不知道。

六年來爲這間公司奔波賣命，她在這裡度過了無數個加班到天明的夜晚，一天裡在這棟大樓待著的時間比待在她的租屋處還長，可直到現在，她才有時間……或者說有那個閒情逸致好好看看這間讓她賣命了六年的公司到底長什麼樣子。

她邊走邊環顧四周，高跟鞋踩在大理石地板上發出清亮聲響。看著揹著大包小包衣服的菜鳥服裝助理爲趕通告在走廊上冒冒失失地奔馳，看著新進藝人那一張張寫滿盼望與憧憬的年輕臉孔，看著公司角落被上級劈頭痛罵的新手宣傳，她頓時有種恍如隔世的感覺。

六年的時間，原來一晃眼就過去了。

「小歆姊，Vicky姊還在跟廠商通電話，請妳在外面稍等一下。」Vicky的助理佩佩遞上一杯熱紅茶。紅茶不加糖、溫度要熱到冒煙，難得她還記得，也難得她還願意記得。

「謝謝。」田在歆微笑著接過馬克杯，點了點頭，「妳去忙妳的吧，不用管我。」

她朝Vicky的辦公室望了一眼，剛剛問過佩佩，她才幫Vicky轉進電話不久，依往常慣例應該還要再講一段時間。田在歆想了想，決定先利用這段時間回座位收拾東西。

她捧著杯子來到她的辦公區，雖然不像Vicky那樣擁有專屬辦公室，但在整個歌手經紀部也算是位置頗好的了，也不知道她走了之後，會由誰來坐這個位子。

說要收拾，其實也沒什麼好收拾的，她在位子上留下的個人痕跡非常淺薄，沒有多餘的擺飾，也不放照片，桌面上多半是檔案夾和記事用的便利貼。

她拉開椅子坐下，將隔板上的便利貼一張張撕下來，找出一本空白記事本貼了上去。這裡面有許多她這些年來攢出的心得與人脈，就這樣丟掉未免也太可惜了，她正思索著要找個時間傳給阿傑，沒想到說曹操曹操到，還沒見到人影，光聽那急躁的腳步聲就知道人來了。

「我說過多少次了，在成爲一個成功的經紀人之前，要先懂得沉穩。」她轉過身，嚴肅地瞪了來人一眼。

「知道了知道了。」他嘿嘿笑了兩聲，臉上完全沒有被教訓後的愧色，「小歆姊，妳不是還在休假嗎？怎麼這麼快就回公司了？剛才聽他們說我還不相信，現在親眼看到妳才相信妳眞的回來了。」

「回不回來還很難說。」田在歆朝他笑笑，儘管心裡早已有底，尚未確定的事她也不好到處張揚，「對了，Henry新專輯的錄音還順利吧？」

阿傑是田在歆一手帶出來的，從她的經紀執行開始做起，現在已經能獨當一面帶藝人了。在上次的風波結束後，她聽從Vicky的「建議」，在家休假等公司的處分，同時也將手上兩個剛帶不久的新人歌手移交給阿傑管理，Henry就是其中一名新人。

「還算順利，王豐老師說他很有天分。」

她點頭應了一聲，拍了拍阿傑的肩膀說：「Henry是潛力股，要好好帶他。對了，這個記事本給你，相信對你會很有幫助的。」

阿傑接過記事本打開一看，臉上的神情從疑惑漸變爲驚喜，「小歆姊，這麼寶貴的東西眞的要給我嗎？」

「反正我現在也用不上了。」她只是聳聳肩，沒有多做解釋，「好了，你快去忙吧，別在這裡浪費時間。」

「謝謝小歆姊！那我先走了，之後一定找時間請妳吃飯。」

田在歆望著阿傑離去的背影，恍然間似乎又看到那個剛入行、戰戰兢兢卻又充滿活力的自己，正有些出神，接著便聽見佩佩的呼喚。

該來的總要來的，她問心無愧，至少要抬頭挺胸面對這最後的審判。

「來了。」她迅速將自己的儀容整理一番，挺起腰桿走向經紀部總監辦公室。

「小歆，好久不見了。」Vicky推了推鼻梁上的眼鏡，雙手交疊著看向田在歆，「休假休得還愉快嗎？」

「Vicky姊，我們都認識多少年了，這些場面話就免了吧。」田在歆在她的眼神示意下拉開椅子坐下，「我知道妳忙，不如我們就直奔主題？」

「果然還是爽快的田在歆。」Vicky點點頭，嘴邊浮起一抹意味不明的笑，「妳知道我今天爲什麼要找妳回來嗎？」

田在歆靜默了幾秒，垂下眼眸點了點頭，「知道。」

「我還以爲妳一進來就會先把辭呈甩到我桌上。」

「我不是沒想過，但全世界都清楚我要被開除了，這麼做也只是此地無銀三百兩。」

「妳想得倒是明白。」Vicky搖頭笑笑，將一個檔案夾推送到田在歆面前，「看看吧，這是妳接下來要帶的藝人。」

田在歆怔了怔，疑惑地抬起頭，「我以爲……」

「嗯，本來是眞的要解雇妳的，畢竟上頭因爲傅雪薇閃婚隱退這件事實在氣得不輕，就算我力保妳也起不了太大作用。」Vicky伸手在檔案夾上點了點，「是這位救了妳，指名要妳當他的經紀人。」

指名要她當經紀人？她有哪位認識的藝人最近要換經紀公司，而且咖位還大到可以影響她的去留嗎？田在歆在心中打上一個大問號。

她狐疑地翻開面前的檔案夾，當歌手檔案頂端那一個響噹噹的名字映入眼簾後，她愣了好一會兒，才緩緩開口問道：「Vicky姊，妳在跟我開玩笑嗎？」

「我是這種人嗎？」Vicky笑得極度眞誠。

田在歆毫不猶豫地將檔案夾重新闔上，「現在遞辭呈還來不來得及？」

「田在歆，妳沒有退路了。」Vicky的笑容收斂了些，眼神裡也多了幾分嚴肅，「置之死地而後生，誰能料到秦海鳴這樣一塊餡餅會突然從天上掉下來砸到我們頭上？上頭已經明確發話了，秦海鳴的新經紀約我們君皇娛樂勢在必得，妳不開心也得做。」

「呵，置之死地而後生，講得那麼輕鬆，上頭那幾位要不要自己來帶帶看？」田在歆冷笑著抽了抽眉角。

「正好妳現在手裡也沒有其他歌手，只要專心負責他一個人就夠了。」Vicky將聲音放柔，「更何況，整個君皇娛樂也只有妳有能力帶他。」

田在歆苦笑，「Vicky姊真是太看得起我了。」

不是她妄自菲薄，她大學一畢業就進入君皇娛樂，從企畫助理開始做起，接著是經紀執行，而後成爲獨當一面的經紀人，她帶過的歌手幾乎都已在歌壇占有一席之地……只不過那些人如今都不在他們公司了。

她帶的第一個歌手是從校園歌唱比賽挖掘出來的，人長得斯文乾淨，又彈得一手好吉他，算是個走小清新路線的創作才子。她帶他的期間出了三張專輯，三張都大賣，最後一張甚至讓他在強敵環伺的情況下，拿到了最佳國語男歌手的大獎。

誰知道某天他卻突然跟她說，他頓悟了，決定出家誠心侍奉神明，從此退出歌壇不問世事，她見他一臉的看破紅塵、心意已決，也不好多加阻攔，加上合約確實快到期了，站在法律面上她沒立場攔他，便由他去了。這是她手中第一個出走的歌手，據說他目前在中部的某間寺廟當住持，過得很是悠閒快樂。

第二個出走的是個雙人組合，一男一女，兩個皆為實力派唱將。他們專輯裡的情歌幾乎每首都是去KTV必點的男女對唱曲目，歌曲通俗又具難度，也經常被歌唱比賽的參賽者拿來當作挑戰歌曲，知名度遍及兩岸三地。

她始終記得公司徵選儲備歌手的那天，他們告訴當時是主考官之一的她，他們的夢想是開一間屬於自己的音樂公司，那時她也信誓旦旦地向這兩位潛力新星保證，一定會協助他們實現夢想，所以當他們終於有能力向她提出想離開君皇娛樂自創工作室的請求後，她完全不曉得自己有什麼理由拒絕。

之後還有幾樁類似的案件暫且不提，最近一個出走的歌手，也是讓公司對她再也忍無可忍的最後一根稻草，就是Vicky剛剛提到的傅雪薇。

傅雪薇並不是從他們公司出道的，在前一個經紀公司發展時一直紅不起來，專輯銷售慘淡，叫好不叫座。後來簽給君皇娛樂交由她管理後，她讓傅雪薇成為了家喻戶曉的電視劇主題曲女王，從對岸的古裝劇插曲到台灣偶像劇的主題曲都可以聽見傅雪薇的聲音。

可就在傅雪薇的事業正如日中天時，她告訴田在歆，她想結婚了，但男方家長不希望她嫁人後還繼續出來拋頭露面，所以她決定封麥隱退，專心當個小嬌妻。

儘管田在歆百般勸說，明裡暗裡地表示「犧牲換來的幸福不會長久」、「女人要先握住麵包，才握得住愛情」，然而被愛情沖昏頭的傅雪薇根本聽不進去，堅決表示她已經想得很清楚了。

田在歆想，每個人都有權利決定自己人生的優先順序，如果這是傅雪薇所希望的，她也不好再反對什麼。於是傅雪薇就在自己贏得歌后大獎的典禮上，爆炸性地宣布閃婚、退出歌壇，而田在歆也終於迎來她經紀人生涯的終曲。

縱使外界給田在歆封了個「拋棄式經紀人」的稱號，可他們也不得不承認，年僅二十八歲的她能在這圈子裡做出這樣的成績簡直是個傳說。

但就算是在經紀人界裡聲名赫赫如她，也沒有信心能夠駕馭秦海鳴。在國內，所有音樂公司大大小小的經紀人都知道，秦海鳴讓經紀人氣到心臟病發的能力，和他在音樂上的造詣一樣，嘆爲觀止、神乎其技。

「不過……是秦海鳴本人指定要我當他的經紀人嗎？」田在歆這才想到問題的關鍵。她帶過的歌手歌路都和秦海鳴的天差地遠，因此平日裡不太會有合作機會，也沒聽說他們私底下有過交流。且雖然她對這位音樂鬼才時有耳聞，也經常在電視報章上看到他的消息，但認眞說來她從未和他打過照面，他是從哪裡知道她的？

「咦？妳不知道他指定妳的原因？」Vicky 有些吃驚地揚起眉，「我還以爲你們私下早就認識了。」

田在歆一臉冤枉地搖頭，「我根本沒見過他啊！」

Vicky 摸了摸下巴，低頭沉吟，「那就怪了……和他談合約時，他並沒有特別解釋爲什麼指定妳，他的態度很明確，我還以爲是因爲你們先講好了……啊，對了！」她抬起頭，彈了個響指，「我想起來了，他一開始先問了一句『田在歆就是在歆雞排的那個在歆嗎』……會不會跟這個有關？」

「……百分之兩百有關。」田在歆抽了抽眉角，「他就是衝著我們家的雞排來的。」

Vicky皺起眉，顯然不太相信，「眞有人會爲了雞排，把自己賣給唱片公司嗎？」

「正常人或許不會，可秦海鳴會，他不是正常人，他是神經病。」田在歆語氣認眞地下了結論。

即便早就知道秦海鳴是出了名的吃貨，但萬萬沒想到他竟爲了「吃」，就這樣隨隨便便把自己交付了。

猶記得四年前他得到最佳新人獎時，主持人在頒獎典禮上問他對於未來有什麼期許，一般歌手在這種情況下通常會回答自己在音樂上的目標，或是希望拓展的事業版圖，例如嘗試演戲等等，誰知道這位天才弟弟居然只說了一句：「吃好睡好。」

雖然大眾的反應還算正面，多半覺得他很率眞可愛，但聽說頒獎典禮結束後，他的經紀人立刻被叫回公司讓上頭臭罵了一頓，當時同樣身爲經紀人的同業們還把這件事拿來當作茶餘飯後的笑話看。

沒想到如今那個即將成爲笑話的人就是她，眞是風水輪流轉。田在歆在心中深深一嘆。

「還是跟秦海鳴說一聲吧，我老家在桃園，就算當了我的藝人，也不可能經常吃到我們家的雞排，看他要不要重新考慮。」

「我是瘋了才會把這好不容易得來的機會白白丟掉！君皇已經很久沒有簽到像這樣後

勢無限看漲的歌手了，哪怕是跪著也要把他留下來。」

「這是詐欺，我們又無法實現他的期望。」

「合約上也沒有明確寫出『雞排』這件事，到時候妳多哄哄他就行了。」

見田在歆依然興致不高，Vicky拉開辦公桌抽屜，從裡頭拿出一個白色信封袋遞給她，「這是秦海鳴這一次巡迴演唱會台北最終場的VIP門票，妳至少先去看看再做決定。」

田在歆皺著眉接過信封袋。坊間流傳，只要聽過一次秦海鳴的現場演出，沒有不轉粉的，可見他的舞台魅力有多強大，她真怕她聽完演唱會一時熱血衝腦就應下，自己挖坑給自己跳了。

「兩張？」她打開信封袋，看到裡面的兩張燙金VIP票券後愣了一下。

「嗯，給妳跟妳男朋友的。秦海鳴的演唱會門票場場秒殺，這票費了一點工夫才弄到，換作是別人，我還不一定願意幫忙弄票，不要不給我面子啊。」Vicky仰靠在椅背上，雙手抱胸注視著田在歆，「你們不是很久沒約會了嗎？趁這個機會一起出去走走吧。」

❤

田在歆拖著行李，站在自家門前遲疑了片刻，才從口袋掏出鑰匙開門。今天回到台北後就直奔公司了，這還是她相隔兩個多星期後，第一次回到這個「家」。

這裡是她和男友徐凱一起合租的住處……說是合租，但基本上房租、水電費都是她在繳。休假前的那段時間，她被傅雪薇的閃婚事件搞得焦頭爛額，脾氣也不太好，和徐凱因爲某件她如今也想不起來的小事吵了一架後便開始冷戰，一直到現在都還沒和好，這也是爲什麼她休假後會直接回桃園老家而不是待在這裡，那時她暫時還不想面對他。

現在過了這麼一段時間，她的氣早就消了，只是一時不知道該用什麼態度跟他講話……算了，就當什麼事都沒有發生過，自然而然地像以前那樣互動吧，也順便問他要不要去看演唱會，這時的田在歆還如此天真地盤算著。

下定決心後，她開門的動作利索了許多，只是當她進了家門，見到那雙倒在玄關不屬於她的紅色細跟高跟鞋後，動作又再一次頓住了。

她將行李箱留在玄關，脫下鞋子輕手輕腳地走進客廳，看著從客廳一路散落到房間門外的衣物，她嘴邊的笑容愈來愈冷。

還眞是猴急呢……她對於此刻還能這樣嘲諷的自己感到不可思議，但現在她的腦中也只能做出這種直覺反應。

她沿著地板上衣物散落的路線緩緩走去，愈靠近房間，便聽到男女交纏喘息的聲音漸大。

她停在虛掩的房門外靜靜聽著裡頭的聲響，給自己三個呼吸的抉擇時間。

就此離開當作今天的事沒發生過，那麼或許他們的感情尚有挽救的餘地，畢竟他們已經在一起八年了，而如果她推開這扇門，那麼她和徐凱將徹底撕破顏面，不僅他丟臉，她也難堪，兩敗俱傷。

最後，田在歆還是推開了門。他可以不愛她，可是他不能把她當傻瓜。

她靠在門邊，雙手抱在胸前看著床上那對驚恐的男女，冷笑道：「連去汽車旅館開房間的錢都不想花，徐凱，徐凱，你還眞有出息！」

徐凱仍維持著背對她的姿勢，只是扭過頭驚惶地望著她，並且下意識用身體遮擋住身下同樣赤裸的女子，讓田在歆看不清她的面貌。

如果今天這狗血場景的男主角不是她男友，不得不說畫面還挺養眼的。田在歆在心底不合時宜地想著。

徐凱有一副好皮相，身材高䠷、寬肩窄腰，光裸結實的背沒有多餘的贅肉，反而有著一條性感的背脊線。她知道他長得好看，他自己也知道，周遭的女人們更是知道，所以一直以來身邊不乏女人對他殷勤獻媚。他是個虛榮的男人，雖然嘴上不說，但田在歆很清楚他是享受這種感覺的。

自己的男友總是被其他女人惦記著，她又不是聖母，怎麼可能不在意？不過見他也只是滿足一下自己被追捧的虛榮心，並沒有其他出格的舉動，她也就睜一隻眼閉一隻眼了，以前的田在歆還天眞地以爲這叫做「大度」。

她的大度，終於讓她的男友把別的女人帶上床，還是在他們兩人的床上，用著她挑的枕頭、她挑的棉被。

「阿歆……妳……妳怎麼回來了？」徐凱那張一向能說出許多好聽情話的嘴，此刻吐出的話語卻是坑坑巴巴的。

「抱歉啊！沒有先打個電話通知你們一聲。」田在歆譏諷道，目光移向藏在他胸前的那顆黑色腦袋，「你是要說『妳聽我解釋』，還是要介紹一下？」

徐凱抿著唇，臉色難看地緩緩直起身來，這才現出底下那個女人的樣貌。

是公司簽下的某個小模，原先是個網美，後來被挖掘、拍過幾支小廣告。田在歆只大約記得公司裡有這麼一個人，連她的名字都不曉得，也不知道他們倆是怎麼勾搭上的。

「小歆姊好……」畢竟兩人在同個公司，田在歆也算是君皇娛樂的資深經紀人，基本上公司的員工都聽過她的名號。小模抓著棉被遮在胸前，尷尬地朝田在歆迅速點了一下頭。

「呵，我該誇妳有禮貌嗎？」這情況眞是荒謬至極，讓田在歆忍不住笑出聲。

徐凱看著笑得比哭還難看的田在歆，終究說出了那句俗到不能再俗的台詞。

「阿歆，我們談談好嗎？」

田在歆閉上眼，深深吸了一口氣讓心情稍微平復下來，片刻後，她睜開雙眼看向床上的那對男女，指著門平靜地說：「一分鐘之內，從我家消失。」

小模抬眼瞅了瞅徐凱，發現他沒有任何要維護她的意思，咬著下唇不情不願地起身穿衣服。

田在歆的視線和那個沉默地坐在床上的男人對上，那張好看的臉是如此的熟悉，卻又如此陌生，陌生到讓她忽然沒了憤怒的感覺，只覺得心裡一陣冰涼。

「徐凱，你也是。」她望著他，緩緩啓唇補充。

「秦海鳴……秦海鳴……秦海鳴……」

田在歆皺著眉揉了揉耳朵，被周遭女性粉絲們的高分貝尖叫聲震得渾身不舒服，回頭望向演唱會會場二、三樓的座位區，只見秦海鳴的粉絲後援會成員正舉著大大的旗幟，同時整齊有力地斷聲喊著口號。

她坐的是除了搖滾區外，位置最好的VIP座位，和後排粉絲們頗有段距離，也看不清楚他們的面貌，但從站在最前方揮舞著LED光棒的指揮者的身型看來，他們應該是還在讀國中或高中的小女生。

她不禁搖頭嘆息。雖然自己幹的是這一行，有時候她也會忍不住地想，這些迷妹們要是能把追星的一半力氣花在學業上，還愁成績不理想嗎？

田在歆終究還是來了秦海鳴的演唱會，當然，她是自己一個人來的。

不能把私人的情緒帶入工作，這是她在這行打滾多年一向奉行的準則，因此失戀自然也不能成爲耽誤工作的理由，儘管連田在歆自己都不覺得她像是個剛失戀的女人。

自從那天在家中撞破徐凱的醜事後，她便讓自己投入蒐羅秦海鳴情報的繁瑣工作中，好讓自己沒有精力去想那些有的沒的。徐凱是她的第一任男友，所以她在這之前沒有過任何分手的經驗，可她也清楚自己的狀況並不算正常。

被背叛的憤怒消退之後，令她覺得悲涼的，不是八年的愛情長跑就這麼畫下狼狽的句點，而是她除了憤怒外就沒有其餘的感覺了，諸如那些像是不捨、痛苦、猶豫該不該原諒的糾結，她一點都感受不到。她甚至懷疑自己是否根本就沒有愛過徐凱，這讓她覺得自己冷血得可怕。

爲了塡補這種空落的感覺，她只好全心投入工作，而這也是她一直習慣與擅長的。拜這一番工夫所賜，如今她對秦海鳴的瞭解已有七、八分了。坦白說，這反倒更加確定了她不想接手他的念頭。

扣除掉那些像不定時炸彈一樣的個人特質，單純就他的音樂來說，那不是她偏好的音樂風格。

秦海鳴這人確實有兩把刷子，他的音樂路線是偏小眾的，卻能做出大眾歌路的成績，甚至更甚。

他的每首歌她都聽了一遍，風格並不盡相同，但整體來說，是偏迷幻搖滾的路線。

或許是年齡漸長，現在聽到這類搖滾樂只覺得吵到不行，那說好聽是迷幻，在她聽來卻像是無病呻吟的吟哦聲，眞的不是她的菜。

誠然她只是個經紀人，不是他的唱片製作人，她喜不喜歡他的音樂並非重點，但她始終堅信，如果連經紀人都不喜愛自己旗下歌手的音樂，又怎能眞心誠意地照顧歌手，帶領他們一起成長呢？

話雖如此，她還是想給自己最後一次深入認識秦海鳴的機會，所以今天她才會坐在這裡。

燈光漸漸暗了下來，而周遭粉絲們的尖叫聲與會場亮度成反比，愈發激昂沸騰。她坐直身子，斂起心思將目光投向舞台。演唱會要開始了。

四周全暗下後，舞台中央的大型投影幕開始放映起演唱會的主題宣傳片。這次巡迴演唱會的名稱叫做「獨行世界」，除了秦海鳴出道以來幾首演唱會必唱的經典曲目外，此次表演的主要是他今年年初發行的第四張個人專輯《一字歌》裡的歌曲。

田在歆沒眞正見過秦海鳴本人，但不得不說他能有如今的聲勢地位，除了才華之外，他的皮相也是關鍵因素之一。宣傳片裡的他一身寬鬆異域長袍，在一望無際的沙漠裡獨自步行，狂風吹起他頭上的紅金色頭巾，華麗又妖異的紅隨著他的移動起伏飄揚，無疑是沙漠中最惹眼的一道風景。

突然又一陣大風襲來，他微微瞇起漂亮的眼睛抵禦風沙，然後像是想到了什麼一般，倏地停下腳步，回眸對著鏡頭一笑。

宣傳片定格在秦海鳴帶著些許邪氣的笑容上，不知道是不是這個畫面的衝擊感太大，後方迷妹們的尖叫聲又更加震耳欲聾，簡直是用生命在吼叫。

投影幕上出現倒數的字幕，田在歆想既然人都來了，也該享受一下演唱會的熱烈氣氛，便跟著周遭的觀眾一同舉起LED光棒出聲倒數：「十、九、八……三、二、一！」

在轟天的尖叫聲中，投影幕上的畫面如飛沙般瞬間消散，一個短暫的暗場過後，海水湧動的溫柔聲響緩緩響起，螢幕上漸漸浮現一整片藍色海洋，一條由動畫繪製而成的魚兒在海水裡慵懶地悠游著，接著浪潮聲漸收，取而代之的是舒緩的鋼琴前奏。

手中的LED應援棒不知何時被切換成藍光，全場的觀眾也跟隨著這首歌的氣氛，沉浸在一片藍色光海之中。

牠 有著大大的身軀
牠曾經輝煌美麗
小時候牠說將來 要長成魚中之魚
牠 一直以為能無魚能及
牠不相信天命注定
可不知何時起
牠發現自己只是一隻被困在靴裡的
普通鯨魚

慵懶迷幻的嗓音伴隨著鋼琴聲傳來，坐在一架白色三角鋼琴前自彈自唱的秦海鳴慢慢從舞台底下升起。他穿著一襲深藍色的修身西裝，西裝外套上鑲了許多水鑽點綴，在燈光的照映下折射出絢爛奪目的光芒，彷彿將一整片星空披在身上。

此刻從觀眾席看過去，只能看見他彈奏鋼琴時的側臉，但僅僅如此就已是一幅美得令人屏息的畫面。他的鼻梁挺直，輪廓立體，追蹤燈在他身上罩上一層銀白柔光，讓他整個人散發出一股憂鬱的貴族氣息。

雖然田在歆不是秦海鳴的歌迷，然而這首歌紅到她也知曉，是他上一張專輯《如此美麗如此憂愁》裡的主打歌〈靴子裡的鯨魚〉。原版是首快節奏的搖滾，看來為了作為這次巡迴演唱會最終場的開場曲，他特地花了心思改編，將這首歌以慵懶抒情的風格重新詮釋。

四處碰壁　揮霍勇氣
白費力氣　受盡委屈
四處碰壁　揮霍勇氣
白費力氣　受盡委屈
牠漸漸忘了自己究竟要去哪裡

低喃似的吟唱結束後，燈光突然一變，搖滾樂聲也加了進來，秦海鳴從鋼琴前起身，邁開長腿走到舞台中央接過工作人員遞來的電吉他，回歸他最拿手的迷幻搖滾風格。

牠是一隻孤傲的鯨魚
渴望游去牠專屬領地
那裡　浩瀚無際

牠不必演戲只做自己
奈何牠被困在靴裡
又臭又髒的靴裡
牠動彈不得只能跟著魚群艱難前行
空虛 滿地 懷疑 窒息
詭異 莫名 真理 哪裡

〈靴子裡的鯨魚〉唱完後，接下來的幾首歌都是新專輯《一字歌》裡的快節奏搖滾曲目。演唱著〈狂〉的他張揚肆意、唯我獨尊，〈垢〉裡的他神經質卻又瘋癲得可愛，〈光〉帶給觀眾滿滿的勇氣和繼續前進的正能量，〈蟻〉卻是黑暗陰沉得讓人渾身豎起雞皮疙瘩。

演唱會進行不到三分之一，田在歆就已充分體會到大家口中說的「只要聽過一次秦海鳴的現場演出，沒有不轉粉的」是什麼意思。

他是與生俱來的歌手，舞台上的他有著獨特的魅力……不，不只是魅力，應該說是魔力，他擁有一股魔魅的力量，讓台下的觀眾心甘情願地爲他痴迷，爲他臣服。

他沒有刻意迎合觀眾，或者說，他根本就當這是在自己家中的浴室唱歌。他只是沉浸在每首歌的情緒裡做他自己，但就是這最純粹的做自己，淋漓盡致地展現出他的才氣與魔力。

田在歆目不轉睛地盯著舞台上霸氣側漏的俊美青年，儘管周遭的音樂聲震耳欲聾，她依然能清楚聽見自己逐漸加快的心跳聲。這份感受讓她覺得陌生，她也曾有過迷戀偶像的青春時期，但是那完完全全無法和這種悸動相提並論。

他的每一個眼神、每一句吟唱，就像海洛因注射進她的血液裡，沸騰的血液在她體內四竄，躁動著，狂歡著，吶喊著。她忽然有種荒唐又浮誇的感覺，彷彿在今晚以前，她這二十八年的歲月裡從未眞眞正正地活過。

幾個小時前，她還無法理解那些爲秦海鳴瘋狂的迷妹們，爲何要將自己的人生寄託在一個不相干的明星身上，不過現在她好像有點懂了，可這份體認讓她有些不安，她不習慣這種脫離控制、被直覺操控的無措感。

然而，唯一能確定的是，她要他。

她一定會帶著秦海鳴前往巓峰！

❤

「決定好了？」君皇娛樂經紀部的總監辦公室裡，Vicky含笑望著田在歆問道。雖然這是一個問句，但Vicky臉上的神情篤定，似乎相當有把握田在歆不會反悔。

田在歆忍不住懷疑Vicky當初之所以送她演唱會的門票，根本就不是想讓她和徐凱找機會約會，而是吃定了她聽過秦海鳴的演唱會後就會接下這塊燙手山芋。

而她的確吃這一套。沒辦法，就算燙手，誰叫他是塊鑲金的山芋呢……

她在心裡嘆了口氣，點點頭，「我有信心讓他更上一層樓。」

Vicky端著一杯咖啡向後靠在椅背上，頗感興趣地挑了挑眉，「妳有想法了？」

「這段時間我做了點分析，發現他的現任東家天星音樂對他事業的幫助已經到達極限了。我不清楚是他們的野心太小、太安於現狀，或是擁有的資源無法支持他們做更宏大的規畫，秦海鳴在台灣的確已經算得上是數一數二的人物，在兩岸三地也有不錯的發展，但這樣就足夠了嗎？他的音樂才能跟舞台魅力應該要被更多人看見，所以我的目標是——」

田在歆頓了頓，看著Vicky一字一句堅定道：「將他推上國際舞台。」

「我就知道妳不會讓我失望。」Vicky滿意地勾起唇角，「秦海鳴和天星的合約還有一段時間才到期，這期間我不會再讓妳帶其他歌手，妳就趁這段時間好好休息吧，將來等著妳的可是一場『硬仗』呢！」

她說到「硬仗」兩個字時還特地加重語氣，帶著點幸災樂禍，田在歆不禁懷疑Vicky讓她接手秦海鳴這個藝人根本是出於私人恩怨。

「我明白了。對了，秦海鳴到時候會把他的助理一起帶過來嗎？還是從我們這邊再配新助理給他？」

「助理？」Vicky像是聽見了一個天大的笑話，「秦海鳴現在沒有助理，妳不知道嗎？」

田在歆不由得一愣。先前蒐集秦海鳴的資料時都是先往大方向找，這些細節的部分倒還沒認眞研究過，原來秦海鳴的身邊沒有助理嗎？像他這種地位的歌手，竟然沒有請助理幫忙打點工作雜務，他的經紀人難道是吃飽太閒，喜歡全部自己來？

彷彿聽見田在歆心中的疑問，Vicky補充解釋：「聽說以前有配過助理給他，但他的助理一般分成兩種：爲見偶像而來應徵的粉絲和純粹來做事的人。粉絲多半顧著耍花痴，沒辦法認眞工作，而想認眞當助理的人又受不了秦海鳴的個性，通常待沒兩個月就跑了，後來他的經紀人覺得與其把時間花在找助理上，不如自己兼任比較快，就沒再請助理了。」

「……那我到時候可以找助理吧？」

Vicky放下手中的馬克杯，起身走到田在歆身邊，親暱地摟著她的肩膀微笑道：「當然可以。等到秦海鳴歸妳管之後，看妳是要找助理或是自己兼任保母，我都沒意見。不過前人的教訓就擺在眼前，我不希望妳多走冤枉路，反正妳以後也只需專心帶他一個，就……能者多勞點吧！」

能者多勞？我看是能者「過勞」吧……田在歆在心裡爲未來的自己默哀。

早上還信誓旦旦說要將秦海鳴推向國際的田在歆，在滑完一輪秦海鳴個人粉絲專頁的動態後，立刻就想殺了之前那個衝動又愚蠢的自己。

這都什麼跟什麼啊！

如果這是他抒發個人心情的私人臉書帳號也就算了，明明是和經紀公司共同經營的官方粉專，他的經紀人怎麼會允許他淨發此一……廢文呢？

不，也許經紀人是不允許的，只是對秦小霸王構不成任何威脅而已。

本著既然下定決心要接管秦海鳴，就該從各方面對他深入了解的敬業態度，田在歆花了一個下午瀏覽他的粉絲專頁，這才發現一個下午居然還看不完他半年內的發文，因爲他的發文頻率高得離譜，簡直可以說是照三餐在發動態。

常發文和歌迷互動不是不行，重點是，他能發點有意義的東西嗎？

新買的牙膏太涼要發文，襪子左右穿反了也要發文，喊肚子餓的牢騷文尤其多……他那和腦粉人數不相上下的黑粉軍團，十之八九就是從這邊誕生的。

不過「市場決定供給」是亙古以來不變的道理，他能發廢文發得如此樂在其中，大概也是因爲粉絲們總是會給他回應。

就拿這次巡迴演唱會結束後的訪談影片來說好了，當記者問他覺得在準備演唱會的過程中最辛苦的一環是什麼，他竟然一臉眞誠地給出了「因爲怕影響嗓子狀態，在演唱會結束之前完全不能吃雞排，讓我痛不欲生」這種胡鬧的答案，而影片底下粉絲的留言多半是「好可憐」、「好可愛」、「嗚嗚來我家，我請你吃雞排」這類「助紂爲虐」的回應，有粉絲撐腰買單，難怪他能活得這麼我行我素。

如果說秦海鳴的廢文內容是讓她嘆爲觀止，那他的迷妹們對於那些廢文的反應就更是讓她下巴掉到地上。其中一位叫做徐娜蓁的小妹妹幾乎沒有錯過任何一篇發文，在每則動態貼文的底下都回以少則五百，多至一千字的熱烈回應，要是她的國文老師看見她將文采在這地方運用得淋漓盡致，也不知道是該哭還是該笑了。

然而，秦海鳴這近三個月的發文底下似乎都沒再看見這位徐娜蓁小妹妹的蹤跡，也不曉得這位死忠鐵粉怎麼突然就不迷他了。田在歆爲此還特地去查三個月前的秦海鳴有沒有出過會讓人粉轉黑的新聞，但他除了鬧過一些無傷大雅的笑話外，倒也還算是風平浪靜，看來原因可能是出在這個妹妹自己身上。

田在歆關掉電腦螢幕，摘下眼鏡捏了捏鼻梁，這一個下午實在太令人心力交瘁了，而想到將來這樣不受控的秦海鳴得歸她負責，又覺得心更累了。

看來得在合約裡加上「不准發廢文」這一條……

她正想著，手機鈴聲突然響起。她戴回眼鏡拿起手機，看了一眼來電顯示後，又放了回去。

手機響了一陣子後就安靜了下來。她有些懵然，雖說分手後她並沒有想像中的難過，但好歹也是認眞對待了八年的感情，就只值他這點耐性？

沒過多久，門鈴聲也從客廳傳來。今天還眞是讓人不得安寧……田在歆一邊想著，一邊走向玄關。

從門眼望出去，臉上多了幾分憔悴的徐凱就站在門口，她猶豫了許久，最後還是將門打開。

「有事嗎？」

「阿歆，我們需要談談。」

「我不覺得我們還有什麼好談的。」田在歆雙手抱胸，倚著門板冷靜地看他。

而這份近乎無情的冷靜，讓徐凱惱羞成怒了起來。

「我承認這件事是我做得不對，我不是不跟妳道歉，但妳也要給我機會啊！這幾天妳完全不接我電話，也不回我訊息，妳打算把問題擺爛到什麼時候？」

「我把問題擺爛？」田在歆愣了愣，隨後嗤笑出聲，「問題早在你把那女人帶到這裡時就解決了，結論就是我們已經結束了。」

「我有答應結束嗎？」徐凱向前一步，臉色難看至極，「爲什麼又是妳說了算？總是妳說了算！妳能不能不要每次都用這種高高在上的態度對我說話？沒錯，這次是我有錯在先，但是妳難道就完全沒有責任嗎？我們之間的問題早就存在了，妳知道這並不是主要的原因。」

田在歆瞪大眼睛望著他，如果此刻有面鏡子放在她眼前，她覺得自己的表情一定完美詮釋了「黑人問號」這四個字。她深深吸了口氣，「那還眞是恭喜你突破盲點。我沒什麼好說的了，不過既然你都來了，順便把房子的鑰匙交出來吧。」

徐凱瞪著田在歆伸出的手，一臉難以置信，「妳眞的要做到這種地步？」

「一直以來都是我繳的房租，我繳的水電，我收回鑰匙很過分嗎？」

「錢？果然又是錢。」徐凱冷笑著搖頭，「妳知不知道妳現在變得多庸俗？」

田在歆靜靜地注視著他，這一刻她曉得她跟他是眞的結束了，「以前我不開口，是覺得談錢傷感情，但現在我們已經沒有感情可以傷了。」

徐凱緊抿著唇不發一語，臉上一陣青一陣白，半晌後才從口袋掏出鑰匙，重重扔在田在歆手上。

在田在歆轉身準備關上門之際，背後傳來徐凱不甘的控訴：「田在歆，妳完全變了！我想妳已經不記得當初我們找到這房子時，妳說過要和我一起留在台北，努力成爲『梅莉史翠普第二』的樣子了……」

大門完全闔上，阻絕了他的聲音，田在歆癱靠在門板上，一股深深的疲憊湧上心頭。

她變了嗎……？呵，怎麼可能不變。

年輕的時候可以年少輕狂，可以大無畏地追夢逐夢，但若是到了這把年紀還在作白日夢……

那就等著餓死吧。

她摘下眼鏡，再度低頭揉了揉鼻梁。

「看來這房子不能再住了，得重新找別的地方租。」像在安撫自己似地，她喃喃道。

❤

「上個星期不是才匯了一筆錢，讓你們換新的油炸鍋嗎？」田在歆接過她媽媽遞來的三角斗，一邊將剛炸好的鹹酥雞倒入紙袋，一邊皺著眉頭問。

「那個啊……」田母的口氣中帶著顯而易見的心虛，「妳爸說還可以再撐上一段時間，不用急著換。」

「油炸鍋是生財工具，別的地方可以省，這些東西省不得的，你們會不清楚嗎？一天到晚故障，炸出來的雞排品質要怎麼保證？還有計時器也是，早就跟你們說過……」田在歆像是突然想到什麼，手中的動作停了下來，轉頭嚴肅地望著田母，「錢去哪裡了？」

「什麼意思啊……」

「別跟我裝蒜，我還不了解你們嗎？我給你們的那筆用來換新設備的錢用到哪裡了？」田在歆頓了頓，「田家怡又跟你們要錢了？」

見田在歆臉上沒有一絲笑容，田母只好從實招來，「妳姊說要和朋友跟團去日本玩……」

「她要出國玩，不會用自己的錢嗎？」田在歆忍不住提高了音量。

「唉呦，妳又不是不清楚妳姊的德性，每個月都把錢花光，哪裡還有存款？再說我也看過了那個旅遊團的介紹，真的很划算啦！想說妳姊好好的一個女孩子，整天就只待在家裡幫忙賣雞排，趁這機會出去走走也不錯……」

田家怡是好好的女孩子，她難道就不是好好的女孩子嗎？田家怡幫忙賣雞排很辛苦，她一個人在台北每天看人臉色，陪笑臉賺錢寄回家裡，難道就不辛苦嗎？

一股鬱氣忽地從胸口湧上，最後哽在喉間，田在歆做了一個深呼吸平復躁動的情緒。

也不是一、兩次了，她早就該習慣了。

「反正我錢已經給了，要怎麼用隨便你們吧。」她拿起掛在脖子上的毛巾擦了擦汗，繼續先前的工作。

「妹妹……」

田母還想再說些什麼，聲音卻被田父的喊聲蓋過，「妹妹，雞排剩最後二十份，妳控制一下人數啊！」

「好。」田在歆將剛串好的雞心和雞屁股擺進陳列櫥窗裡，不著痕跡地轉移話題，「今天又不是假日，爲什麼人那麼多？要不是我回來幫忙，你們怎麼可能忙得過來？」

田母原本尷尬的臉色這才和緩了些，「這個星期虹光橋那邊在辦爵士音樂晚會，很多人都會來買東西帶過去吃。」

「原來是這樣。」田在歆點點頭，接著將目光投向似乎永遠沒有縮短過的排隊隊伍，拿起揚聲器喊：「雞排只剩下二十份，後面的客人如果要買雞排，可以先回去了……」

幾乎是一眨眼的時間，最後一塊雞排也賣出去了，田在歆抬起頭，對著正好排到點餐口的男孩歉然道：「不好意思，今天的雞排都賣光嘍！不過薯條、甜不辣那些還是可以點的。」

「賣完了……？」不知道是不是幻聽，她好似從他的聲音裡聽到一絲哭腔。

眼前的高個子男孩頭戴一頂黑色棒球帽，帽沿壓得很低，面容大部分都被陰影覆蓋著，無法看清他的表情，但從他渾身散發出來的氣場，她可以感覺得到他濃烈的沮喪。

這也不是什麼新鮮事，他們家的雞排攤生意很好，從小她就看多了撲空的客人們臉上的失落。

她賠著笑繼續說：「眞的很不好意思啊，最近因爲附近的音樂節，生意比較好，所以賣得也快，如果你還是想吃雞排的話，明天下午早點來吧。」

「但是明天晚上我就得回台北工作了，我是爲了吃你們家的雞排才特地到桃園來的……」男孩說得可憐，語調哀淒宛如深閨怨婦。

田在歆聽了不禁心頭一軟，想到他專程從台北跑來，讓他就這樣空手而歸也挺不忍心的，便開口說道：「這樣吧，看在你是從台北大老遠過來的分上，我另外再加送你一樣東西。你想要吃什麼？」

「雞排。」男孩毫不猶豫地回答。

「……就跟你說雞排賣完了。」她抽了抽眉角，才剛升起的一點同情心立刻煙消雲散，「雞排以外的東西都可以點，要嘛選一樣，要嘛拉倒，後面還有客人在排隊。」

「那明天中午過來的話，能買得到雞排嗎？」

田母看她在同一個客人卡這麼久，放下剪到一半的雞排前來關切，田在歆擺擺手讓她回去繼續忙她的事情。不就是一個奧客嗎？她混演藝圈這麼久了，什麼大風大浪沒見過，還怕搞不定這小屁孩？

「同學，我們家的雞排攤下午才開始營業，招牌上清清楚楚寫著營業時間，麻煩你睜大眼睛看仔細了。」她指了指頭頂上的招牌。

「可是我明天下午就得啓程回去了……」男孩委屈地咕噥著，突然，他像是想到了什麼，整個人瞬間變得神采奕奕，「如果我替你們的店做一首宣傳歌，明天中午可以提前賣我一塊雞排嗎？」

田在歆心中頓時喀登一聲，她總算明白是怎麼一回事了。

她雙手抱胸，上下打量著眼前被棒球帽遮擋住面容的男孩。長相還不清楚，但這身型目測算是不錯，看來又是哪位想進歌壇的素人打聽到她是君皇娛樂的歌手經紀人，特地來尋求機會的。

能想到這一招，真不曉得是該說他有創意，還是走投無路豁出去了。

「好吧，你成功引起我的注意力了。不過我的耳朵挑得很，不是能隨隨便便應付過去的，如果你現在能馬上做出一首宣傳歌，別說買了，明天中午我親自炸一塊『請』你吃。」

「現在就要？」男孩的語氣聽起來有些遲疑。

田在歆微微一笑，「有什麼問題嗎？我相信你主動找到這裡來，應該是準備得很充足了。」

男孩搔了搔後腦勺，一邊環顧四周，正當田在歆以為他準備打退堂鼓時，他忽地指向隊伍中一位揹著吉他的制服女孩，興高采烈地問：「這位同學，可以跟妳借一下吉他嗎？」

那個突然被點到名的女生還沒反應過來，男孩便大步朝她走去，「就在這裡跟妳借，三分鐘就好，可以嗎？」

那位女高中生是個好說話的人，沒遲疑太久就卸下肩上的吉他轉交給男孩。

「……加油。」

「謝謝妳，我會的。」男孩自信地朝她笑了笑，接過吉他後，也不管地板髒不髒，就在眾目睽睽之下直接坐在台階上。

他撥了幾下琴弦試音，又清了清嗓子，接著隨意地彈起和弦，「在歆雞排，最懂你心的好鄰居，在歆雞排，餓到……餓到升天的大救星，雖然我還沒吃過，但我相信它一定會，香香酥酥脆脆oh……鮮鮮嫩嫩美味，我愛在歆，我愛在歆，oh我愛～在歆雞排yeah！」

男孩彈吉他時，那信手拈來的模樣和記憶中的某個片段重疊，明明是很腦殘的歌詞，從他嘴裡唱出來卻有一種魔魅的力量，而最後一句的連環轉音與清亮高音展現了極為高超的技巧，這令人一聽就忘不了的嗓音分明是……

田在歆遲疑地開口：「你是不是……」

「秦海鳴！」她話還沒說完，便有圍觀的客人搶先說出答案。

秦海鳴抬起頭，「咦？你認識我啊？」

「誰不認識你！」那位喊出他名字的客人頓時不淡定了，「天啊，真的是秦海鳴！我、我超喜歡你的……我是你的粉絲！」

原本只是在看好戲的群眾也跟著激動起來，紛紛拿出手機拍照。

「秦海鳴！可以幫我簽名嗎？」

「海鳴，我也想跟你拍照可以嗎？可以嗎……」

田在歆這才發現，排隊的客人裡有不少他的粉絲，眾人一擁而上，場面瞬間混亂了起來。

秦海鳴在被人群淹沒前迅速從台階上跳起，有些侷促無措地擺著手示意大家冷靜，

「呃……謝謝大家這麼熱情，但今天是私人行程，我只是出來買雞排而已，拍合照會被我的經紀人罵的，真的很不好意思，謝謝大家！」

「海鳴，我的雞排可以請你吃！」

「我的才剛炸好，吃我的吧！」

「是大明星嗎？」田父田母見動靜愈來愈大，也顧不得手邊的工作，連忙湊過來詢問。

田在歆冷冷地抽了抽眉角，「不是，只是一個自找虐的神經病。」

眼看粉絲們愈發熱情，她雖覺得他完全是自作自受，卻也不忍看到明天娛樂版的頭條出現「天妒英才！歌壇小霸王秦海鳴被雞排活活砸死」的新聞，舉起揚聲器朝眾人大喊：「大家安靜！現在已經很晚了，這附近還有很多住戶，請降低音量，不要打擾他們休息。這邊還在做生意，想要買的請繼續排隊，買好的請快點回家，不然就去音樂節逛逛，麻煩大家不要聚在這裡擋路，感謝！」

秦海鳴趕緊附和：「對對！大家趕快回去休息吧，謝謝你們的好意，不過雞排是你們辛苦排隊買來的，我不能拿。」說完，他轉頭對田在歆壓低聲音道：「姊姊，謝謝妳的幫忙，明天中午我再來跟妳領雞排，拜拜！」

還沒等她回應，他便將吉他卸下，塞還給那位一臉猶在夢中的女高中生，倉皇而逃。

「我的天！我不過是今晚和朋友聚餐沒去店裡，怎麼世界全變了？」田在歆正刷牙刷到一半，田家怡就拿著手機衝進浴室問她：「秦海鳴眞的來我們家雞排攤了？」

田在歆低頭吐出嘴裡的泡沫，「影片都拍到人了，還會是假的嗎？」

田家怡懊惱地嘆了口氣，「氣死我了，幹麼偏偏挑今天聚餐啊！害我錯過看明星的大好機會。」

「妳又不迷他，幹麼惋惜？」

「以前是還好，但是現在忽然覺得他很帥啊！」田家怡將螢幕轉過來面向田在歆，「這首名爲〈我愛在歆〉的雞排之歌如今在網路上被瘋狂分享，連帶我們家雞排攤也被熱搜。唉，要是我們家的店叫做『家怡雞排』就好了，這樣告白歌就是對我唱……」

「告白歌？」

「妳沒聽到最後『我愛在歆』那幾句嗎？網友都在說那簡直是告白，眞想把在歆換成他們自己的名字。」

田在歆拿起毛巾擦了擦臉，細細回想那首歌。當初在現場聽時並沒有特別意識到，此刻回想起來，才發現最後那幾句……還眞的像是在告白啊！

她的臉頰不知不覺燒紅了起來，於是趕緊轉開水龍頭，用大把大把的冷水澆熄臉上的熱度。這樣的反應讓她有些羞愧，明明早就過了只要一點粉紅泡泡，就足以令她心花怒放的年紀，而且對方還只是個小屁孩，她怎麼也跟那些迷妹一樣發花痴？

很多人都說秦海鳴不唱歌時是白痴，一旦認眞唱起歌來，身上散發出的男性荷爾蒙絕對會讓方圓百里內的雌性動物爲之瘋狂。田在歆一向以自己的理性自持爲傲，不料她遇上秦海鳴時竟也無法倖免於難。

「妳不要自動省略『雞排』這兩個字，人家是在跟雞排告白。」她乾咳幾聲，生硬地轉開話題，「別說秦海鳴了，上個星期我匯給家裡的錢，妳拿去付出國團費了是嗎？」

田家怡臉色一變，過了片刻才小聲咕噥：「我就是先借用一下……」

田在歆直起身看她，臉上的神情漸漸嚴肅了起來，「借用？妳哪次借用完有還過？」

知道自己理虧，田家怡索性惱羞成怒道：「我用家裡的錢怎麼了嗎？又不像妳在台北自己逍遙，我每天都要忍受高溫還有油煙味幫忙顧店！妳在光鮮亮麗的演藝圈工作，我就只能天天素顏穿T恤賣雞排，我為家裡付出這麼多，只是偶爾出去玩玩，這有錯嗎？」

「沒有人逼妳留在家裡幫忙賣雞排，是妳自己當初找工作，做沒幾天就受不了回家了。妳不用繳房租，吃家裡的用家裡的，爸媽年紀都大了，妳幫忙家裡的生意不是應該的嗎？」田在歆雙手抱胸，直勾勾地盯著田家怡的雙眼，「我不是說不能出去玩，可是妳明知道那筆錢是要用來給店裡換設備的，事情的輕重緩急，妳多大的人了還不會分辨？」

田家怡氣得臉都脹紅了，偏偏又說不出半句反駁的話，最後只能丟下一句沒有意義的氣話甩手離去，「我是妳姊，還輪不到妳來教訓我！」

田在歆望著那扇被大力甩上的門，長長地嘆了口氣，卻正好對上她弟弟田智輝擔憂的目光，她稍稍放柔了臉色，「幹麼躲在那裡偷看？書都念完了嗎？」

田智輝抓了抓頭髮，心虛地說：「還沒……我只是出來倒個飲料。二姊……妳又跟大姊吵架了喔？」

「我們哪天不吵架？」田在歆搖頭笑笑，掃了一眼他手中的玻璃杯，「好了，沒你的事，快點回去讀書吧，飲料記得要加熱過再喝。」

「啊？可是我要喝的是可樂耶……」

田在歆輕嘖一聲，「你那副身體還敢喝冰的！又想進醫院是嗎？」

田智輝趕緊在她繼續嘮叨前逃跑，「知道了，二姊晚安。」

直到田智輝的身影消失在視線範圍之外，田在歆才重新轉回身，她望著鏡中的自己，腦中忽然響起徐凱離開她租屋處前留下的那句話。

「我想妳已經不記得當初我們找到這房子時，妳說過要和我一起留在台北，努力成爲『梅莉史翠普第二』的樣子了……」

梅莉史翠普第二？梅莉史翠普……也有這樣一筆家庭爛帳嗎？

第二章

田在歆看著眼前的場景，存在心中許久的謎團終於在此刻解開。原來秦海鳴不是裝瘋賣傻，他是眞的傻。

只見在前方速食店的玻璃門門口，戴著棒球帽與黑色口罩，只露出一雙眼睛的秦海鳴站在門外和裡頭的一個小男孩大眼瞪小眼，他那彈起吉他時特別好看的修長手指緊緊抓著門把，不知道是想表達什麼。

幸好這間速食店所在的區域較爲偏僻沒什麼客人，不然他的臉還不曉得要丟到哪裡去。田在歆在心中默默爲秦海鳴捏了一把冷汗。

事情是這樣子的，今天中午秦海鳴果眞來找田在歆領雞排，她願賭服輸，當下就挑了一塊最厚的雞排打算請他吃，只不過雞排需要現炸，加上雞排攤早上並沒有營業，需要進行熱油等前置作業，田在歆怕他空等，便建議他到附近晃晃，打發等待的時間。

秦海鳴發現附近有一間速食店，想先去那裡買杯可樂。在他看來，吃雞排一定要配可樂才對味，田在歆對此當然沒什麼意見，然而當她雞排都炸好一陣子了，秦海鳴卻遲遲沒有回來，她擔心他是不是被歌迷識破身分困住了，連忙前往速食店查探情況，沒想到看到的竟是這樣一幅情景。

「請問你在幹麼？」田在歆站在秦海鳴身後，嘴角微微抽搐地問。

秦海鳴看見「隊友」後立刻重振精神，激動地指著裡頭的小男孩訴苦道：「我的吸管不小心掉到地上了，想進去再拿一支，結果這小鬼頭一直不讓我進去！」

田在歆轉頭掃了眼玻璃門另一側那一臉無辜的小男孩，心想人家根本沒碰到門，難道他還能用念力阻止你進去？

「小朋友，不要玩了，讓哥哥進去好嗎？」秦海鳴抓著不管怎麼推都文風不動的門把，不斷朝小男孩擠眉弄眼哀求：「哥哥就只是拿支吸管而已，你讓哥哥拿完再玩門好不好？」

田在歆終於看不下去了，伸手握住門把一拉，「這樣不就開了？」

秦海鳴愣了三秒，接著瞪大眼睛，以一種看見天才的崇拜神情望著田在歆，「妳是怎麼辦到的？」

「這門要用『拉』的，你『推』一輩子也推不開。」田在歆冷冷地說，她忽然有種智商被侮辱的感覺……

「原來如此！」

秦海鳴恍然大悟地點點頭，這時小男孩的媽媽剛好買完餐點走到門邊，小男孩立刻指著秦海鳴對她說：「媽媽，這個哥哥好奇怪喔。」

「怎麼可以這麼沒禮貌！」小男孩的媽媽趕緊低聲教訓他，然後抬起頭對著田在歆和秦海鳴歉笑，「不好意思，小孩子不懂事。」

「沒關係的。」田在歆也連忙客氣地回答，更不懂事的明明是她身旁這位才對……

田在歆過來時也將雞排一併帶了出來，想著反正回到雞排攤也沒位子可坐，乾脆走進速食店，和秦海鳴挑了個偏僻的角落坐下。

雞排經過這番折騰有些涼掉了，可秦海鳴仍舊吃得津津有味，他對待食物幾乎是抱著一顆虔敬的心，彷彿此時此刻，他手中的那塊雞排就是他的全世界。

田在歆對於美食向來沒有什麼追求，對她來說，食物就是能果腹、維持生存的東西，即便家中是做吃的生意，那也不過是生財工具罷了。然而此刻看到秦海鳴吃得如此幸福，一雙眼睛像是饜足的柴犬一樣瞇了起來，她竟出奇地有幾分成就感。

她有些出神地盯著秦海鳴，他雖然年輕，但在演藝圈也稱不上新人了，怎麼還能保有如此純粹的快樂？怎麼還沒被這大染缸奪走最初的顏色？

認真說起來，這是她第一次這麼近距離見到秦海鳴本人。演唱會上的他化了舞台妝並且隔著一段距離，而昨晚他來買雞排時又天色已暗，模糊了五官，直到現在她才總算好好看清他的長相。

他的確是個長得相當好看的男孩子，眉目俊朗，氣質乾淨，她有點難想像這樣一張陽光四射的面容，在演唱那些黑暗深沉的歌曲時，居然能令人立刻聯想到「邪魅」這個詞。

他有著一雙非常有神的眼睛，眼瞳如黑色琉璃一般剔透澄淨，讓人可以輕而易舉地從他的眼中窺見他當下的情緒。他的眼睛不會說謊。

這在每個人都恨不得往自己臉上戴上十層面具的演藝圈裡，是稀有品，也會是他的弱點。

大概是田在歆的眼神太過熾熱，專注於美食的秦海鳴也注意到了她的視線，他有些依依不捨地將手中的雞排遞了過去，「妳也要吃嗎？」

田在歆忍不住失笑，擺擺手謝絕他的分享，「不用了，我不喜歡吃雞排。」

「怎麼可能會有人不喜歡吃雞排？」秦海鳴瞪大眼睛，一臉不可置信。

「怎麼可能會有人從小看雞排看到大，還喜歡吃雞排？」田在歆用他的話反問回去。

「當然有啊！」秦海鳴指著自己，「我超羨慕這種人生的好嗎？」

換作是別人說出這句話，田在歆只會覺得做作，就像是有錢人羨慕窮人的自由一樣，那是站在一定高度後才能輕易說出口的，沒有負擔的話語。說是這樣說，但要那些抱怨的富人和窮人交換生活，又有幾個願意？

可今天若是要秦海鳴爲了雞排放棄光鮮亮麗的掌聲人生，她相信他是眞的做得出來的。

她不禁想起他是因爲「在歆雞排」才決定加盟君皇娛樂，在思索了片刻後，終究還是開口問：「那個……秦先生，你知道我是誰嗎？」

「知道啊！雞排攤的好心姊姊。」

田在歆抽了抽眉角，本來還以爲是他知道了她的身分，想要熟悉一下將來可能合作的經紀人才專程過來，看來果然是對他期望太高了……在他眼中，她的吸引力可能還遠遠不及她家雞排的十分之一。

原本打算和他表明自己就是「在歆雞排」的那個「在歆」，但田在歆想了想，決定先按兵不動。畢竟今日的她頂著大素顏，頭戴鯊魚夾，腳踩藍白拖，完全就是個賣雞排的大媽形象，要說自己是一位在演藝圈打滾多年的資深經紀人，根本毫無說服力可言，還是等正式簽約時再好好自我介紹吧。

「嗯，快趁熱吃吧，不是說待會還要趕回台北工作……」

❤

「爸、媽，我回來了！」

秦海鳴的聲音一從玄關傳來，臉上還敷著面膜的秦母立刻從房間裡衝出來，「唉呦，我們的寶貝兒子總算回來了！工作怎麼樣了？很辛苦嗎？我看看，好像又瘦了……」

秦母一臉心疼地捧著秦海鳴的臉左看右看，為了避免他媽媽不小心扭到脖子，秦海鳴只好配合地彎下腰，縮短兩人之間懸殊的身高差距，「媽，我也才一個晚上沒回家，哪會瘦得那麼快啦，妳太誇張了。」

「你還敢說！竟然只留一封簡訊就自己跑到桃園去了，昨天晚上睡在哪裡？酒店嗎？唉，酒店的床不是太軟就是太硬，你這麼認床的人怎麼可能睡得好啊！趕快去洗洗，早點上床補眠……等等，晚餐吃了沒？吃了什麼啊？陳阿姨回去之前有留一碗雞湯在電鍋裡，你先去洗手，媽幫你準備宵夜。」還沒等秦海鳴回答，秦母又風風火火地衝到廚房。

秦海鳴聽他媽媽的嘮叨也聽了二十二年，早就習慣她的自說自話了，於是他只是搖頭笑笑，換上拖鞋準備到廁所洗手，卻正好遇到從書房出來的秦父。

「今天這麼晚啊？」秦父將財經雜誌夾在胳膊下，一手推了推鼻梁上的金屬眼鏡框，一手將書房的門帶上。

「晚上和新歌的製作人一口氣把編曲跟和聲都搞定了，所以在錄音室多待了一會兒。」秦海鳴上前挽住秦父的手臂，和他一起走到客廳，「昨晚我沒回家，媽應該一個晚上嘴巴都沒停過吧……」

秦父給了秦海鳴一個「你才知道」的哀怨眼神，「只是一個晚上，我的耳朵都快長繭了，你媽媽她就是這種個性，明知道你做這一行免不了要在外奔波，還是每次都擔心東擔心西的。昨天晚上那還算好的了，你都不曉得你之前辦巡迴演唱會沒回家時，你媽媽神經成什麼樣子……」

想到他媽媽一連好幾天發動碎念連環技的畫面，秦海鳴忍不住打了個哆嗦，望著他爸的眼神裡頓時多了幾分崇敬，「爸，你是眞男人。」

「飛彈都沒你媽的嘮叨可怕。」秦父長嘆一聲，在客廳沙發上坐下，「對了，你這次到桃園不是去看你的新經紀人嗎？她是個怎麼樣的人？」

「她呀……」秦海鳴的嘴角微微上揚，「應該會是位很有趣的姊姊。」

君皇娛樂經紀部的一間小型會議室裡，田在歆靠坐在桌沿，眉頭深鎖、一臉愁苦地滑著平板電腦。

再過幾日就是秦海鳴與君皇娛樂的簽約儀式，君皇娛樂十分看重這次的簽約，除了將儀式訂在台北數一數二的高級酒店舉辦，更廣邀記者媒體共襄盛舉。也因此，爲了避免儀式上出現任何差錯，說白一點，就是怕一向無拘無束的秦海鳴在媒體面前亂說話，田在歆特地約他來公司提前對稿，模擬記者可能會發問的題目並事先安排好應對之道。

這同時也是他們作爲經紀人與歌手，第一次在工作上的正式會面。

在等待秦海鳴到達的期間，田在歆利用空檔瀏覽了他的粉絲專頁，觀察他最近和歌迷的互動情況。結果不看還好，一看她的頭又開始痛了起來。這小子一天不發廢文，會吃不好睡不香嗎？

最新的一則發文是這樣子的：

「不要以爲用吃的就能收買我，我這個人是很有原則的，在這裡我要很嚴肅地再跟你們說一遍——其實喝的也行。」

下面配上一張他在休息室喝珍珠奶茶的照片。雖然飲料杯上的商標剛好被他的手指遮住，沒有打廣告的嫌疑，但眼尖的粉絲們光看包裝，還是立刻查出了那杯珍珠奶茶是來自哪間連鎖飲料店。底下留言的迷妹們除了保證下次的見面會一定會帶飲料去收買他，也有不少人表示看他喝得那麼幸福，也想馬上買一杯來喝。

田在歆的手指在木製會議桌上有一下沒一下地敲打著，邊思索邊喃喃低語：「或許還能再喬出一段檔期，給他接個飲料代言……」

她正在腦中飛快地計畫著，便聽見實習生妞妞的聲音從門外傳來：「小歆姊，秦海鳴先生已經到了。」

「好的，請他進來。」

田在歆抱著平板電腦站起身，稍微整理了下儀容，畢竟這是她第一次以經紀人的身分和秦海鳴碰面，還是該給對方留個好印象，將來在工作上也比較容易讓他對她產生信任。

秦海鳴並不是第一次見到田在歆，但她和前兩次見面時的形象落差太大，所以當他走進會議室看見對他禮貌頷首的田在歆後，不禁微微愣了一下。

原先用鯊魚夾隨便固定住的一頭烏黑中分直髮，此刻綁成了個整齊的低馬尾垂在腦後，而上次見面時，她身上那件印著「捐血一袋，救人一命」的寬鬆白T恤也換成了麻灰色的西裝褲裝，瞬間從雞排攤大媽變成了幹練俐落的鐵娘子。

嚴格說來，田在歆不是個符合普世審美標準的美女，至少在美女如雲的演藝圈裡她根本排不上號。當然，在經紀人這一行裡，她勉強算得上是女神級的，尤其當她那雙清冷的丹鳳眼朝你投來一瞥時，你會不由自主地靜下心，想去探索那雙眼裡的故事，偏偏她又什麼都不讓你看見。

「雖然我們之前已經見過了，但我還是再跟你正式自我介紹一次。」田在歆對秦海鳴微微一笑，伸出了右手，「我叫田在歆，是你未來的經紀人，請多指教。」

秦海鳴很快回握住那隻溫度偏涼的手，「我是秦海鳴……以後還請妳多多照顧了。」最後那句話他說得頗為彆扭，他的個性大剌剌的，一向不擅長說這些場面話，這還是早上出門時，他老媽千叮嚀萬囑咐，叫他一定要這麼跟經紀人說，她說這叫做人情世故。

進演藝圈也有好些年了，他似乎依然學不會這所謂的人情世故，也並不太想學會。

「那是當然的。」田在歆微笑著放開了手，顯然在人情世故這方面的道行遠遠高出他許多，「你可以跟我以前帶的藝人一樣，叫我小歆姊就好了。」

「好的……小歆姊。」

「坐下談吧。」田在歆伸手比向秦海鳴身旁的椅子，自己也在他對面坐下，「今天請你抽空過來，主要是為了簽約儀式的事……」

她拿起事先準備好的資料，開始講解流程並提點記者可能會提出的問題。秦海鳴全程安靜地聽著，或許是他過於沉默，田在歆頓了頓，不確定地問：「是不是我講得太快了，你沒有聽清楚？有什麼不懂的地方都可以提出來，沒關係的。」

秦海鳴搖了搖頭，抿唇片刻後，終究還是說了出來：「我只是覺得有點難過。」

「難過？」田在歆錯愕。

「爲什麼每個問題都一定要有標準答案呢？難道不能按照自己當下的心意回答嗎？」

田在歆一愣，這是她當經紀人這麼多年以來，第一次有人問她這樣的問題，但豐富的歷練讓她很快就恢復鎮定，「演藝圈就是這樣，太多人拿放大鏡檢視你，等著挑你的毛病，因爲一時失言而永遠翻不了身的例子太多了，我們不得不謹慎小心。」

秦海鳴的眼神有些黯淡，「演藝圈一定就得是這樣嗎？我只是喜歡唱歌。」

演藝圈……一定就得是這樣嗎？一陣稍縱即逝的悶痛感掠過心頭，田在歆靜默了半晌，終是搖頭苦笑，「你還太年輕，以後你就會明白了。」

秦海鳴只是點點頭，沒有再試著辯駁，「放心，我知道該怎麼說的。」

田在歆想要再說些什麼，張唇片刻卻仍是無語，最後垂下眼眸換了個話題，「另外，雖然你跟君皇娛樂還沒正式簽約，我也還不算是你的經紀人，但有件事我依然要先提醒你，讓你有個心理準備……」

「……最後這邊是陽台，妳可以看到熱水器裝在室外，非常安全。如果要曬衣服的話，可以掛在這裡，上面有遮雨棚，就算下大雨來不及收，也不用擔心衣服會被淋溼。」

房屋仲介將屋內環境大致介紹完後，站在原地耐心地等待田在歆看屋，「田小姐如果還有任何疑問，請不用客氣，我一定盡力爲您解答。」

田在歆環顧四周，就連鮮少將心思寫在臉上的她都忍不住頻頻點頭，滿意之情溢於言表。自從決心搬離那間曾和徐凱同居過的公寓後，她便開始尋找新住處，然而找房子是件極度考驗運氣和耐心的事，她看了好幾間都不滿意，正覺得心灰意冷時，這間套房就奇蹟似地出現了。

這間房子位在她公司附近，周圍有許多便利商店、餐廳、診所等等，生活機能十分良好，更重要的是家具齊全且屋況整潔，她幾乎不怎麼需要打掃就可以立即入住。

「我只有一個疑問，你說這間套房的月租只要五千元，我想知道爲什麼能那麼便宜。這樣的條件，我想一個月一萬元都會有人願意付的。」田在歆問出了她最後的顧慮。

天下沒有白吃的午餐，明明是條件這麼好的房子，房租卻便宜到不可思議，讓她不得不懷疑其中是否有什麼問題。

房仲臉上的笑容變得有些僵硬，過了片刻他才嘆息道：「雖然公司不讓我們提起，但我看田小姐您是一個女生要自己住，還是老實跟您說吧。外面那個十字路口是個奪命路口，經常發生死亡車禍，已經不曉得有多少條命斷送在那裡了。因此這一帶的陰氣比較重，之前住過的房客也因爲遇見好幾次『不乾淨的東西』嚇到退租，久而久之都沒人敢住了，房東實在是走投無路，才想透過降低房租來吸引不知情的房客。」

「原來會鬧鬼啊……」田在歆摸了摸下巴沉吟著。

「眞的很抱歉沒有事先跟您說明，我再帶您看看另外幾間房子好了……」

房仲的話還沒說完，就被田在歆語氣堅定地打斷，「不用了，簽約吧。」

「啊？」房仲一時沒反應過來，愣愣地開口：「可……可是這間房子會鬧鬼，您真的要住？」

「只要我不做虧心事，那些亡魂就沒有什麼好怕的。」田在歆清冷的嗓音中沒有半分遲疑。在演藝圈打滾多年，她比誰都清楚，這世上最可怕的不是鬼，而是人。雖然她的體質敏感，但也已經有許多年不曾看見鬼魂了，剛剛在屋內繞了一圈，也沒有出現頭暈、想吐之類的症狀，她想應該是沒有大問題的。

「您真的……不再考慮一下？」儘管能盡快將這間鬧鬼的套房脫手，對他而言才是最重要的，但房仲還是不忍心看田在歆這麼一個漂亮女人吃虧。

「我沒時間，也沒精力再另外找房子了，就這間吧。」田在歆點了點頭，「放心，既然你已經事先和我告知過了，之後就算發生什麼事，我也不會要你們承擔責任的。」

❤

「欸欸欸！秦海鳴早上在粉專上發的那首〈經紀人不准我發廢文〉妳聽過了嗎？」

「當然聽了！那首歌現在超火的好嗎？我朋友都在分享……」

田在歆簽完房子的租約後，想著難得有一個能偷閒的下午，便在新家附近繞繞，打算先熟悉一下環境。她在距離公寓約五分鐘步行路程的一個巷口，發現了這間名叫「木橋Café」的工業風咖啡店，正好午後的太陽毒辣，於是她決定進去坐坐避暑。沒想到才剛點完飲料，就從隔壁桌女生們的聊天中聽見了那個再熟悉不過的名字。

她為了看房子，才一個早上沒瀏覽他的粉專，這小子又幹了什麼事……一股隱隱的不安湧上心頭，田在歆皺起眉頭，迅速拿出手機查看。

最新一則發文是一段秦海鳴坐在鋼琴前自彈自唱的錄影，影片裡的歌曲叫做〈經紀人不准我發廢文〉，上傳後僅僅半天的時間，已經有上萬人轉發分享。這首原先只是即興創作的歌曲，後來紅到被歌迷敲碗敲進錄音室錄製單曲，甚至還蟬聯了BB BOX流行音樂排行榜三個月的冠軍，不過那都是後話了。

此時的田在歆只是邊抽著眉角，邊從包包翻出耳機插進手機的耳機孔，點開影片。

早上七點醒來心情有些不美麗　泡杯大杯焦糖瑪奇還是好憂鬱
明明說好今天太陽依舊會升起　看看窗外怎麼還是烏雲發脾氣

一寸光陰一寸金　寸金難買寸光陰
不經一番寒徹骨　焉得梅花香撲鼻

嗯　是該振作了

這個世界總叫我們要積極　要努力

可是沒人教我們如何提起力氣
大人總說跟尋真理不會餓肚皮
可是真理究竟該由誰定義

爆炸了 無解了 統統不想了
不喜歡 不習慣 還是發廢文最讚

（RAP）
在非洲每隔六十秒就有一分鐘過去
你先踩右腳再踩左腳就能往前進
打開水龍頭發現沒水不用太心急
生活小知識會告訴你停水怎麼拚

早上肚子餓的時候我會吃早餐
中午肚子餓的時候就該吃午餐
晚上肚子餓的時候快去吃晚餐
Oh 這不是廢文 是與你分享的好習慣

這個世界總叫我們要積極 要努力

可是沒人教我們如何提起力氣
大人總説跟尋真理不會餓肚皮
可是真理究竟該由誰定義

我想吠 我想沸 我想廢
但我不能廢 不能吠 不能飛
因為
經紀人不准我發廢文

伴奏戛然而止，在突如其來的安靜中，最後那句「經紀人不准我發廢文」的歌詞以念白詮釋，秦海鳴念得極輕、極哀，彷彿是世界末日到來前和愛人的最終訣別。

而影片底下還附上了這麼一句話：「明天開始，正式和廢文人生說再見。TAT」

明天不就是秦海鳴和君皇娛樂簽約儀式舉辦的日子嗎？知道他即將換新東家消息的歌迷們一看到這句話，立刻猜到歌名裡不准他發廢文的經紀人就是他未來的新經紀人，紛紛跪求這位神祕的新經紀人手下留情，他們還想繼續看秦海鳴耍廢。

田在歆除了無言還是無言，上次見面時她的確是有告誡過他，以後不准在官方粉專上發廢文，畢竟身爲一個公眾人物，謹言愼行、維持良好的形象也是他的職責之一。這原本也不是什麼大不了的事，誰知道被他寫成歌後，她頓時成了十惡不赦的大罪人，這世界到底怎麼了……

她搖頭苦笑，才剛摘下耳機，便感覺到窗外有人正拿著相機在拍她。作爲一名專業的經紀人，爲了保護自己的藝人，田在歆自然得對狗仔與鏡頭擁有直覺般的敏銳度，於是立刻警惕地扭頭查看。偷拍她的那個人被逮個正著，卻沒有表現出絲毫侷促不安，只像是小孩子惡作劇被抓到似地搔了搔頭，對她露齒一笑。

這個男人的牙齒眞白。這是田在歆對顏睦喬的第一印象。

窗外的男人一身簡單的灰色短T恤搭配淺藍牛仔褲，脖子上掛了台單眼相機，從打扮上看來，他是記者的可能性極大，但田在歆十分確定他不是狗仔。畢竟都被人當場逮到在偷拍了，還光明正大地現身，那他身爲一位狗仔也實在太沒有職業道德了。

田在歆瞇起眼睛看他，警告意味十分明顯，男人與她對視的目光中卻沒有半點退縮，他做了個要她等一下的手勢後，就繞到咖啡店的門口，推門走了進來。

直到男人站到了眼前，田在歆才意識到他有多高，坐著的她必須費力仰起頭才能看清他的表情。

「我可以坐在這裡嗎？」男人厚實的大掌擱在她對面那張鐵椅的椅背上。

田在歆聳了聳肩，沒有表示反對，「我想你應該給我一個解釋。」

男人坐下，將掛在脖子上的相機遞了過去。田在歆疑惑地接過相機，只見螢幕中有一位女子坐在窗邊，一邊側頭摘下耳機一邊無奈地笑著，畫面裡的女主角赫然就是她本人。烏黑的長髮流瀉，陽光和暖，笑容靜美。田在歆自認不是個上相的人，可不得不承認，男人確實拍得很好，只用了一張照片便將她的氣韻勾勒出來，也不知道是運氣好還是技術高明。

「我是一名攝影師。」男人對她露齒微笑，笑的時候眼角出現幾道細微的笑紋，不顯老，反而透著股淡淡的親和感，「剛剛路過時，突然覺得那畫面很美，就隨手拍下來了。抱歉，職業病忍不住犯了，妳不高興的話，我可以刪掉。」

「沒關係。」田在歆搖搖頭。愛美之心人皆有之，她也是個愛漂亮的女人，能被拍出這樣好看的照片，她沒理由生氣，「你拍得很好看。」

「模特兒好看，怎麼拍都好看。」如此老套的讚賞從男人嘴裡說出來，卻讓人聽得很舒服，沒有半點油膩感。

田在歆只是笑了下，坦然大方地接受他的讚美。她將相機遞還給他，想了片刻後，開口問道：「這間咖啡店牆上掛的……是你的作品對吧？」

男人的眼中閃過一絲驚訝，「妳對攝影也有研究？」

「沒有。」她搖頭，「只是覺得風格有點像，隨便猜的。」

「原來我的風格辨識度這麼高。」男人笑笑地說，從皮夾裡取出一張名片遞給田在歆，「我叫顏睦喬，不騙妳，眞的是位攝影師。」

田在歆也禮貌性地交換了自己的名片。

「經紀人？」顏睦喬翻看著名片驚奇道：「好酷，我還是第一次認識明星經紀人。」

「也沒什麼了不起的，就是謀生而已。」

「妳帶過哪些藝人啊……啊，不方便說就算了，沒關係。」

田在歆本來還有些猶豫，想了想後便釋然了。她都已經給出名片了，曾經帶過哪些藝人，只要上網搜尋一下就能知道，沒必要在這裡矯情，於是她念出一些較具代表性的名字，而當她最後提到秦海鳴時，顏睦喬又再度驚訝了。

這回連田在歆也微感訝異，「你也知道秦海鳴？」

雖然秦海鳴確實很紅，但粉絲的年齡層普遍偏低，眼前的男人目測也有三十多歲了，會關注這樣的年輕明星著實令人意外。

「我外甥女之前很迷他，因此常聽她提起這個名字。」

之前很迷……所以現在不迷了嗎？為什麼不迷了？

田在歆習慣性地進入經紀人的角色，正想進一步詢問時，發現顏睦喬的臉上閃過一絲黯然。

她很識相地將問題吞回肚子裡，不一會兒男人卻神色如常地開口：「謝謝妳做我的模特兒，我請妳喝杯咖啡當作謝禮吧。」

田在歆還來不及推辭，顏睦喬便已起身離開。她本以為對方說的「請」只是幫自己付錢，完全沒想到他竟直接走進吧台，動手煮起了咖啡。

只見顏睦喬如在自家廚房般拿起器具，熟練地磨豆、壓粉、打奶泡。他在操作咖啡機時，沒被短袖上衣遮擋住的手臂肌肉線條頓時顯露了出來，田在歆這才發覺他的體格是經過鍛鍊的。

不會浮誇，卻展露著成熟的男人味，田在歆撐著下巴，欣賞顏睦喬專注煮咖啡時的側臉，她承認他是個有魅力的男人，也明白這個有魅力的男人想要和她交朋友。

看來她還是有點行情的，徐凱這隻瞎了眼的豬……

她在心底自嘲苦笑後，隨手抽起一張桌上的餐巾紙，從包包裡拿出原子筆在上面寫道：「照片隨你處置沒關係。謝謝你的咖啡。」

接著，她收拾好東西，起身走出咖啡店。

❤

終於到了簽約儀式舉辦的日子，爲了表示對秦海鳴的看重，君皇娛樂的副總親自到現場代表公司簽約。

作爲經紀人，田在歆並非今天的主角，因此她沒有特別打扮，只安靜卻繃緊神經地在台下待命，準備隨時應付突發狀況。幸好一向不太讓人放心的秦海鳴今日還算靠譜，沒有脫稿演出，只是在臉上堆滿銅臭味笑容的副總要和他握手時，嘴角微微向下撇了撇而已。

田在歆知道他不喜歡這樣的場合，但也無可奈何。他既然決定踏上這條路，就得清楚成就是一體兩面的，快樂的、不快樂的他都得受著。

輪到記者提問時，也沒有出什麼大問題，題目基本上都照著她事先模擬過的稿子走，而儘管秦海鳴在上回兩人見面時，對制式回答不怎麼贊同，今日他在應對時卻十分規矩。

眼看儀式即將進入尾聲，田在歆也終於卸下了心頭重擔，正暗自舒口氣時，卻聽到一位記者發問：「海鳴，昨天你在粉專發表了一首非常有趣的歌〈經紀人不准我發廢文〉，由此看來，你和這位即將合作的新經紀人早已有互動了。有傳聞說你特別指定田在歆小姐作爲你的新經紀人，甚至是因爲她，才在眾多提出合作邀約的唱片公司裡選擇了君皇娛樂，請問眞的是這樣嗎？」

田在歆不禁微蹙起眉頭，這個記者問話的方式還眞夠刁鑽，說得彷彿她和秦海鳴有什麼不尋常關係似的，但她並不擔心秦海鳴的回應。

畢竟她很清楚，秦海鳴是看在她家雞排的分上才選了她，順帶選了君皇娛樂，在這之前他們根本沒有交集。他的粉絲都知道自家偶像是個可以爲了吃而付出一切的奇葩，就算他照實回答，也不會有人感到意外，因此在模擬記者的提問時，她沒有特地準備這一題。

田在歆雙手抱在胸前看向台上的秦海鳴，淡然自若地等著他回應。

「是的，我的確指定了小歆姊作爲我的新經紀人，也確實是因爲她才決定加盟君皇娛樂。」秦海鳴頓了頓，朝田在歆的方向瞥了一眼，那眼神不是沒準備到題目的無措，也不是打算亂回答的狡黠，而是難得的認眞，似乎想要好好地和她說一件事，只對她說。

「我很感謝，因爲一塊雞排的緣分，讓我遇見了這位溫暖的經紀人。」

今天下午有一個網路影音平台的直播專訪，這是秦海鳴加入君皇娛樂後，第一個出席的官方活動。

所有人都在期待換了新東家的秦海鳴會有什麼樣的轉變，田在歆自然也嚴陣以待，此刻的她正在化妝間陪著等待上妝的秦海鳴對稿，力求所有細節都做到盡善盡美。

誰知道她管好了自己和秦海鳴，卻防不了意外發生，就在直播開始前一個小時，化妝師的右手被熱水燙傷，連握筆刷都很是困難，更別提要爲秦海鳴化個上鏡的妝容了。

「怎麼會燙得這麼嚴重？」田在歆做了次深呼吸，盡量讓語氣保持平靜。

年輕的化妝師早已哭得亂七八糟，抽噎著解釋：「昨天……昨天晚上一不小心追劇追太久，睡得太少……所以才在、在裝水的時候不小心恍神了……小歆姊對不起……我眞的不是故意的，嗚嗚嗚……」

「追劇？」田在歆輕聲複誦了一次，離她最近的秦海鳴明顯感受到她極力壓抑的憤怒。

正當秦海鳴以爲自家的經紀人即將爆發時，卻見她撫著額頭，靜下心來吩咐：「小哲，馬上帶她去醫院，有什麼情況隨時跟我聯絡。」

負責宣傳的小哲立刻將愣在原地等著挨批的化妝師帶了出去。

「小歆姊，那這樣海鳴的妝該怎麼辦？這是現場直播，沒辦法delay啊！」工作人員連忙焦急地問。

「李佳兒那邊化好妝了嗎？有沒有辦法借她的化妝師過來幫忙？」

工作人員搖頭，「那邊才剛開始化，而且女藝人的妝容本來就比較麻煩，應該來不及過來幫海鳴化妝。」

「知道了。」田在歆聽完，只是淡淡地點了點頭，把化妝師留下的化妝箱拿過來後，在桌上將工具一一鋪展開。

「小歆姊這是……」

「我來化。」簡單的三個字，沒有太多的情緒，卻出奇地給人一股安定心神的力量。

當田在歆抬起秦海鳴的下巴時，他對上了她倒映著自己身影的清澈瞳孔，這是秦海鳴第一次這麼近距離看田在歆，近到似乎連她的睫毛數量都能數出來。那雙丹鳳眼裡的專注與認眞令他有一瞬間的迷眩，於是他鬼使神差地沒有用敬稱就發問：「妳懂化妝嗎？」

這句話聽起來很像在質疑她的能力，但田在歆明白他沒有那個意思。她一邊垂首在手背上調和粉底液的顏色，一邊開口：「經紀人什麼都得會。」

接著她頓了頓，彷彿怕他不夠安心，又補充道：「放心，當年在學校上化妝課時我的分數是全班最高的，就算比不上專業的彩妝師，也絕對不會把你化得醜到哪裡去。」

秦海鳴閉目任由她在自己臉上恣意作爲，低低的嗓音裡帶著笑意，「我相信妳。」

因爲閉著眼睛，在失去視覺後，其他感官便相對敏銳了起來，他可以感覺到柔軟的筆刷在他臉上拂過，而她微涼的手指似乎比那刷毛更加柔軟，擦過他的肌膚時帶著股清涼的舒適感。

她離他離得很近，溫熱的呼吸不時噴灑在他的臉龐上，她的頭髮則散發著一股茉莉花洗髮精的香味，和她的人一樣，淡淡的，卻尾韻悠長。

「小歆姊，我剛才還以爲妳會當場教訓那個化妝師，想不到妳人這麼好。」秦海鳴依舊雙眼緊閉。不知道爲什麼，他就是想要多跟她說說話，多了解她一點。

「我沒那麼善良，身爲專業的化妝師，沒有照顧好自己的手是她的責任，等她的傷治好了，回去公司我照樣罵她。」

明明比起追究責任，她更在乎對方的傷勢如何，卻還堅稱自己沒那麼善良，這嘴硬的老毛病果然還是跟當年一模一樣呢。

秦海鳴的思緒伴隨著再度鑽入鼻內的茉莉花清香，緩緩回到了五年前那個不怎麼讓人愉快的夏天……

其實很久很久以前他們就曾經有過交集了，只是田在歆沒有印象，秦海鳴也是直到最近才又重新想起來。

那是在秦海鳴還只是個無名小卒的時候。

這次會選擇以網路影音平台的專訪作爲他加盟君皇娛樂後的初亮相，並不是毫無意義的。當年他就是以一支被朋友偷拍放到網路上的唱歌影片嶄露頭角，而後被簽進天星音樂展開星途。

雖然因爲那支驚爲天人的唱歌影片被世人注意到，但畢竟當年的他才十七歲，仍是個乳臭未乾的毛頭小子，大家只當他是普通的網路紅人，名氣過一陣子便會隨著大眾注意力的轉移而消散，那時沒有人料得到，他的實力竟支撐著他走到如今的地位。

那天他正好和公司剛簽進的一批新人參與當時頗紅的綜藝節目錄影，他身爲新人本就不受到重視，不會巴結討好也就算了，偏偏他又是個直腸子，想到什麼就說什麼，歌迷眼中的率眞被有心人解讀爲白目，最後更因爲說錯話，惹惱了製作單位。

工作人員以爲他大頭症，有心整治他，就故意在放飯時漏掉他的便當。秦海鳴滿腹委屈卻沒地方可傾訴，當時帶他的經紀人同時管理著好幾個新人，哪能每個都注意到，而他少年心性，乾脆也賭氣不說，就這麼餓著肚子撐過漫長的錄影時間。

然而他可以操勞，可以不睡覺，就是不能餓肚子。大家一直以爲他只是純粹愛吃，不清楚他有輕微的低血糖症狀，空腹太久是會出事的。

當他終於強撐著錄完節目後，已是臉色死白，冷汗涔涔。他痛苦地獨自蜷縮在角落，而眾人剛結束錄影，正忙著找明星合照，根本沒有人注意到他。

就在他的意識逐漸渙散時，一塊巧克力被塞進他嘴裡，他無意識將那塊巧克力吞下，感覺手中又被塞進一樣東西。

他的視線仍舊模糊，看不清眼前女人的模樣，只聽得見她的聲音斷斷續續地傳進耳裡：「你……天星的人？怎麼沒吃飯……經紀人呢？我家的雞排……桃園帶上來……冷掉但是……勉強塡一塡肚子……」

早已餓昏頭的他聽到手中有雞排，努力支撐起身子，低頭咬了一口。入口的雞肉因爲放得太久，早已變得又冷又硬，還有一股油膩味，他忍不住說出了實話：「好難吃……」

「我好心救你還被你嫌，隨便你……不想吃就不要吃……餓死你活該……」那道咬牙切齒的女聲說完不久，他便感覺又有幾塊巧克力被扔進他懷中，另一隻手裡也多了罐熱奶茶。

當他終於緩過來恢復意識後，身邊早已沒了那個好心女人的蹤影，可冷掉的雞排仍握在他的手中，而裝著雞排的紙袋上清晰印著「在歆雞排」四個字。

那年夏天，他初嘗進入演藝圈的苦，卻也因爲她，感受到演藝圈的暖。他不知道她的長相，也隨著時間過去漸漸忘了她的聲音，直到前陣子電視劇主題曲女王傅雪薇的事件鬧得沸沸揚揚，他從經紀人與化妝師的談論中聽到她的名字，聽到她不太樂觀的處境，他才又重新想起那年夏天的那塊難吃雞排。

田在歆，「在歆雞排」的那個「在歆」。

決意離開天星音樂後，去哪間唱片公司對他來說並沒有太大差別，他只是想繼續唱歌，前途、發展、野心什麼的，在他看來一點也不重要，但如果他的決定能稍稍幫上她的忙，那倒也不錯。

那年她給了他一塊雞排，如今，換他成爲她的救命雞排。

「在看昨天的直播專訪影片？」

田在歆從洗手間回來後，發現會議室裡的秦海鳴正一臉凝重地盯著手機螢幕，從播放出的影片聲音聽來，應該是另一位女來賓李佳兒表達對秦海鳴的音樂高度欣賞那一段。

秦海鳴點了點頭，視線依然緊盯著螢幕，眉頭深鎖，這還是他第一次在她面前露出如此嚴肅的表情。

這讓田在歆很是吃驚，在音樂領域他對自己與創作團隊有著近乎潔癖的高度要求，但在其他方面，秦海鳴從來不是那種會反覆檢討自己表現的歌手，按照他的話來說，每天都在製造不完美與遺憾才是生活之所以精彩的地方，沒必要次次都要求自己做到完美無缺，那樣太無趣了。

她並沒有試圖改變他這番假借瀟灑之名，行偷懶之實的思想，畢竟歌迷們會喜愛他，也是因爲他身上有著演藝圈裡難能可貴的一項特質——眞實。想不到他竟一夜之間轉換了畫風，難道是受到了什麼刺激？

田在歆放柔了聲音安慰道：「其實昨天的專訪你表現得不錯，觀眾反應熱烈，收看流量也十分漂亮。我昨晚回家後看過影片了，我給你上的妝也很上鏡，沒什麼需要擔心的。如果眞要檢討的話，就是和女來賓的互動可以再更自然些，偶爾稱讚她幾句，不過你一向不喜歡走這個路線，也不用急著改變，我會協助你慢慢調整。」

「小歆姊，妳說我的手機是不是壞了？」

「啊？」秦海鳴突然丟出一句風馬牛不相及的話，讓田在歆有些錯愕。

「妳看這影片的畫質怎麼這麼糟糕？我本來以爲只是直播中的一段沒錄好，結果看了半天，整支影片都很模糊……是不是螢幕的顯示器壞了？」他苦著臉問。

田在歆的眉角忍不住抽了抽。檢討自己？她怎麼會對他抱有如此荒謬的錯誤期待？

她湊上前一看，「明明是HD 720P高畫質，哪裡模糊了？你的要求未免也太高了吧！」

「不是啊，明明糊到我連誰是誰都分辨不出來……」他困惑地搔搔頭，接著摸到了掛在頭頂上的眼鏡，「咦？原來我一直沒戴眼鏡嗎？怪不得什麼都看不清楚，哈哈哈……」他捧著肚子大笑起來，看得田在歆一陣唏噓。

這孩子缺心眼缺成這樣，能健康長到這麼大，還眞是上天保佑……

「不說廢話了。」田在歆拉了張椅子在他對面坐下，平白無故浪費了這麼一段時間，她得趕緊加快進度，等等有別的行程要跑，「今天主要是和你討論未來的演藝事業方向，在簽約之前也跟你說過了，你加入君皇娛樂的這五年裡，我們最大的目標就是將你推向國際舞台。」

田在歆頓了頓，又繼續道：「你現在還是學生，我希望你先以課業爲重，好好完成大學最後一年的畢業製作，因此今年先不急著發專輯，你可以從容地一邊上課一邊寫歌，我也會替你安排一些更高階的歌唱訓練課程。不過在這段空檔，爲了不讓歌迷忘記你，還是得有些曝光率，所以我替你選了這個節目，你看看覺得如何？」

秦海鳴拿起推至他面前的企畫書，「《唯一神曲》？這是選秀節目嗎？」

「可以這麼說，但也不是傳統的選秀節目。這是一個兩岸三地共同合作的新型態大型音樂節目，標榜創作能力與演唱技巧並重，可以說這是個只有眞正的創作歌手才能登上的舞台。」她示意他將企畫書翻至下一頁，爲他粗略講解規則：「一開始會先經由網路海選挑出一批素人創作歌手，在每一期的節目中，會由一位線上專業歌手和他欣賞的兩位素人進行PK，以觀眾指定的主題當場限時創作出一首新歌並演出。這是一個很挑戰實力的節目，創作過程都暴露在觀眾面前，做不了假，所以沒有一定資歷和實力的歌手不敢隨便亂接。」

說到這裡，田在歆抬頭瞅了秦海鳴一眼。

「而節目製作方邀請你擔任守關歌手，正是看重了你的能力，雖然不容易，但我相信你可以在這節目上大放異彩，讓更多人看見你的才華。至於錄影地點，你也不用擔心，這次的節目特意在陸港台三地皆設有錄影棚，參加比賽的素人歌手就在本地錄影就行了，當然你也是，可能只有到總決賽時才需要到對岸進行更大型的節目錄影，少了搭飛機奔波的時間，應該不太會影響到你的學業。」

「限時主題創作……」秦海鳴擰眉，顯然不是很有興趣，「這不就像是高中學測考的作文嗎？我眞的不是很欣賞這種爲創作而創作的制度。」

「換個角度想，這也是激發你創作能量的一種方式，等於每一期節目錄完，你都會完成一首優秀的歌曲。」見秦海鳴依舊興致缺缺，田在歆又接著補充：「《唯一神曲》會在許多國際性的影音平台上播放，透過這個節目，你可以讓更多原本不認識你的人聽見你的音樂，這是將你推往國際舞台很重要的一步。」

「……我只是想快樂地唱歌，我沒有想那麼多。」

「如果你單純只是想快樂地唱歌就好，那你關在自己家的浴室裡唱，或是找同學一起去KTV就行了，爲什麼還要當歌手？」

「我……」秦海鳴垂下眼眸，低聲道：「一開始，我只是覺得能讓更多人聽見我唱歌似乎也沒什麼不好，我沒想到進入演藝圈後，唱歌這件事就變得不那麼純粹了。」

「夢想是理想和現實互相磨合之下的產物，也才有實踐的意義，如果純粹只有浪漫美好，那不叫夢想，而是妄想。」田在歆說完，瞥見秦海鳴臉上的惘然，不禁有些後悔。

她是不是把話說得太重了？畢竟他還是個孩子，如果連孩子都不相信夢想了，那這世界會變得多冰冷功利？

田在歆靜默片刻，最後輕嘆了口氣，「沒有你想得那麼複雜，你仍然可以用你喜歡的方式唱你喜歡的歌，剩下的，交給我來處理就可以了。」

❤

簽約後的忙碌期總算過去了，田在歆直到現在才終於擁有一段空檔打包行李搬家。幸好新家的環境還算乾淨，她只花了半天時間便打點好一切。

整理了一個下午，身上滿是黏膩的汗水，田在歆決定先去沖個冷水澡，再到附近逛逛尋覓晚餐。

卻沒想到當她洗完澡從浴室出來後，就發現自己才剛鋪上淡紫色床單的雙人床上大剌剌地躺著一名不速之客。

一個看起來只有十六、七歲的年輕女生。

「妳是誰？」田在歆盯著她，戒備地問。

第三章

「茜茜，妳媽這次怎麼肯讓妳來參加海鳴哥哥的直播見面會？」秦海鳴粉絲後援會「海鳴歐巴94狂」副會長許宜婷一邊跟著排隊人龍龜速前進，一邊舉起應援牌遮陽。

「我怎麼可能跟她說實話？當然是說去補習啊！」身爲「海鳴歐巴94狂」會長的趙茜茜皺眉撩起長髮，將手中的迷你風扇對準後頸送風。

「欸？妳媽這樣就相信嘍？」前任會長徐娜蓁驚奇道。

「這……這麼簡單？」許宜婷睜圓了眼睛，「妳媽不是知道妳補習的時間嗎？」

趙茜茜斜睨了許宜婷一眼，「笨吶，只要說是加課就好啦。我媽的工作那麼忙，哪有時間打電話去補習班檢查？而且她根本恨不得我一天二十四小時都在補習班好不好。」

「好好喔，我是趁著我爸在加班偷跑出來的，要是被發現就死定了。」許宜婷嘆了一聲。

「哈哈，我才沒妳們那麼慘，我隨時想來就能來，我爸根本不管我。」徐娜蓁蹦躂著炫耀，但被酷暑曬得頭昏腦脹的另外兩人卻恍若未聞。

「要是娜蓁還在的話，肯定會跟我們炫耀都沒人管她。」一陣短暫的沉默過後，許宜婷突然低聲道。

趙茜茜的表情霎時變得有些不自然，「妳又提她幹麼？」

「只是剛好想到她。」許宜婷垂下眼睛，「少了她，周圍安靜得好不習慣喔……」

「是終於重歸寧靜了吧？」趙茜茜撇撇嘴，「不用忍受被她吵得要死的日子不好嗎？」

「以前是真的覺得她有點煩啦，不過現在……」許宜婷頓了頓，「唉，以前有娜蓁在，我們哪需要像這樣在大太陽底下排隊啊，直接就用VIP身分進場了，而且……現在想想，我們好像一直在占娜蓁的便宜，演唱會搖滾區的票也是她送我們的，還有那些周邊……」

「又沒有人求她，是她自己堅持要送給我們的。再說了，她家那麼有錢，這點錢她哪會放在眼裡，她當會長的時候我們也忍她忍很久了好嗎？又不是只有她吃虧。」趙茜茜煩躁地嘖了一聲，「好了，人都死了，再講她也沒什麼意思。」

兩人跟著終於又重新流動的排隊隊伍前進，剩下徐娜蓁一個人留在原地，腳步和她嘴角的弧度一樣，都尷尬地定格著。

後面的粉絲陸續上前，穿過她的身體繼續前行，沒有任何人發現她在那裡。

徐娜蓁緩緩垂下頭，看著自己在陽光下略顯半透明的身體。

是啊，她已經沒有朋友了。現在的她，連用金錢維持那可笑的友誼，都再也做不到了。

徐娜蓁四平八穩地躺在今天才剛鋪上新床單的雙人床上，瞪著天花板上的吊扇發呆。夕陽從半敞的窗子流瀉進來，將淡紫色的床單染上一層半透明的橘金色。她懶洋洋地翻了個身，又再翻了個身，然後伸出右手迎向陽光，看著光線從指縫透了過來。

她握緊拳頭，卻什麼也沒抓住，甚至連溫度都感覺不到。

她頹然地垂下手，聽著浴室裡稀哩嘩啦的流水聲，緩緩地眨了眨眼。

好無聊。無聊到快死掉了。

不對，她已經死掉了。

她都快忘記自己是多久以前出的事了，一個星期、一個月，還是一年？

不知道，她只覺得已經過了一個世紀。

剛死掉的時候，她還苦中作樂地想，終於不用再被課本和考試壓榨了。如今她才明白，一邊聽著國文老師念催眠咒，一邊幫課本上的陶淵明畫假睫毛是件多麼有趣的事，至少比她現在的「鬼生」有趣上一百倍。

沒有人看得見她，沒有人聽得到她說話，剛成爲「鬼界菜鳥」的那段日子勉強稱得上驚險刺激，每天都快被她的同類嚇得半死……當然，這只是個形容詞，畢竟她已經死了。但她也漸漸麻木了，同樣都是鬼，他們有的她也有，有什麼好怕的？

她四處轉悠，最後還是回到了這個地方，她出事的地方。她在那附近找了間安靜、看得順眼的屋子搞自閉，等待傳說中的黑白無常將她帶走。

沒想到，還沒等到黑白無常，卻等來一名新租客。

這間套房新來的租客似乎是個獨居的都會女性，雖然徐娜蓁其實也沒見過她，只是聽附近的小孩鬼說這間房子剛搬進了新房客。

說起來徐娜蓁還挺佩服這個女人的，這麼陰的房子她也敢住。而直到今天她才算是正式搬了進來，等到徐娜蓁在大街上瞎晃到無處可逛回來套房時，她已經將行李收拾好，正在浴室裡洗澡。

凡事都有個先來後到，人有人權，鬼也是有「鬼權」的。畢竟是徐娜蓁先看中這間套房的，她並不打算讓出去，反正那新來的女人不會發現她的存在，她也不會主動去招惹對方，他們可以相安無事地各據一隅，直到她投胎轉世。

徐娜蓁原本是這麼打算的，可她沒想到的是，新房客居然有陰陽眼。

「妳是誰？」剛踏出浴室，身上只圍著一條大浴巾的漂亮大姊姊正擰著眉，一臉戒備地盯著她問。

❤

眼前的年輕女孩回望著田在歆好半晌，直到確定田在歆問話的對象就是她後，才緩緩從床上坐起身，指著自己問：「妳看得見我？」

看得見？田在歆在心中思忖片刻，逐漸反應了過來，臉上的神情從原先的戒備轉成驚詫。

她還想說自己明明已經將套房的大門與鐵門裡裡外外鎖了三層，怎麼可能還有人闖得進來，原來……不是人。

田在歆攥緊了胸前的浴巾，有些緊張地轉頭查看房間四周。饒是她見過許多大場面，此刻肌膚上也無可避免地冒起雞皮疙瘩。

她都多少年沒再看見了，怎麼突然就……

女鬼像是讀懂了她的心思，搖頭道：「不用看了，這裡只有我。」

田在歆還在思索她話中的可信度，便見到女鬼親熱地湊上前，「姊姊，妳真的看得到我嗎？妳看得到這是幾嗎？」女鬼伸出兩根手指在她面前晃了晃。

田在歆不禁抽了抽眉角。她最近怎麼跟屁孩這麼有緣？不管是人是鬼都一樣。

不過至少從這點看來，這個女鬼並非厲鬼，田在歆的不安這才稍稍褪去了些。

她期待自己的無視能讓女鬼自討沒趣而就此離開，因此沒有搭理她，逕自走到衣櫃前準備換衣服。然而當她磨蹭著選好衣服，一定得褪下浴巾時，房裡的不速之客竟然還在。

「我要換衣服了，請妳離開。」田在歆強壓著心中的慌亂，客氣而疏離地說。

女鬼恍若未聞，饒有興致地打量她敞開的衣櫃，「姊姊妳的衣櫃也太無聊了吧！完全沒有黑白灰以外的顏色耶。」

「那也是我的事。」田在歆做了個深呼吸，她知道她的態度一定得強硬，不然很容易被纏上，「我最後再說一次，這是我家，請妳出去。」

女鬼睜著一雙大眼可憐兮兮地望著她，發現田在歆無動於衷後，又更加可憐地眨了眨。

「裝可愛也沒用。」

「喔。」女鬼只好耷拉著腦袋，蔫蔫地從窗戶飄了出去。

總算是逃過一劫了，田在歆長舒了一口氣。誰知道她才剛換好衣服轉過身，女鬼又重新出現在她面前。

田在歆嚇得驚叫一聲，「妳怎麼這麼陰魂不散啊！」

「作爲一隻鬼，陰魂不散不是我的任務嗎？」女鬼用手指繞著自己的鬈髮，漫不經心地說。

田在歆一時語塞，被女鬼這麼一鬧，她都不曉得自己到底該不該害怕了，最後她無奈地伸手指向床鋪，「妳去那邊坐好，我們需要好好談談。」

女鬼立刻切換成好寶寶模式，乖乖地坐在床沿等待田在歆發話。

田在歆將浴巾疊好搭在手臂上，本想強硬地訓斥一番，好讓女鬼知難而退，但看到她一臉乖巧的模樣，頓時又不曉得該如何開口。田在歆輕嘆了一聲，從書桌拉了張椅子過來，在女鬼面前坐下，「小妹妹，妳年紀輕輕就……我也很遺憾。只不過，這裡終究不是妳該待的地方。」

女鬼垂下了頭，「可是我也不知道我該去哪裡啊……」

「妳是在這附近……呃，去世的？」

女鬼頷首，「車禍，就在外面那個路口。」

田在歆不禁心生同情，語調也放軟了些，「妳知道自己已經死了多久嗎？」

女鬼思索了一下，然後掰著手指數道：「確切的時間不是很清楚，大概兩、三個月吧。」

「那怎麼沒去投胎，還在人世間徘徊呢？」

女鬼難得老成地嘆了口氣，「好問題，我也想知道。」

「妳叫什麼名字？還記得妳家在哪裡嗎？或許我可以幫妳找家人過來，替妳超渡。」

「我叫徐娜蓁。」女鬼撥開胸前的長髮，田在歆這才發現她身上的制服有繡名字。

田在歆正覺得這個名字好像在哪裡聽過，徐娜蓁又接著開口，語氣平靜，「我沒有家人。」

田在歆愣了愣，「妳是……孤兒？」

徐娜蓁搖了搖頭，過了一會兒又點點頭，「差不多吧。」

「什麼叫做『差不多』？」田在歆不是不知道家家有本難念的經，但現在可不是打馬虎眼的時候啊，「那妳現在有什麼打算？」

「打算？沒什麼打算啊。」

「難道妳要一直待在這裡？」

「我不能一直待在這裡嗎？」

田在歆深吸了一口氣，「聽著，雖然我很同情妳，也知道妳不是會作怪的鬼，但這裡畢竟是我家，看不到就算了，既然我已經知情，沒有人會想跟鬼共處一室。」

徐娜蓁立刻舉手保證：「姊姊，我發誓我不會吵妳，妳把我當空氣就好了！」

「不是這個問題。」

「那是什麼問題？」

田在歆煩躁地撓了撓後頸，「這附近房子這麼多，妳爲什麼不去別間？」

「別間有別的鬼住了啊，我又打不贏他們。」

見徐娜蓁說得如此理直氣壯，田在歆頓時也不知道該如何回話了，只能在心中爲那些毫不知情的鄰居們默哀。

「姊姊。」徐娜蓁小心翼翼地伸出手，扯了下田在歆寬鬆的灰色休閒服下襬，「我死了這麼久，這還是我第一次遇到能看見我、聽見我說話的人，妳不要趕我走好不好？說不定明天我就煙消雲散了，也煩不了妳多久。」

田在歆低頭盯著那隻揪著她衣襬的白嫩爪子，蹙著眉頭糾正：「煙消雲散不是這樣用的。」

「隨便啦。」徐娜蓁吐了吐舌頭，「拜託啦姊姊。」

聽著徐娜蓁一聲聲卑微又懇切的請求，田在歆猶豫了許久，終究還是恨鐵不成鋼似地長吐一口氣，「記住妳說的，只能當空氣。」

「啊啊啊啊啊啊啊——」

當晚，田在歆立刻體悟到高中小女生的承諾基本上和立委選前的政見一樣，聽聽就好。

原本說好要當空氣的徐娜蓁小妹妹，才經過幾個小時，便以殺豬般的尖叫聲大大證明了自己的存在感。

正在陽台晾衣服的田在歆忽然很慶幸徐娜蓁是隻鬼，否則她才剛搬來的第一天就被鄰居聽見這般「鬼吼鬼叫」，不被抗議才怪。

田在歆手中還拿著衣架，無奈地走回房間瞪向徐娜蓁，「妳發什麼神經？」

「爲爲爲……」徐娜蓁驚恐地指著田在歆放在書桌上，顯示著來電名稱的手機，顫聲問：「爲什麼海鳴哥哥會打電話給妳？」

相較於徐娜蓁的激動，田在歆則是一臉見怪不怪地拿起手機，「我是他的經紀人，他打電話給我有什麼好奇怪的？」

當徐娜蓁仍處在石化狀態，田在歆就已接起了電話。能和秦海鳴通上這麼一次電話是徐娜蓁這些小女生們夢寐以求的事，可田在歆卻神色冷淡，眉頭微蹙，回應的大多是「不行」、「不准」、「想都別想」這類的句子。

直到田在歆掛掉電話後，徐娜蓁才回過神，怔怔地問：「這個秦海鳴……是那個秦海鳴嗎？」

「我不知道妳口中的那個秦海鳴是誰，不過……」田在歆遲疑了片刻，但想到徐娜蓁只是隻鬼，大概也沒什麼能耐散播八卦，便爽快地回應：「如果妳指的是唱歌的秦海鳴，那麼是他沒錯。」

徐娜蓁靜默了幾秒後，再度發出殺豬一般的尖叫聲：「啊啊啊啊啊啊啊——」

田在歆皺起眉，揉了揉耳朵，「又怎麼了？」

「是海鳴哥哥啊！我超喜歡他的！姊姊妳居然是他的經紀人？妳上輩子是拯救世界了嗎？」

看著激動到語無倫次的徐娜蓁，田在歆只是冷笑，「呵，我想我上輩子應該是賣國賊，這輩子才會攤上他吧。」

「什麼？」

「沒什麼。」深知在這些迷妹們的眼裡，偶像連放個屁也是香的，田在歆就沒打算多做解釋，更何況徐娜蓁粉的還是她帶的歌手，某種程度上來說也讓她挺有面子的，「妳什麼時候開始喜歡秦海鳴的？」

「他剛出道時我就愛上他了，他的每一張專輯我都有買，每一場演唱會我都有參加，我還是他其中一個粉絲後援會的會長呢！」徐娜蓁挺起胸膛，驕傲萬分地說。

「原來妳來頭這麼大。」田在歆抽了抽嘴角，「他是哪一點讓妳這麼愛他？」

「因為海鳴哥哥很帥啊！」

呵呵，這個萬惡的看臉時代……

她還來不及吐槽，又聽到徐娜蓁滿懷憧憬地開口：「不只長得帥，歌也帥，最重要的是他活得很帥氣！」

長得帥嘛，這點的確無庸置疑，秦海鳴是個有顏値又有實力，天生就該吃這行飯的男人；歌帥更是沒什麼好說的，不然她也不會只去過一次他的現場演出就衝動地簽下他；至於活得帥氣……嗯，他確實是個可以想幹麼就幹麼，活得恣意張揚的幸運孩子。

「不過哥哥最近好可憐喔……姊姊，妳爲什麼不准哥哥發廢文了？」

田在歆手中的衣架差點掉到地上，「……原來現在的鬼都這麼跟得上流行。」

「嘿嘿，因爲我對海鳴哥哥是眞愛啊！」徐娜蓁頓了頓，隨後懊惱地驚呼一聲：「姊姊妳不要轉移話題啦！快告訴我爲什麼不准哥哥發廢文了？」

田在歆搖頭笑笑，逕自走回陽台繼續晾剩下的衣服，「哪有爲什麼，他有那個時間發那些沒有意義的文，還不如多寫幾首歌。」

徐娜蓁連忙跟了上去，「哪會沒有意義！我覺得海鳴哥哥每次的發文都帶給我滿滿的正能量啊！」

「正能量？」田在歆抖了抖手中的襯衫，嘴邊逸出一聲冷笑，「請問妳從『一人做事一人當，小叮做事小叮噹』這則發文中得到了什麼正能量？」

「這個故事告訴我們應該要爲自己做的事負起責任，就算是『小叮』也一樣！」

……這些偶像們這麼具有教化能力，眞的不考慮轉行去當老師嗎？

不過提到秦海鳴的廢文，田在歆腦中突然湧現一絲熟悉感，她將襯衫晾好後，轉頭看著徐娜蓁有些遲疑地問：「妳以前……是不是有在秦海鳴的發文底下留過言啊？」

徐娜蓁頓時用一種看見同好的熱烈眼神回望她，「姊姊妳怎麼知道？海鳴哥哥的每篇發文我都會回應，還有人說過我回應的篇幅簡直可以寫成一篇作文了，哈哈！」

「……果然是妳。」田在歆額角上的青筋歡快地跳了跳，她還以爲只是名字有點像，沒想到眼前的女鬼正是那個狂熱粉絲本人，「妳媽看到妳花這麼多精力在追星上不會生氣嗎？」

徐娜蓁臉上燦爛的笑容倏地一僵，靜默了半晌，才垂下眼眸低聲道：「可能會吧。」

田在歆在演藝圈打滾多年，早已成了個人精，哪會看不出徐娜蓁的異樣，她張了張唇，正想說些什麼彌補，徐娜蓁卻已轉過身。

「姊姊晚安，我去找個角落當空氣了。」

隔天一大早，腦袋還有些渾沌的田在歆鑽進駕駛座，正準備繫上安全帶時，一個轉頭卻對上了徐娜蓁水靈靈的大眼，嚇得她猛地驚呼一聲：「媽呀！」

「早啊，姊姊。」坐在後座的徐娜蓁笑瞇瞇地對田在歆揮揮手，彷彿在提醒她昨晚的經歷不是一場夢，她是眞的「見鬼了」。

田在歆深吸了一口氣平復情緒，本想破口大罵，但想起徐娜蓁昨晚的低落，終究還是忍了下來。

算了，跟個孩子計較什麼呢。

她低聲嘆了口氣，發動引擎，「妳在這裡幹麼？」

「我怕姊姊一個人上班會發生危險，所以來當護花使者啊。」

田在歆只是淺笑著看她，沒有說話，徐娜蓁只好摸摸後腦勺從實招來：「姊姊妳去上班的話，應該會遇到海鳴哥哥吧……」

「我是去上班，不是去玩。」田在歆轉動方向盤，開上馬路，「再說了，就算能見到秦海鳴，妳現在這副模樣……他又看不見妳。」

但這小丫頭的預感還真準，她此行的確是要去秦海鳴家接他上工。

「沒關係，只要能遠遠看著他，我就滿足了。」徐娜蓁開始發動撒嬌攻勢，「好嘛好嘛！讓我去嘛！」

「我說不行，妳會不跟嗎？」

徐娜蓁嘿嘿笑了兩聲。

田在歆無奈地搖頭，算是默許了。

等紅燈的時候，田在歆轉頭望向車窗外的景色，似乎是在尋找什麼東西，徐娜蓁也跟著好奇地往窗外看去，「姊姊妳在找什麼啊？」

「妳的同類。」田在歆刻意壓低的嗓音裡還是流露出一絲緊張。她已經有許多年不曾看見鬼了，這次遇見徐娜蓁，她本以爲是自己的陰陽眼又在某種機緣下重啓了，可奇怪的是，除了徐娜蓁，她沒再瞧見其他鬼魂。

「喔，那邊樹下就有一個啊，還有那個路口，有個斷頭騎士的腸子掉出來了……」

「好了，我知道了，謝謝。」田在歆頭皮發麻地打斷她。

徐娜蓁一愣，「姊姊妳看不到他們？」

「嗯。」田在歆踩下油門，加速駛離這片「鬧區」。

「那妳怎麼看得見我啊？」

「我也不曉得。」田在歆搖搖頭，「我小時候常常被陰陽眼折磨得每晚都作噩夢，根本睡不好，後來是我爸認識的一個道士幫我做過法之後才看不見的。妳是我睽違了二十多年，再次看見的第一個鬼。」

「哇，聽妳這麼一說，有種很榮幸的感覺，我會好好珍惜這段得來不易的緣分的。」

田在歆抽了抽眉角，她倒是想把這撞鬼的倒楣緣分丟進垃圾桶……

「經紀人小姐來了啊。」陳阿姨一打開門，便對田在歆有些歉然地笑了下，「海鳴還沒起床呢，我已經叫他好幾次了。」

陳阿姨是秦海鳴家的幫傭，身形圓滾福氣，長得有點像動畫《我們這一家》裡的花媽，爲人很和氣，總是笑容滿面，讓人光是看到她，心情就先好上三分，然而田在歆此刻完全無法被陳阿姨感染到好心情。

媽的，爲了讓秦海鳴可以多睡半個小時，她七早八早就起了床，特地過來接他去錄影棚，可是這死小鬼竟然還有臉賴床？

田在歆臉上也堆起了客氣的微笑，嗓音卻透著山雨欲來風滿樓的寒意，「沒關係，我自己去叫他就好。」

秦海鳴的父親一早就出門運動了，他母親則還在睡覺，因此田在歆並不需要特別跟誰打招呼，她像是在自己家似的，熟門熟路地往二樓秦海鳴的房間走去。

相較於田在歆的淡定，在她身後的小跟班徐娜蓁簡直像是初入大觀園的劉姥姥一樣，興奮又激動地四處張望，「以前就聽說海鳴哥哥的家裡很有錢，沒想到會這麼有錢，這房子也太大、太豪華了吧！」

田在歆邊爬樓梯邊感嘆：「所以說，好的投胎是成功的一半，有錢人看心情挑豪宅住，我們這些平民老百姓不吃不喝一輩子，可能也只買得起台北市區的一間廁所。」

「我們？」徐娜蓁一臉眞摯地搖搖頭，「不是喔，我家也很有錢，房子好像還比海鳴哥哥的家大一點點。」

……她眞的不是故意的嗎？田在歆突然產生了想揍人的衝動。

「海鳴？秦海鳴，起床了。」田在歆在房門上敲了兩下，但沒有得到半點回應，一如她所預料的。

在徐娜蓁害羞又雀躍的驚呼聲中，她直接轉動未上鎖的門把。一打開門，秦海鳴豪邁的睡相便映入眼簾。

田在歆轉頭看了看兩眼直冒愛心的徐娜蓁，忽然很慶幸秦海鳴沒有裸睡的習慣，畢竟這裡還有個未成年觀眾。

「秦海鳴起床！」照慣例吼完這句話後，她走到窗邊唰啦一聲拉開窗簾，刺眼的陽光立刻溢滿整間房間，然後拿起遙控器將冷氣關掉，最後才扠著腰站在床邊瞪向床上的人。

驟然透進來的光線讓秦海鳴下意識蹙起了眉頭，他抱著棉被不滿地哼哼著，眼皮卻紋絲不動。

徐娜蓁聽著秦海鳴從鼻子裡哼出的低啞嗓音，再瞅著他不小心撩起T恤而露出的一小截緊實腰身，站在原地吞了吞口水，「姊姊，我好像幸福得快死掉了。」

「妳已經死了。」

「……我可以再死一次。」

田在歆沒理會徐娜蓁的花痴發言，走上前扯了扯秦海鳴懷裡的被子，「快點起床！你想要第一次錄影就遲到嗎？」

秦海鳴卻牢牢抱著被子不肯撒手，彷彿那是他的親生兒子，「不要……我死也不要起床……」

「死也不要起床？」田在歆陰惻惻地複述了一次。

連一旁陷入迷妹狀態的徐娜蓁都感受到了不祥的氣息，偏偏秦海鳴仍渾然未覺，耍賴地用長腿夾住被子，「要我現在起床，乾脆直接殺了我吧。」

「這可是你說的。」

下一秒，田在歆便翻身上床，用雙腿將他的身體固定住，接著在徐娜蓁的尖叫聲中俯下身……掐住他的鼻子。

秦海鳴一開始還沒什麼反應，直到感覺到呼吸不順，才嗚咽地掙扎了起來。

田在歆見眼前的俊臉脹得通紅，才總算放開他，拍拍手下床，「清醒了嗎？」

秦海鳴一邊大口呼吸，一邊可憐兮兮地點頭，「清醒了……」

今天是《唯一神曲》的首次錄影，作爲一個全新型態的音樂選秀實境節目，再加上擔任守關歌手的皆是現今最具人氣的實力派歌星，讓《唯一神曲》尚未開播就話題滿滿，無數歌迷翹首盼望這場音樂盛典的展開。

而在這些線上的守關歌手裡，又屬秦海鳴年紀最小、觀眾期待度最高，因此決定節目收視能否開紅盤的關鍵第一期就由秦海鳴打頭陣與素人進行**PK**，其他守關歌手則擔任客座評審。

經過一整天的梳妝、彩排，終於到了正式錄影的時刻。田在歆手裡拿著梳子，最後一次確認秦海鳴的服裝與妝髮是否完美。

一切準備妥當後，她遞了罐礦泉水給他，本來有千言萬語想要交代，可到了嘴邊時只剩下一句：「做你自己就好，這才是秦海鳴最有魅力的地方。」她抬頭望著他，柔和又鄭重地說。

「好。」秦海鳴接過水，同樣鄭重地點了點頭。攝影棚後台的光線昏暗，他的眼眸卻亮得灼人。

原本田在歆還有些擔心，畢竟當初和秦海鳴提起這個節目時，他的興致不高，雖然要他不用顧忌太多，做自己就好，但又害怕他太「忠於自己」，一個不小心會在觀眾面前留下壞印象。不過很快地，她就知道是自己多慮了，儘管平時的秦海鳴孩子氣到讓她想殺人，唱歌時的他卻與平常判若兩人。他是天生就該活在舞台上的男人。

節目的一開始，是由秦海鳴從網路票選出的五名素人創作歌手中，盲選出最欣賞、也最想與之PK的兩位素人進入下一個環節。

即使已擁有巨星地位，在聽素人們演唱時，秦海鳴的神情卻十分虔誠專注，彷彿在他眼裡沒有名氣高低，也沒有資歷深淺的區別，每一首歌、每一個創作都值得被全心對待。

最後，他選出的兩位素人歌手風格迥異，一位是擅長R&B節奏藍調的小學男教師，另一位是唱腔空靈獨特的女大學生，他們僅有的共通點是皆爲秦海鳴的歌迷。當然，在盲選的結果揭曉之前，秦海鳴是不知道這些的。

因此接下來的PK被主持人戲稱爲「粉絲與偶像之間的殘酷大廝殺」，然後他詢問秦海鳴是否會手下留情。秦海鳴搖搖頭，表示他會爲自己的歌迷加油，但不會放水，而是會全力以赴，因爲這才是對他們的尊重，也是對音樂的尊重。

他的這番言論頓時引來現場觀眾的喝采，在台下看著的田在歆也欣慰地點頭。她能預料到節目播出後，這段話一定會被當作主打焦點，屆時不僅觀眾會被他的好人品圈粉，經紀公司也會稱讚田在歆教得好。

可田在歆很清楚這並不是她教給他的漂亮話，而是他發自內心最眞實的想法，他只是在做他自己。

田在歆突然很慶幸自己簽下了他。要在演藝圈走得長久，靠的不只是實力與運氣，更重要的是正確的心態，就算有一天她不再是他的經紀人了，她也由衷希望這個孩子能發展得很好。

當田在歆正暗自欣慰著，身旁的徐娜蓁卻如喪考妣地嗚嗚哭著。

爲了不被旁人誤會她是個對著空氣自言自語的神經病，田在歆只好壓著嗓子用氣音問：「妳又怎麼了？」

「嗚嗚嗚，那個老女人還不快放開她的臭手！抱得那麼緊，是怕大家不知道她是花痴嗎……」

田在歆順著徐娜蓁充滿怨念的視線望過去，對上的是正在和秦海鳴擁抱打氣的那位女大生素人歌手。

她不禁失笑，連大學生都被說成是老女人，那她這個早已出社會多年的，不就是千年老妖了？再說若要比花痴，徐娜蓁根本不遑多讓好嗎？

「妳身爲粉絲後援會會長，難道沒有抱過秦海鳴？」

徐娜蓁委屈地搖頭，「難怪我死不瞑目，到現在還投不了胎……」

田在歆沒打算再跟徐娜蓁瞎扯，將目光重新放回舞台上。

接下來才是節目的重頭戲，舞台上有三個像是錄音室的獨立房間，每個房間上面都裝有計時器，房間裡則有寫歌作曲及編曲後製所需的一切設備，另外還有一名專業的音樂製作人協助參賽者編曲。

這個節目不只是專業歌手與素人創作者的對決，也是音樂製作人大展身手的舞台，同樣考驗著他們極限創作的能力，只不過在參賽者打開錄音間的門之前，並不會知曉與他們合作的製作人會是哪位，這種隨機配對的模式同時也爲節目帶來更多的趣味性。

而參賽者們之後要做的，就是在觀眾於網路上提名並票選出前三高票的三個歌曲主題中，共同選出一個作爲這一期比賽的題目，然後進到錄音室，以這個主題在限時六十分鐘內創作出一首全新歌曲，且於下半場節目中演出，由觀眾與客座評審投票決定哪一首歌是本期的「唯一神曲」。

此次，觀眾爲秦海鳴和兩位挑戰者選出的三個主題分別是「初戀那件小事」、「感官世界」以及「飲食男女」。

當大螢幕上出現「飲食男女」這四個字時，全場觀眾都笑了，畢竟秦海鳴以吃貨聞名，不選這個主題，簡直對不起他「經營」許久的形象。

主持人則表示對「初戀那件小事」這個題目十分感興趣，想要藉機刺探秦海鳴的初戀故事，秦海鳴卻搔搔頭，靦腆地笑道這個題目對他來說太難了，因爲他還沒有過初戀，所以不明白初戀到底算是件小事還是大事。

這個等同於自爆的八卦消息頓時讓台下觀眾暴動，主持人笑著揶揄秦海鳴激動的粉絲們，人人都還有機會成爲他寫歌的繆思女神。

然而最後選中的題目卻是大爆冷門的「感官世界」。

過程是這樣子的，秦海鳴禮讓歌迷，給出選擇權，可兩位歌迷選手都表示願意追隨偶像的選擇，隨後果然照著秦海鳴一貫亂來的風格，用猜拳定下了這個題目。

雖然題目不具特別的話題性，觀眾依然很期待新作品的誕生，畢竟秦海鳴一向號稱是「什麼都能寫成歌」，相信無論面對任何主題，他都可以發揮得很好。

三位參賽者延續「亂來」風格，用猜拳決定誰要進哪間錄音室。最終秦海鳴進入的是中間的紅色錄音室，他打開門，頭頂上的計時器開始倒數一個小時……

當在紅色錄音室久候多時的音樂製作人露出廬山眞面目時，田在歆盯著螢幕上那張不算陌生的臉，輕輕舒了口氣。

江禾。傳說中的鬼才製作人，再無藥可救的歌曲或歌手在他手中都能化腐朽爲神奇，轉變爲一代名曲。

儘管秦海鳴根本不需要靠江禾來化腐朽爲神奇，但由於是第一期節目，多一個大神多一份保證，不管是節目或歌手，都很需要一首精采絕倫的作品來奠定收視率，開啓話題。

只可惜那兩位素人就沒這個好運氣了……不過和他們配合的音樂製作人除了名氣沒江禾大，也都是業界叫得上名號的資深製作人，製作單位並不算偏心。

題目與製作人皆決定好後，便是最爲緊張刺激的創作時間。即使不是直接在觀眾面前創作，每間錄音室裡也都設有攝影機實況轉播，觀眾可以透過螢幕窺見錄音室裡參賽者們的創作百態。

這個階段算是錄影的休息時間，田在歆趕緊泡了壺澎大海到錄音室關心自家藝人。她和製作人江禾打過招呼後，看向坐在鋼琴前的秦海鳴，「怎麼樣，還好嗎？」

秦海鳴沒有回答她，而是隨手彈了一段旋律，自彈自唱了起來。

田在歆凝神聽了幾句後就認出了這首歌，是韓國歌手TAEYANG的經典歌曲〈EYES, NOSE, LIPS〉，看來他正在爲題目「感官世界」蒐羅靈感。

田在歆頗感欣慰地點點頭，聽他唱得一口流利韓文，忍不住驚訝道：「你會說韓語？」

秦海鳴瞪大了眼睛，「怎麼可能？當然是亂掰的。」

……那你還唱得那麼投入、那麼深情！

她在心裡腹誹著，又聽到他用同樣的旋律繼續唱：「寫不出寫不出好絕望，眼看節目就要天窗，我不怕節目天窗，也不怕觀眾失望，喔～我怕經紀人罵……」

田在歆額角上的那根筋歡快地跳了跳，她轉身面向江禾深深一鞠躬，「如果可以，請不要太快放棄他。」

「……我盡量。」

田在歆畢竟不是專業音樂人，見沒有她幫得上忙的地方就趕緊退出錄音室，留給秦海鳴和江禾最自在的創作空間。

她也趁著這段時間和導播、音控大哥，還有其他工作人員們打招呼。一個小時轉眼間就過去了，選手們終於「出關」，他們抓緊時間彩排與梳妝，準備在萬眾矚目下登台展現自己的成果。

按照節目的規定，演出順序爲素人在前，守關歌手壓軸。第一位上場的女大生歌手演唱的是〈鹽顏〉，這是一首很逗趣可愛的輕快民歌，之後登台的小學男教師的創作叫〈聽北風唱歌〉，雖然歌名聽起來頗有童趣，實際上卻是一首悲傷的慢情歌。

兩位選手的表現都讓田在歆爲之驚豔，能在這麼短暫的時間裡創作出完成度如此之高的作品，並且歌喉和技巧皆在水準之上，就算最後兩人沒能順利晉級，她也希望他們能被伯樂挖掘。

只是當秦海鳴登台後，前面兩組立刻相形失色。明明是同樣的創作時間、同樣的題目、同樣的資源，可秦海鳴帶來的不再只是單純的歌曲演出，而是昇華爲一場藝術饗宴。

舞台上沒有設置浮誇華麗的布景道具，只徐徐噴著乾冰，營造出一種蒼茫死寂的氛圍。秦海鳴一身及地純白斗篷，斗篷帽沿幾乎遮擋住整張臉，看不見他的神情。

這首歌名爲〈眼見爲虛〉，一開頭只有秦海鳴一人輕輕哼唱，沒有歌詞，也沒有任何伴奏，但他純淨清透的嗓音彷彿能攫住人們的靈魂，將聽眾吸進他歌曲裡的世界。

明明是如此清澈的哼唱，聽著卻讓人感到無比的空虛與絕望，田在歆不由自主地屏住呼吸，感覺心頭像被什麼東西塞住了，悶悶的，堵堵的。

她忽然很想知道秦海鳴是在用什麼樣的心情唱這首歌，然而他的面容始終籠罩在斗篷的陰影下，田在歆頓時懂了，「眼見爲虛」，這些都不重要。

她緩緩閉上雙眼，讓心靈取代耳朵，感受秦海鳴透過歌曲想要傳達的意念。

女孩走在大街　燈火闌珊的大街
她腳步匆匆　如影如風

她走進那間裝潢浮誇的咖啡店
環顧四周　想找到她的星球
啊　終於發現朋友對她　招手
她急忙上前　融入其中　安撫煩憂

服務生端來那道抹茶味的甜點
她們湊上前　閃光相連到天邊
她拿起手機拍照修圖美顏　完美
完美的一天　人人稱羨的一天
啊　這種日子令她陶醉　暈眩
可為什麼　為什麼每當她醒來
她感覺所有的美麗都縹緲如塵埃

你真的看見了嗎　看見她笑容下的憂傷
看見動態上的合群不過是一種偽裝
看見她卸下彩妝後的無神模樣
她不是你以為的落落大方
也不是那麼地喜歡太陽

她只想符合世人想像
以為那樣就能去天堂
卻只是 用虛假空洞編織成的天堂
絢爛荒唐

她說眼見為虛 眼見為虛
可她不得不虛
她沒有勇氣

從最初的空靈哼唱，到主歌像在和觀眾說故事一般層層遞進的敘事唱腔，最後是副歌直擊人心、讓人瞬間起了整身雞皮疙瘩的清亮高音，每一個音符、每一句歌詞都被細緻地處理，卻不是令人感到油膩的炫技，而是將整個身體都當成樂器，淋漓盡致地發揮聲音最大的可能性。

最終，秦海鳴這首〈眼見爲虛〉毫無懸念地得到該期的「唯一神曲」，擊敗兩位素人挑戰者，守關成功。

回程的路上，負責開車的田在歆瞥了車內後視鏡一眼，只見秦海鳴虛脫般地癱靠在椅背上，一旁的徐娜蓁正心疼地替他搥著肩膀……雖然他感覺不到。

「小歆姊，冷氣是不是太強了？感覺肩膀那邊好冷……」秦海鳴閉著眼睛，縮了縮脖子咕噥道。

田在歆透過後視鏡瞪了徐娜蓁一眼，徐娜蓁只好委屈地撤手，縮到了角落。

「現在好點了嗎？」田在歆問。

秦海鳴緩緩地點了點頭，連說話的力氣都沒有了。

田在歆看著他這副筋疲力盡的模樣，不免有些心疼了起來。這樣高壓高強度的創作肯定很耗體力和腦力吧，也不知道再繼續錄下去他的身體吃不吃得消。不過現場觀眾的反應十分熱烈，剛剛收工時總導演也特地過來表達感謝，相信等到節目播出後一定能造成轟動。

爲了他長遠的星途著想，只能先委屈他累一點了，幸好他還年輕，而且也不是每天都要這樣錄影，休息幾天應該就能恢復過來的。

她一邊開車一邊想著，忽地聽見秦海鳴的聲音從後座傳來：「小歆姊，妳覺得我今天唱得怎麼樣？」

田在歆下意識抬頭往後視鏡一看，秦海鳴不知何時已睜開眼，眼眸在黑暗中尤其明亮，一閃一閃地彷彿在暗示著他的期盼。

她張了張唇，最後只吐出兩個字：「很好。」

「就這樣？」

「就這樣！」

後座的一人一鬼異口同聲道，秦海鳴有些失落，徐娜蓁則是完全無法接受，搖著駕駛座的椅背激動大喊：「姊姊，妳有沒有點鑑賞能力啊！這樣還只是『很好』？根本是驚天地泣鬼神、前無古人後無來者的曠世巨作啊啊啊！海鳴哥哥這首歌根本打趴其他歌手好嗎？躺著比也能拿到冠軍……」

徐娜蓁說到一半，又突然摀住自己的嘴，懊惱地連連搖頭，「不行，不能用貶低其他歌手的方式來讚揚海鳴哥哥。海鳴哥哥的粉絲絕對是最有禮貌的，要友好地和其他歌迷相處，讓他以我們為榮！」

田在歆見徐娜蓁沉浸在自己的小劇場中演得挺歡快的，便也沒打算打斷，接著她從後視鏡接觸到秦海鳴黯然的目光，整個人竟像是被燙著一般，她趕緊挪開視線，握著方向盤的手指不由自主地攥緊。

她怎麼好意思告訴他，聽到他唱現場的當下，她也差點和那些迷妹一樣為他高聲尖叫？她覺得那簡直丟臉透了，在這一行都混多久了，居然還會有那種小女生般、毫不專業的毛躁心情。

她得隨時隨地提醒自己，她是他的經紀人而非歌迷，要是過度沉迷，就無法保持絕對客觀，會影響她在他的事業上所下的專業判斷。

思及此，她突然萬分感謝秦海鳴在舞台下的少根筋，將她從他透過音樂與舞台打造出的魔魅幻境中拉了回來，否則她都快要不認識最近的自己了……

「很好就是稱讚了，不然還想聽到什麼？這只是第一次錄影而已，不要因為受到好評就得意忘形，後面的比賽依舊要全力以赴。」她欲蓋彌彰地說完後，忽然覺得自己這一番言論有些絕情，擔心打擊到秦海鳴的信心，便放柔了語調，轉而談起另一個話題，「本來還想收工後帶你去吃肉，犒賞你一下，不過看你這麼累，還是先好好休……」

「我醒了，現在清醒得不得了！」秦海鳴立刻坐直身子，像隻柴犬般攀著椅背，期盼地望向田在歆，就差沒搖尾巴吐舌頭了，哪還有半點被打擊到的模樣，「我們去哪裡吃肉？」

這一刻，田在歆簡直難以表述她無言以對的心情。

❤

秦海鳴是個巨星，但同時也是一名普通的大學生，田在歆並不是一個想盡辦法要榨乾他的吸血鬼經紀人，該上課的時候她就會放他去學校上課，儘管秦海鳴本人表示，比起上學，他更寧願被她壓榨。

而他上課的期間，也是田在歆難得的休息空檔。這天她終於有幸睡到下午一點才醒，她帶著人生無比圓滿的心情刷完牙洗完臉，正準備吃頓美美的早餐，或是說午餐，打開冰箱後才錯愕地發現冰箱裡空空如也。

「幹麼這麼大驚小怪？妳的冰箱三天前就空了。」她的「室友」徐娜蓁飄了過來，涼涼地說。

田在歆只好關上冰箱，「我忘了。」

「姊姊妳這樣眞的不行，要是颱風突然來了，妳不就得餓死在家裡？」徐娜蓁痛心疾首地搖頭道：「我們家的幫傭阿姨永遠都會把冰箱補滿，讓我隨時打開都有東西吃。」

這到底是在關心還是炫富……田在歆好想掐死這個千金大小姐，不過看在她已經死了的分上，姑且饒她一次。

「颱風要來之前會有預報。」她走到客廳拿起桌上的鑰匙和錢包，「而且這世界上還有一個偉大的發明，叫做便利商店。」

「不要吃便利商店的東西啦，我們家的幫傭阿姨說，微波食品會有輻射，對身體不……」

「妳再講一次妳家的幫傭阿姨，我就在家裡貼符咒。」

徐娜蓁立刻抬手摀住自己的嘴，過了半晌，還是忍不住弱弱地問：「貼符咒眞的有用嗎？」

田在歆微笑著看她，「要不然我們來試試看？」

最後田在歆決定到附近的超市買菜回家自行下廚，因爲徐娜蓁大小姐不斷在她耳邊嚷嚷很想吃米粉湯，一來，她敵不過徐娜蓁的嘮叨攻勢，二來，又覺得對方有些可憐。

她獨自在台北工作打拚時，偶爾也會突然很想念媽媽做的某樣家常菜，雖說她很少這樣做過，但只要她想，坐半個多小時的火車就能回家吃到，可是這孩子……她已經無家可歸，也再沒有機會了。

「就算我煮了米粉湯，妳也吃不到。」田在歆的目光來回掃視，將架上一包看得最順眼的香菇丟進推車。

趴在推車上的徐娜蓁思索片刻後，不怎麼確定地提議：「插香？」

「……妳以爲是在中元普渡嗎？」田在歆抽了抽眉角。

「哈哈，只要看著姊姊吃，就好像我自己也吃到了一樣。」

田在歆聞言，正覺得鼻頭有些酸酸的，就看見徐娜蓁指向不遠處架上的草莓棒，「所以我們也買這個吧？」

田在歆一邊痛恨著最終還是把那盒草莓棒放進購物車的自己，一邊無奈地問：「話說回來，妳還要跟著我多久啊？」

徐娜蓁停下腳步，垂著腦袋撇了撇嘴，「姊姊嫌我煩了？」

「不是。」田在歆也不明白自己爲何要急著澄清，「只是……妳這樣終究不是辦法，按照常理早就該去投胎了。」

徐娜蓁低頭玩著自己的手指，「這也不是我願意的啊……我也不曉得自己爲什麼投不了胎。」

田在歆試著回想自己聽過的關於投胎轉世的種種傳說，「會不會是妳還有什麼心願未了？」

「心願？」徐娜蓁認眞地想了想，「跟海鳴哥哥結婚算嗎？」

「……我是跟妳說正經的。」田在歆白了她一眼，「妳有沒有什麼想做，但還沒完成的事？比如說，夢想？」

「這世界上眞的會有人因爲沒有實現夢想，而含恨不去投胎嗎？」

田在歆一怔，隨後有些苦澀地搖頭笑笑，「不會。活著已經夠不容易了，誰還會記得夢想。」

「我好像眞的沒什麼夢想，而且也沒有特別想做的事情。偶爾逛逛街、買買衣服、看看漫畫，這些事不做也不會怎麼樣……」徐娜蓁偏頭思索，「不過這是在遇到海鳴哥哥以前！迷上海鳴哥哥之後，每天醒來的第一件事就是看他有沒有發什麼新文，最有幹勁的時候就是搶他的演唱會門票，最開心的時候就是聽到他說很愛我們這些歌迷，最充實的時候……」

「就是認眞回應他的每一篇廢文。」田在歆翻著白眼替她回答，還特別強調了最後的「廢文」二字，接著挑了一把小白菜放進推車裡，「或者是，妳在這世上有沒有什麼放不下的人？家人？朋友？還是喜歡的人？」

徐娜蓁靜默片刻，緩緩地搖了搖頭，「應該……沒有。反正也沒有人眞正在乎我。以前我曾想過，如果有一天我死了，會不會有人爲我掉眼淚，哪怕只有一個人也好……結果根本沒有半個人，呵。」

「妳怎麼知道沒有人？」田在歆停下腳步看她。

徐娜蓁想起了說忍她忍很久了的粉絲後援會的「朋友們」，想起了她死後沒幾天依舊照常上班、視賺錢為一切的父親……她皺了皺鼻子，低聲咕噥：「想也知道。」

田在歆張唇正想說些什麼，卻突然被一個男聲打斷，「又見面了，眞巧。」

她循著聲音來源轉過身，映入眼簾的是一張陌生男人的俊臉。

「妳也來逛超市啊。」男人對她笑了笑，露出一口整齊潔白的牙齒。

「請問你是？」

「顏睦喬。」顏睦喬想了想，做了個拍照的手勢，『我是名攝影師，之前在巷口那間咖啡店拍過妳的照片，還記得嗎？」

聽他這麼一說，田在歆才總算被勾起記憶，她禮貌性地對他點點頭，「是你啊，好巧。」

「上次妳怎麼就這樣走了？我咖啡都還沒煮好。」

「上次啊……」田在歆客套地笑了下，「有急事先走了。」

「原來如此。」顏睦喬不知是沒察覺出她的敷衍，或是裝作沒感覺到，「那妳今天有空嗎？我還沒好好謝過妳。照片已經洗出來了，就掛在咖啡店裡，妳要不要去看看？」

「你太客氣了，一張照片而已，有什麼好謝的？我還要回家做飯，下次再聊吧。」田在歆握上推車手把正準備離開，卻發現身旁的徐娜蓁張大嘴巴，愣愣地盯著顏睦喬看。

顏睦喬從頭到尾都沒有注意到徐娜蓁，因此田在歆只花了一秒便推翻其實他也是「好兄弟」一員的想法。

「妳認識他？」田在歆假裝咳嗽，偏過頭壓低聲音問。

徐娜蓁點了點頭，「他是我舅舅。」

田在歆終究還是和顏睦喬一起回到他們初遇的那間「木橋Café」。

其實她並不是討厭顏睦喬才刻意疏遠他，相反地，他是個很容易給人好感的男人。只是她才剛分手，不想太快和其他男人的距離過近，也許前男友徐凱此刻正摟著新歡玩得不亦樂乎，但那是他的事，她在男女關係上有著自己的堅持，儘管這堅持在許多人眼裡顯得矯情又無謂。

這樣的她會答應顏睦喬的邀約，主要是心態變了，如今的她就像是去見學生家長的導師，沒什麼好扭捏的。而她改變心意的主因，是想透過顏睦喬，這位徐娜蓁的親舅舅探探口風，看看他是否知道什麼能幫助徐娜蓁解憾、順利轉世的訊息。

顏睦喬見田在歆突然回心轉意，不需要「回家做飯」了，也沒有多說什麼，只笑著打量了下她購物車裡的東西，問她是不是要煮米粉湯。

他自言自己的廚藝勉強還拿得出手，如果她對咖啡沒那麼感興趣，不如就由他來擔任這一餐的廚師，也算是聊表謝意。

於是便自然而然地發展成，田在歆坐在這間充滿藝術氣息與咖啡香的咖啡店吧台，盯著一碗色香味俱全的米粉湯發愣的神奇景象。

「……多謝招待。」明明用的是自己買來的食材，田在歆看著眼前的米粉湯，深深覺得其實是自己占了個大便宜。

米粉吸飽了湯汁，根根分明地躺在碗裡；用乾香菇和雞高湯熬成的湯汁澄亮清爽，在燈光的照映下猶如夕照的湖面波光粼粼；油蔥、蝦米和芹菜末的香氣不斷朝她襲來，這是一場視覺與嗅覺的饗宴，而她相信也將會是味覺的。

徐娜蓁攀在吧台桌沿，使盡將米粉湯上蒸騰的熱氣朝自己鼻尖搧去，田在歆不禁失笑問道：「妳聞得到？」

徐娜蓁頹敗地搖搖頭，「看得到，但吃不到。這眞是太壞了，難怪這世界上會有那麼多厲鬼，都是羨慕嫉妒恨來的。」

「聞得到什麼？」

田在歆的注意力被好奇發問的顏睦喬拉了回來，她瞄了徐娜蓁一眼，徐娜蓁卻抿著唇搖了搖頭，她想了想，決定先不說出事實。

「沒什麼，只是在說米粉湯很香。」田在歆拿起筷子，一邊將米粉與湯汁和勻，一邊張望四周，「這間咖啡店的老闆人還眞好，肯這樣借你開小灶。」

顏睦喬正在用乾布擦乾剛洗好的鍋子，聞言莞爾一笑，他笑的時候眼角的笑紋又跑了出來，散發著成熟內斂的男人味，「謝謝誇獎。」

田在歆抬眉看他，表示不太理解，顏睦喬則笑著放下手中的東西，指了指自己，再指向門外的招牌，「顏睦喬，木橋 Café，我以爲妳早就發現我是老闆了。」

田在歆怔了片刻，才搖頭笑了笑。她這次的笑容不再是敷衍客套，而是出自眞心，「我還眞的沒想到，你說自己是位攝影師。」

「是攝影師沒錯。」顏睦喬抬手指向她身後的牆，「喏，妳的照片已經洗出來了，就掛在那裡。」

田在歆捧著湯碗轉身，對著照片裡那再熟悉不過的主角煞有其事地點評：「這個模特兒眼睛不夠大，顴骨太高，不過就整體而論……是滿美的。」

「妳還眞捨得虧自己。」顏睦喬再度莞爾。

「所以哪個才是你的副業？」田在歆收回視線，饒有興致地問。

男人舉起馬克杯喝了口咖啡，想了想後說：「做自己喜歡的，都不算副業。每件事在我心中的分量都一樣，沒有誰是誰的附庸。」

田在歆握著筷子，仔細玩味他的話，「嗯……挺有趣的人生觀，我還是第一次聽到這種說法。」

「那妳呢？」顏睦喬放下杯子，抽了張紙巾擦手，「聽說你們家的秦海鳴最近上了個歌唱節目，很受到矚目，恭喜妳。」

「你還記得秦海鳴是我的藝人？」田在歆有些意外，畢竟她也才隨口跟他提了一次。

「我對他的印象比較深刻，畢竟我外甥女之前很迷他，整天在我耳邊念這個名字。」

田在歆忍不住瞥向身側「盡忠職守」的迷妹代表，被點到名的徐娜蓁只得吐吐舌頭表示無辜。

「你外甥女多大啊？」田在歆故作隨意地提起這個話題，她可沒忘了自己前來的原因。

口。

「十七歲。」他頓了頓，隨後自言自語般地低嘆：「多好的年紀……」

「有機會的話，說不定我能幫你外甥女和秦海鳴牽牽線、見個面。」田在歆試探地開

顏睦喬垂眸，「謝謝妳，要是她還在世的話，聽見這句話一定會很開心的。」

「她……怎麼了？」

「前陣子出車禍過世了。」他抬起下巴，朝門外揚了揚，「就是在前面那個常發生事故的路口出事的。」

田在歆側過頭望向一旁不發一語的徐娜蓁，「我想，你和你外甥女的感情一定很好吧。」

顏睦喬靜默了片刻，才嘆息道：「其實在她出事之前，我們已經很久沒有聯絡了。」

第四章

「等一下是不是能看到海鳴哥哥演戲啊?」後座的徐娜蓁激動地四處打滾。

「不一定,要看他們排練的狀況。不過我們來得比較早,應該是可以的。」田在歆一邊打著方向燈,一邊說道。

今天晚上有個商演,上午則是就讀戲劇系的秦海鳴為年底的畢業公演排練的時間。因為行程緊湊,田在歆便親自開保母車到學校接送,等他一排練完就立刻送他去演出會場。

「天啊天啊天啊!我從來沒有看過海鳴哥哥演戲,等等我會不會幸福到暈死過去啊?」

「妳已經死了,請不用多慮。」田在歆涼涼地說完,又接著問:「但是秦海鳴在戲劇系好歹也讀了快四年了,你們這些粉絲從來沒見過他演戲?」

「對啊,海鳴哥哥好像不是很喜歡演戲,MV裡基本上全是他的唱歌畫面,劇情大多是別人演的。」

「他不喜歡演戲還讀戲劇系幹麼?我看他也沒對劇場的幕後技術多有興趣。」

「海鳴哥哥當年是指考考上的,據說是隨便亂填,就剛好分發到眞曉藝術大學的戲劇系。」

「妳怎麼那麼清楚?」

「這對元老級粉絲來說，是基本常識好嗎？」徐娜蓁撥了撥頭髮，驕傲挺胸，「妳還有什麼想了解的，問我就對啦。」

田在歆搖頭笑笑，腦中忽然閃過一件事，她遲疑了片刻，還是忍不住問道：「昨天妳舅舅說你們很久沒聯絡了，是眞的嗎？」

徐娜蓁的語調沉了幾分，「嗯。」

「妳舅舅看起來挺關心妳的，怎麼會沒聯絡了？」

「……我爸不讓我再跟媽媽那邊的親戚來往。」

田在歆一愣，「那妳媽媽沒說什麼嗎？」

「我媽很早就去世了。」徐娜蓁說得平靜。

車內突然陷入一片寂靜，田在歆張了張唇，難得無措了起來，「對不起，我不知道……」

「沒事啦。」徐娜蓁沒心沒肺地笑了下，「每個人早晚都會死，這又不是什麼大不了的事，妳看我不是也死了嗎？」

明明時常拿她已是死人的這件事來開玩笑，然而此刻聽在田在歆耳裡，卻怎麼樣也笑不出來。

她不曉得該說些什麼，只能輕嘆口氣，轉移話題，「不過妳舅舅的咖啡店就開在我家附近，妳在那邊徘徊這麼久，竟然都沒遇過他？」

「不曉得，就是沒遇到啊，要不是昨天在超市遇見，我都不知道他在那邊開了一間店……」徐娜蓁頓了頓，突然八卦兮兮地湊上前，「姊姊，妳是怎麼跟我舅舅認識的啊？」

「就是在他的咖啡店遇見的，那時他拍了我一張照片。」田在歆斜睨了她一眼，「別想太多。」

「姊姊妳單身嗎？」

「怎麼，妳要幫我介紹？」田在歆哭笑不得。

「我舅舅很好的，人帥又會攝影，還會煮咖啡跟做菜，重點是他個性也很好。」

「那跟秦海鳴比，誰比較好？」

「當然是海鳴哥哥啊！」徐娜蓁給了她一個「說什麼廢話」的眼神。

田在歆不禁失笑，「那妳怎麼清楚妳舅舅現在沒女朋友？你們那麼久沒聯絡，說不定他早就結婚了。」

徐娜蓁的語氣頓時虛了幾分，「應、應該沒有吧。」

「再說了，妳的海鳴哥哥現在正處於演藝高峰期，我如果跑去談戀愛，不就沒辦法全心全意專注在他的事業上了？」

「啊？那妳還是單身一輩子好了，我和所有的粉絲都會衷心感謝妳的。」

田在歆瞬間無言了。

田在歆到達排練的地點時，秦海鳴和其他演員仍在場上進行排練。在徵求過現場戲劇系學生的同意後，田在歆挑了一個不顯眼的角落坐下，安靜地看排。

之前她曾聽秦海鳴說過，他們這次畢業製作要演出的劇本，是前蘇聯女劇作家柳德米拉．拉祖莫夫斯卡婭的經典劇作《青春禁忌遊戲》。

故事開始於一個飄雪的寒夜，四位熱情的高中生來到孤獨的女數學老師家，爲她慶祝幾乎快被人遺忘的生日。女老師驚喜萬分，卻怎麼也沒想到，伴隨著鮮花和禮物而來的，竟是一場以青春爲名的「遊戲」。

遊戲的最終目的是得到女老師手中保管著畢業考試卷的保險櫃鑰匙。孩子們打算藉由那把鑰匙，將保險櫃中考得一塌糊塗的試卷偷偷換成寫上正確答案的考卷，以確保不理想的畢業考成績不會毀掉他們的美好前程。

正直又固守原則的女老師拒絕交出鑰匙，但遊戲卻仍在進行著。在這個夜晚，接連不斷的謊言、冷漠、殘酷與暴力，不但徹底摧毀了女老師的信念，也讓四位學生在這場善惡的戰爭裡，以殘酷的代價上了青春給他們的一課。

秦海鳴在這齣戲裡所飾演的，便是四位學生中的其中一位——巴沙。巴沙出身學術世家，擁有豐厚的文學底蘊，期盼將來能成爲一位大文學家，然而差勁的數學成績可能讓他的夢想止步，因此他和同學們一起來到老師家，希望能改變命運。

田在歆從學生時期就很喜歡這個劇本，不過她也很清楚在畢業公演這麼大的製作裡，選擇這樣角色數量少，又偏寫實風格的戲是有點冒險的。這非常考驗演員的表演功底，只要有一個人的戲劇張力不夠，整齣戲的氣場就不足以撐起一個大劇場，撐起這麼多的觀眾。

雖然徐娜蓁說秦海鳴不喜歡演戲，可是他能被選爲這齣戲的主要演員之一，想必還是有些實力的吧。

然而用不了三分鐘，田在歆就完全推翻了這個想法。

上天果然是公平的，祂給了秦海鳴多少唱歌的才華，就從他的演技裡拿走多少天分。看著演技渣到人神共憤的秦海鳴，田在歆差點想衝上台，詢問他花了多少錢才買到這個角色。

即便排練時導演沒說重話，她也能深切感受到導演的無奈。目前正在排練的這一場戲並不算太難，但就在她看排的這段短暫時間內，已經不曉得因爲秦海鳴而中斷幾次了。

最後，眼看著排練陷入僵局，大家也都累了，導演便擺擺手宣布提早解散，讓演員們回家再自己多琢磨琢磨劇本。

❤

前往商演會場的途中，兩人一鬼安靜無話。秦海鳴靠在車窗上靜靜望著窗外景色，明顯情緒低落，田在歆也沒打算多問，播放了張安神靜心的爵士鋼琴專輯後，就專心開車。

徐娜蓁心疼地看了看秦海鳴，再瞅了瞅駕駛座上無動於衷的田在歆，終於忍不住開口：「姊姊，妳快安慰一下海鳴哥哥嘛，哪有人什麼都會呀！海鳴哥哥歌唱得那麼神，要是演戲也演得一樣好，那就不是人，是變態了！」

「我沒有期望他把戲演得跟唱歌一樣好，但戲劇系都讀到大四了，起碼要有基本分吧！」

田在歆一說完就後悔了，她接話接得太順，完全忘了秦海鳴根本聽不到徐娜蓁說話。果不其然，後座的秦海鳴垂下腦袋，「小歆姊對不起，讓妳丟臉了。」

「不是丟不丟臉的問題……」田在歆本想繼續說，張了張唇又將後頭的話吞了回去。她也曉得讀戲劇系其實不一定要專攻表演，有些人對演戲沒興趣，在大學期間便鮮少接觸表演課，只是……

「你不擅長演戲，怎麼還會擔任畢業公演的演員啊？」田在歆輕嘆一聲，「我不相信你們系上只剩下你一個人能演戲了。」

「他們說因爲這次的製作成本比較高，要回本的票房也因此提高許多，如果我是劇中演員的話，就能用我的名氣吸引更多非劇場界的人來看戲。」

「這是在消費你。」田在歆抽了抽眉角，「你就不怕你的粉絲看完戲後從此幻滅？」

徐娜蓁立刻激動地搖頭，表示不管秦海鳴演得多爛，仍舊會愛他一萬年，當然，秦海鳴還是聽不到這段眞情告白。

「我之前因爲工作的關係常常沒去上課，對班上也沒什麼貢獻，這次他們有需要我的地方，我就想說能多幫一點是一點。」他搔了搔頭，「這樣算是消費我嗎？」

田在歆在心裡暗自搖頭，虧他都已經在演藝圈爬到如今的地位，竟然一點巨星的自覺都沒有。

被消費不是什麼大事，但人要懂得藏拙，她幾乎已能想像出媒體拿這點來大肆取笑秦海鳴的情景了。她要是他的歌迷，看完他演的戲後根本沒辦法理直氣壯地幫他護航，當然，徐娜蓁這種腦殘粉除外。

而且他的老師和同學也挺可笑的，不曉得是目光過於短淺，只滿足於追求票房與人氣，或是自信能在演出前，成功改造秦海鳴蹩腳的演技？

「明天早上沒有安排通告，來公司一趟吧。」田在歆輕嘆了口氣，「我會去演藝部借間排練教室，你需要額外的表演訓練。」

「欸？妳要幫我請表演老師指導？」

君皇娛樂養了不少優秀的表演老師來培育旗下演員，像是剛奪下電影節大獎的新銳影帝葉書騏，也是透過公司安排的課程不斷精進自己的實力。

不過，演藝部簽下的新人演員基本上都是有些功底在的，而秦海鳴……她真的很怕那些表演老師上完課後會吐血而亡，白白損耗公司資源。

「不用那麼麻煩，我來教你就行了。」

秦海鳴微愕，睜圓了眼睛，「現在的經紀人連演戲都要會？」

田在歆搖頭笑笑，「經紀人不用會演戲，但勉強算起來，你也要叫我一聲學姊。」

「爲什麼？」

田在歆望著前方的號誌燈，目光遙遠而懷念，「別看我現在這樣，當年我可是以第一名的成績從戲劇系畢業的。」

秦海鳴到達公司的排練教室時，田在歆已經在裡頭拉筋了。他站在門口，盯著鏡子前的田在歆有些出神。

和這位新經紀人相處也有一陣子了，可他覺得好像永遠都能發現她不同的一面：賣雞排時俐落豪爽的她、爲他上妝時溫柔專注的她、要他專心創作音樂，其餘都不需他操心時強大可靠的她……

還有現在，穿著一身全黑棉衣褲，紮了顆清爽丸子頭，赤著腳就像是個大學生般青春洋溢的她。

「愣在那裡幹什麼，還不快點進來？」正在拉大腿筋的田在歆朝他的方向看過來。

「喔，好。」

「我說秦海鳴先生，你的劇本也太乾淨了吧？」田在歆翻了翻秦海鳴那只有用螢光筆把自己的台詞標注出來的劇本，嘖嘖稱奇道。

「我都有小心照顧好它，吃東西時也會把劇本拿開。」秦海鳴的語氣裡帶著點小得意，雖然他是個徹頭徹尾的演技渣，但在保護劇本這方面，他對自己還是很有信心的。

「你以爲我在稱讚你？」田在歆翻了個白眼，指著其中一段台詞，「巴沙的這段台詞特別長，你難道都不需要做劇本分析？」

秦海鳴一臉茫然，「劇本分析……？」

田在歆靜默片刻，將劇本放到一旁，「先別管劇本吧。」

「啊？」

「上次看你排練，我發現你最大的問題就是不管說什麼台詞，情緒全都一成不變。」

秦海鳴垂著眼眸，搔了搔後腦勺，「這個問題導演也跟我提過很多次了，可是我一直不曉得該怎麼改進。」

「這樣吧，我們用你最熟悉的語言來想像。」田在歆思忖幾秒後，彈了個響指，「你現在先隨便唱首你熟悉的歌，一小段就好。」

「唱歌？」秦海鳴疑惑地揚起眉，「我們不是在做表演練習嗎？」

「不要懷疑，就是唱歌。」田在歆盤腿坐下，拍了拍一旁的地板示意他也坐，「不需要想太多，用你最自在的方式唱就行了。」

接收到她眼神裡的認眞，秦海鳴沒再遲疑，清了清喉嚨後開口唱道：「祝你生日快樂，祝你生日快樂，祝你生日快樂，祝你生日快樂。」

「……生日快樂歌？」田在歆嘴角微抽，「這世界上的歌曲這麼多，身爲一位歌手，你就給我唱了首生日快樂歌？」

「妳不是說隨便唱首我熟悉的歌嗎？」

是這樣沒錯……而且她還不得不承認，這首隨便唱唱的生日快樂歌仍舊該死地好聽。所以說，一個人的幸或不幸，很大程度取決於有沒有把自己擺對位置，明明就是個天生的歌手，幹麼要想不開挑戰演戲呢？

田在歆在心中再次哀嘆，但木已成舟，她能做的就是盡她所能地，讓他的演技多少進步一些。

「好吧，生日快樂歌就生日快樂歌。」她揉了揉太陽穴，繼續接下來的課程，「現在，回想一件最近讓你印象深刻的事，先不用告訴我，在心中回憶當時的感受就好。」

田在歆沒有催促，耐心地觀察秦海鳴的變化，當她察覺他已經準備好時，用溫柔的語氣引導他：「接下來，用你感覺到的這份心情，把剛才的生日快樂歌再唱一遍。不用急，慢慢來，想好再唱。」

秦海鳴靜默片刻後，緩緩啓唇唱了出來。同樣的歌詞，此刻聽起來卻悲傷許多，彷彿一個心碎的男孩獨自在墳前爲過世的愛人唱這首生日快樂歌，他依然記得她的生日，卻再也沒有機會陪她一起過生日。

田在歆聽得心都揪了起來，好一陣子沒能緩過來，許久後她忍不住問：「你剛剛想起了什麼？」

「我想起我再也沒辦法發廢文了。」秦海鳴望著牆壁，長嘆一聲。

……不過是不能發廢文，至於這樣嗎？要不然她允許他一週發兩篇嘛！

田在歆想著想著，不禁氣笑出聲，這孩子怎麼那麼寶呢？

「這是很難過的事耶！」秦海鳴看見她的反應後，不甘控訴。

「好好好，很難過。」田在歆言不由衷地點頭，「那接下來，想一件讓你不難過的事情。」

這一次秦海鳴唱出的生日快樂歌是激昂版本的，滿滿的正能量讓人聽著都跟著熱血起來，而從他唱歌時眉飛色舞的神情，不難猜出這是個想到就令人激動雀躍的美好回憶。

她開口說出猜測：「你剛才唱的是，去年拿下金歌獎年度最佳歌曲時的心情……」

秦海鳴正要反駁，便聽她平靜地反問：「以爲我會這樣說嗎？你想起的是年初抽中北海道帝王蟹吃到飽之旅的事吧？」

秦海鳴睜大眼睛，「妳會讀心術嗎！」

「就你這德性，用膝蓋想也知道。」

「只可惜後來因爲跟工作檔期相撞就沒去成了。」他垂下眉毛，渾身散發著濃濃的沮喪，「啊，剛剛揣摩心痛的感覺就應該用這件事才對，我整個感覺都回來了，我可以再唱一遍……」

「這樣就夠了。」田在歆笑著擺擺手，「現在我們拉回正題。你看，同樣是生日快樂歌，你以不同的心情去演唱，呈現出來的就是不一樣的味道。在剛才的兩個練習裡，你注意到了嗎？你的聲線、聲音表情、唱歌的速度，甚至是肢體動作都會隨著情緒改變。」

她頓了頓，又繼續說：「這不是刻意表現出來的，不是因爲今天要唱首快樂或是難過的歌，所以選擇用相對應的唱法來詮釋，而是先有了感受，然後自然而然就會做出相對應的反應。同樣地，我們回到台詞裡，相同的一句話也會有千萬種表現的方式，端看你的心境是什麼。因此我們必須先搞清楚扮演的角色爲什麼會講出這句話，講話時又是出於怎樣的心情，那麼在你的語氣、語速和停頓上……」

說到這裡，田在歆才發現秦海鳴的眼睛眨也不眨地一直盯著她看，那雙清澈的眼眸裡滿滿當當都是她的身影。也許是爲了聽得更仔細，他不知不覺傾身朝她靠近了些，朝氣蓬勃的氣息也隨之撲面而來。

這孩子的睫毛還眞長……她腦中閃過這個想法後，立刻退後拉開距離。

這樣的距離讓她不太自在……有點太近了。

「我說得太快了嗎？」她輕咳一聲，微微別開秦海鳴幾乎可說是熾熱的視線。

「小歆姊，妳好厲害。」秦海鳴抬手鼓掌，傻笑著讚歎道。

田在歆轉回頭看他，這才發現他臉上的神情似曾相識。

那是徐娜蓁注視他時的表情，或許就連她自己聽他唱歌時，也曾不自覺露出過這個神情。

那是粉絲看到偶像時的表情。

「這又沒什麼，學校老師不都教過這些了嗎？」田在歆被他誇得有些不好意思，她當年在學校演戲時沒少聽到這樣的讚美，聽得她都不知道自己是眞的有那麼好，或者那只是師長和同學給她面子說的好聽話。但不知怎地，此刻從眼前的青年口中說出來的讚美，她相信那確實是發自他內心的，他的眼睛說明了一切。

雖然曉得這份心情是虛榮心作祟，可她眞的很開心。

「這不一樣，怎麼說呢……」秦海鳴搔著後腦勺，努力尋找適當的詞彙，「我沒有見過這樣的妳，剛才在說那番話時，妳整個人像在發光一樣，很……漂亮。」說完他又花痴地笑了兩聲。

田在歆怔了怔，半晌後淺淺地笑了開來，「是嗎？」

秦海鳴用力點頭，「不過小歆姊，妳都沒有想過要當演員嗎？妳這麼厲害！」

田在歆唇邊的弧度漸漸收起，像是在回憶著什麼，沒有馬上回應他的話。她遞了罐礦泉水給他，自己也開了一罐，她仰頭喝了一大口後，才望著牆面輕聲道：「想過啊。成為一位演員，曾經是我的夢想。」

「曾經？」秦海鳴一怔，微訝地看著她的側臉，「那為什麼現在不想當演員了？」

「應該說是終於認清了吧。」田在歆又喝了口水，有些自嘲地勾了勾嘴角，「況且要不要當演員，也不是我自己說了算。」

「我不明白，既然知道自己想要什麼，不是就應該努力去追求嗎？再說妳這麼懂演戲，要成為一名優秀的演員肯定比我容易多了。」

「追求夢想是需要資本的，而過自己想要的人生，也是需要資本的。」她轉頭望著秦海鳴，目光中帶著看破世態的麻木，「你畢竟還太年輕了。」

「怎麼了，臉色這麼差？」正在客廳看報紙的秦父抬頭瞅了眼剛回家的兒子，挑眉問道：「排練太累了？」

秦海鳴搖搖頭，「我沒事。」

「就你那點說謊功力，還想唬弄你老爸？」秦父將手中的報紙疊起來，屁股往旁邊挪了挪。

秦海鳴順勢在沙發上剛騰出的空位坐了下來，「媽呢？」

「她跟社團的朋友去喝下午茶了。」

「上次一起去美容院的那個社團？她們還眞常聚會。」他接過秦父遞來的龍井茶，皺著眉頭喝下，「眞苦……」

「這種用眞正的茶葉泡的茶才對身體好，你在外面少喝那些不健康的飲料。」秦父輕嘖一聲，嫌他不識貨，「妳媽這樣常出去走走也好，省得她在家裡太無聊，又開始念東念西。說吧，發生什麼事了？」

「沒有發生什麼事，只是有些事情想不太明白。」秦海鳴猶豫片刻，還是開了口：「爸，過自己想要的人生是需要資本的……這個資本，指的是錢嗎？」

秦父傾身又替自己倒了一杯茶，「你什麼時候開始思考這麼複雜的問題的？」

「……怎麼被你說得好像我很膚淺。」

「過自己想要的人生需要資本嗎？嗯，我認同，但只認同一半。」秦父捧著茶杯，向後靠在沙發背上，「所謂的資本，指的不只是錢，還有很多複雜的東西，像是家庭背景、人脈和外在條件。」

「可是每個人的人生都是掌握在自己手中的，只要肯努力就會有機會，不是嗎？」

秦父微微一笑，「你想，如果今天你是敘利亞那些飽受戰亂之苦的難民，你每天想的只會是該如何填飽肚子、如何安頓下來不再顛沛流離、如何讓自己活著見到明天的太陽，你還會有力氣去思考自己想要成爲什麼樣的人嗎？連想想都是種奢侈。」

秦海鳴若有所思地抿著唇，「那怎麼又說只認同一半？」

「因爲這句話已經被用到爛了。」秦父搖頭嘆道：「太多人拿這個論點當作讓自己心安理得、安於現狀的擋箭牌。他們不想努力，或是沒有意識到自己的努力不夠，所以就開始埋怨社會不公，埋怨自己沒有投胎到一個好家庭，埋怨這世上的資源都被金字塔頂端的人占據……但他們也只是埋怨。」

如果眞像爸爸所說的這樣，那小歆姊也是屬於不想努力，才拿資本不夠當藉口的那類人……？

可是，工作時的她明明那麼認眞，可以爲了經營好他的演藝事業赴湯蹈火在所不辭，不像是個光說不練的人，難道其中還另有隱情？

秦海鳴還在思考著，就看見秦父坐直身子，「我突然想起來了，你媽要我問你晚上會不會在家吃飯，她前兩天去烹飪班學了一道功夫菜，說今天晚上要練練手。」

「啊，今天晚上不行。節目的製作人要請大家吃飯，經紀人說不管怎樣我得去露個面。」

「待會你就安靜地吃，只要記得保持笑容就行了，其他的都交給我來，知道嗎？」田在歆邊跟著服務生的引導往包廂走去，邊壓低聲音向身後的秦海鳴吩咐。

「我知道，我不是新人了。」秦海鳴頓了頓，看著前方穿著高跟鞋、昂首挺胸像是準備上戰場的田在歆，猶豫片刻後還是輕聲開口：「妳也別太逞強。」

「什麼？」他的音量不大，田在歆沒有聽清楚，而當她轉過頭狐疑地望向他時，前方的服務生已替他們打開了包廂門。

「沒什麼。」秦海鳴搖了搖頭，「進去吧。」

一進到包廂，田在歆立刻進入戰鬥狀態，臉上堆著親切卻不會讓人感到造作的笑容，一一向已經到場的賓客打招呼。

這場飯局美其名曰製作人感謝眾位歌手協力爲節目創造收視佳績，特地請大家吃飯算是犒賞，事實上，出席的不只有《唯一神曲》的製作人、導演群與參與節目的歌手，連投資方裡的一位商業大佬都來了，也不知道是想透過這頓飯達到什麼目的。

那位大老闆來得比較早，已經在宴席上就座了，在他身旁兩側坐的都是女明星，正和他敬酒聊天，氣氛很是熱絡。

當田在歆笑著和大老闆打招呼時，看著大老闆毫無顧忌打量她的目光，秦海鳴忽地感到一陣煩躁，他難得主動地上前問好，藉機用身體阻擋大老闆投向田在歆的視線。

田在歆沒察覺出他的用意，微訝地瞅了他一眼，不明白他怎麼突然就「開竅」了。

秦海鳴並不在意她是否知曉他想保護她，只是在內心暗自慶幸，還好田在歆一向習慣樸素的裝扮，今天穿的也是麻灰色的西裝褲裝，合乎體統卻中規中矩。在滿場的鶯鶯燕燕中，她一點也不起眼，這樣很好。

菜是好菜，但或許是場合令人不自在，就算是秦海鳴這樣的吃貨也吃得很沒勁，更遑論坐在他身旁的田在歆了。一頓飯下來光顧著敬酒說話，根本沒吃進多少東西，甚至也沒時間動筷挾菜，秦海鳴只好趁她沒注意，偷偷把自己碗中的東西挾到她的盤子上。

「你今天怎麼一直挑食？」當秦海鳴又準備將一塊剔好骨頭的紅燒鳳爪挾到她盤子裡時，正好被田在歆逮個正著，「菜色不合胃口？」

「嗯。」秦海鳴十分淡定地應了一聲，面不改色地繼續挾菜，「我吃不慣，丟掉又太浪費，妳幫我吃了吧。」

田在歆以一種看到幼稚園小孩般的眼神，哭笑不得地瞪了他一眼，但還是低頭把盤裡的菜餚吃光。

秦海鳴對此很是滿意，正打算用同樣的手段再幫田在歆多挾點菜時，便聽見製作人舉杯朗聲道：「我們海鳴都還沒敬過酒呢。海鳴，來跟吳老闆敬一杯吧！」

秦海鳴微皺起眉，伸手要去拿桌上的紅酒杯，卻被一旁的田在歆擋了下來。

「不是說好，今天海鳴的酒都算我頭上嗎？我們家海鳴年紀還小，明天又要上課，這種大人的東西不適合他，還是讓我來敬吳老闆一杯吧。」田在歆巧笑倩兮，爽利地朝吳老闆舉起酒杯。

吳老闆慢悠悠地拿起酒杯，目光深沉地盯著田在歆，「經紀人小姐好氣魄，不如就乾了這杯，怎麼樣？」

「當然。」田在歆毫不遲疑地勾了勾唇角，仰頭將杯中紅酒一飲而盡。

場上頓時響起一片叫好聲，製作人又趕緊讓服務生幫田在歆斟酒，「也跟總導演敬一杯吧，這次也要乾了才夠意思。」

「沒問題。」雙頰已染上紅暈的田在歆正要舉起杯子，鄰座的秦海鳴卻奪走她手中的紅酒杯，重新放回桌上。

「我的經紀人最近身體不太好，不適合喝太多酒，還請大家見諒。」

他一說完，席面上瞬間陷入一片肅靜，誰也沒想到秦海鳴會這麼直接地不給面子。

「你幹麼？」田在歆低聲責問：「不是叫你專心吃飯就好了？」

「看來海鳴是想當黑騎士了。」製作人訕訕地笑了笑，「既然不讓經紀人喝，那麼海鳴是不是該替她乾了這杯？一杯酒而已，又不是未成年，應該沒什麼問題吧？」

「你別出這個頭。」田在歆拉了拉秦海鳴桌底下的衣襬以示警告，堆起笑正準備賠罪，秦海鳴卻已拿起了那杯酒，然而他並不是將酒一飲而盡，而是示意般地朝總導演舉杯後，又原封不動地將酒杯放了回去。

「很抱歉，經紀人也說了我不能碰酒，我必須聽她的話，所以……心意到了就好。」

他說得平靜，卻帶著一股不容抗拒的堅定。

總導演的臉色剎時變得有些難看，田在歆撫額低嘆，而製作人見場面尷尬，只好僵笑著打圓場，畢竟這也是他先開頭的，「沒事，我們又不是酒鬼，喝酒是爲了助興，不想喝也沒關係。」

「謝謝體諒。」秦海鳴像是沒聽出他話裡的暗諷，很是客氣禮貌地頷首。

「對了海鳴，有件事想跟你商量一下。」製作人端著酒杯，忽然換了個話題。

秦海鳴與田在歆交換了個眼神後，由田在歆代替他開口問道：「有什麼事情您儘管說。」

「下一期的節目有個叫吳瑩的素人歌手……」製作人頓了頓，朝主位上的大老闆投去一眼，「是我們吳老闆的小姪女，她一直很喜歡你，想請你幫忙多照顧一下。」

「怎麼樣的照顧法？」秦海鳴的聲音聽不出情緒，讓製作人心中有些沒底。

「其實也不是什麼大不了的事，就是想請你在盲選時，選擇讓她進入PK關卡就行了，錄影時我們的工作人員會有指示，你不用擔心認錯人。」

「我不要。」秦海鳴想也沒想便一口拒絕。

製作人嘴角的笑容一僵，視線轉而落至田在歆身上，「經紀人小姐覺得如何？」

那雖然是個問句，語氣卻十分強硬，似乎是篤定田在歆不會拒絕。

田在歆微微一笑，「我想，您製作節目的經驗如此豐富，應該也曉得觀眾的眼睛是雪亮的，在節目上造假早晚都會被人識破。如果吳小姐有足夠的實力，不用特別跟我們交代，海鳴也會選擇她，如若不然……等到進入下一關時，觀眾自然就會曉得她的斤兩，這樣對吳小姐來說眞的好嗎？」

「這點你們不用擔心，下一關的比賽曲目會事先爲她準備好，不會有給海鳴丟臉的情況發生，只要她能通過盲選，其他的都不是問題。」製作人站了起來，堆著笑望向秦海鳴，「只不過是一點小事，觀眾也不會發現的，海鳴你不會這麼不給面子吧？」

「我不要。」秦海鳴毫不修飾地再次重複了這三個字。

製作人瞇了瞇眼，看向他身旁的田在歆。

田在歆拿起餐巾擦了擦嘴角，接著緩緩站起身，朝大老闆的方向微微鞠躬，「既然海鳴說不要，那請恕我們無法配合。今天非常感謝你們的招待，海鳴明早還要上課，我們就先告辭了。」

說完，她收拾東西準備帶秦海鳴離場。

「你以爲沒有了這個節目，你還會有現在的人氣？」大老闆的聲音慢悠悠地從背後傳來，秦海鳴和田在歆不約而同轉過身，見到他放下手上的筷子，目光銳利地逼視他們，「要不是我姪女的一句話，你以爲你會有在這個節目露臉的機會？」

秦海鳴冷笑了一聲，「所以您的意思是，我還應該要感謝您姪女的關照？」

「年輕人就是這點麻煩，以爲自己有滿腔熱血，就什麼都要順著自己的心意來。別怪我沒提醒你，等到你再大一點，見過更多世面後，你就會無比後悔現在的不識好歹。」

秦海鳴握緊拳頭，上前一步正想再說些什麼，田在歆卻已擋在他的身前。

「吳老闆，您可能日理萬機，沒時間注意娛樂圈的消息，但我要告訴你……」她頓了頓，嘴角勾起一個自信的笑容，「今天不是這個節目選擇了海鳴，而是海鳴選擇了這個節目。《唯一神曲》不能失去的是您的姪女還是秦海鳴，您可以問問製作人，相信他會給你答案的。」

「我真是瘋了。」田在歆邊走出飯店大廳，邊揉著太陽穴，「竟然就這樣跟他們撕破臉，我是不是喝茫了？」

秦海鳴跟在她身側，心情則是出奇地好，「我覺得剛才的小歆姊……很帥。」

「帥個屁，帥能當飯吃嗎？」田在歆卸下武裝，不自覺爆了個粗口。泊車小弟正好將車開到門口，她看了看正準備交給她的車鑰匙，忍著頭疼問：「不好意思，能幫我找代駕嗎？」

「沒關係，不用找代駕了。」秦海鳴從泊車小弟手中接過車鑰匙，逕自走向駕駛座，「上來吧，我送妳回去。」

望著專心開車的秦海鳴，田在歆脫下高跟鞋，將自己疲憊的身軀徹底扔進後座沙發椅，「我們家海鳴終於長大了，真是令人欣慰。」

「我早就不是小孩了。」秦海鳴不滿地咕噥，「而且滿十八歲生日後沒多久我就拿到駕照了。」

「還敢說自己不是小孩子？吃飯前我跟你說的話都當放屁了是嗎？」田在歆揉著眉心，或許是因爲酒意，雖是責備的話，但語氣並不嚴厲，「爲什麼要幫我擋酒？」

「我才不懂妳爲什麼要那樣喝酒。」

「這就是這個行業的生態，我早就習慣了。既然要在這個圈子待下去，就該有這點自覺，更何況也不是只有我這樣。」

「我就是不明白，爲什麼一定要我們去努力習慣那些不公平的事？這所謂的生態到底是誰定下的？」

田在歆忽地輕笑一聲，秦海鳴不甘地從後視鏡看向她，「……我說錯了嗎？」

「沒有說錯，很久很久以前我也曾想過這個問題，只不過一直想不通，後來就乾脆不想了。」她望向車窗外的城市夜景，看著來來去去的車輛，嗓音疲憊，「我只知道，只有當我們成爲能夠改變規則的人，說這些才有意義。」

秦海鳴許久都沒有回應，田在歆覺得他是生氣了。對此她不怎麼意外，這個年紀的年輕人總是對這個世界充滿了疑問、懷疑與憤怒，這些她也曾經歷過。

沒想到當他再次開口時，不是她預想中的爭辯，「那些規則我管不著，也改變不了。但只要妳還是我的經紀人，妳就不需要做那些事，我會努力讓妳不用這麼做，也能生存得好好的。」

車內舒緩的爵士音樂流淌，混著他猶帶少年傲氣的嗓音，像是一條被子包裹住她，暖了她被歲月磨得漸漸失去溫度的心。

她不相信他做得到，也不會照他說的去做，但她知道他是眞心的。不過是萍水相逢一場，也不曉得他們的工作關係能維持多久，他爲什麼要對她這般交付眞心？他對以前的經紀人也都是這樣的嗎？

她透過後視鏡沉默地注視他，看了好久好久，久到察覺到她目光的秦海鳴耳根都漸漸紅了起來，才緩緩啓唇：「海鳴，你知不知道我在經紀人界有個稱號？」

「什麼稱號？」他知道，可他不想親口說出來。

「拋棄式經紀人。」最後還是田在歆自己說了出來，說得那樣平靜，彷彿說的是別人的事，「所有歌手在我手裡都待不了太久，不管紅的、不紅的都一樣。」

秦海鳴沒有接話，等著她繼續開口。

「謝謝你跟我說你的想法，所以我也要誠實告訴你我的。我不清楚今晚這種結果是不是會害了你，但再讓我選擇一次，我還是會這麼做。我不想讓我的藝人受到一丁點的委屈，演藝圈這條路的確難走，不過也不是只有這一種方法可行，只是可能會需要繞更遠的路，花更多的時間……」田在歆撫上太陽穴，自嘲地搖頭笑笑，「我都不知道自己在說什麼了……」

「我聽得懂。」秦海鳴明白她說的是在飯局上爲他和資方作對的事，鄭重地點點頭，「謝謝妳，讓我可以這麼任性地繼續做自己。」

「我不曉得將來的你會不會怨我目光短淺、沉不住氣……海鳴，如果有天你眞的覺得我不適合做你的經紀人，你可以離開，沒關係的。」雖然她話中的思路有些跳躍，語氣卻十分認眞，沒有半點玩笑意味。

而秦海鳴也同樣認眞地回答：「我不會離開妳的。」

我不會再讓妳嘗到被拋棄的滋味了，我會努力變強，和妳一起走到最遠最高的地方。

他凝視著後照鏡裡的她，在心裡暗自許諾。

❤

「想好怎麼跟我解釋了嗎？」

君皇娛樂歌手經紀部的會議室裡，田在歆將早上剛出爐的報紙扔至秦海鳴面前，雙手抱胸靜靜地看他。

《唯一神曲》播出至今已經有一個多月了，儼然成爲時下最具討論度的選秀節目。近來人們吃飯聊天談論的熱門話題不外乎是「你看了昨天的《唯一神曲》了嗎」，或是「秦海鳴這期在《唯一神曲》演出的那首歌，你單曲循環了幾遍」。

而隨著節目在國際性網路影音平台上的熱播，愈來愈多人注意到這些華語樂壇的新星。單就秦海鳴而論，不僅開始有國外媒體報導他的新聞，甚至也出現了不少的專訪邀約。

雖然這個節目背後不免俗地還是擺脫不了金錢交易、攀關係和造假，但不可否認的是，《唯一神曲》的確幫秦海鳴的演藝事業大大推了一把。

上次在飯局公然和製作方叫板後，本以為會嚴重影響到秦海鳴在這個節目的發展，結果下回錄製時又像什麼都沒發生過一樣，這件事就這樣被悄然無聲地揭了過去。至於那位大老闆的姪女最後也沒在秦海鳴面前出現，據說是改到由別位歌手守關的期數登場，雖然這發展還是令人感到不快，可這已經是最好的結果了。

在這吃人的社會，多餘的同情心是奢侈品，再說了，那位守關歌手也不見得不情願。只是田在歆萬萬沒有想到的是，在這節目中捅了秦海鳴一刀的，居然是他自己。

「秦海鳴《神曲》自行認輸，沒靈魂背後是否有內幕？」

報紙上斗大的標題聳動，然而當事人秦海鳴只是安靜地垂著眸子，神情寡淡。

昨晚錄影時，秦海鳴又一次拿下了節目的「唯一神曲」，在觀眾鼓掌叫好之際，他卻開口認輸，只因為他覺得自己的作品沒有靈魂，當不起「唯一神曲」這個名號。

當時錄影被迫中斷，現場一片混亂，田在歆光顧著善後，就沒在第一時間找秦海鳴討要說法。但沒料到消息居然傳得這麼快，節目還未完成後製，隔天報紙娛樂版的頭版便已爆出消息，甚至還有秦海鳴與製作人之間早有隔閡的風聲傳出，大家紛紛猜測起秦海鳴是否會退出節目。

田在歆忙了一整晚幾乎沒闔眼，早上瞇了一下醒來後，又得知這樣令人頭疼的消息，一整個上午電話根本沒停過。

她本已著手準備發表秦海鳴不會退出《唯一神曲》的聲明稿，但想了想，還是覺得應該先跟他談一談。

「就像是我說的那樣，我覺得我的歌曲沒有靈魂，不應該獲得勝利。」秦海鳴平靜地開口：「這就是解釋。」

「沒有靈魂？靈魂這麼虛無縹緲的東西，你也好意思拿來當理由？」田在歆做了個深呼吸，強迫自己冷靜下來，「海鳴，你是不是對這個節目有什麼不滿……或者，對我有什麼不滿？」

秦海鳴錯愕地抬頭，「我怎麼可能對妳不滿？」

「我是你的經紀人，你有什麼不開心的可以直接跟我說，我再來想辦法解決，而不是像這樣直接在節目上扔下震撼彈，這會讓我很不知所措。」

「造成妳的困擾，我很抱歉，但……」秦海鳴咬咬牙，「小歆姊，我能不能不錄了？」

「你在跟我開玩笑嗎？」

「我是認真的，我覺得最近的自己……漸漸忘了創作的熱忱是什麼。」他搔了搔頭，努力眞實地表達出自己的想法，「每一次進到錄影棚、每一次規定題目，規定我要在多少時間內完成一首歌，然後上台博取觀眾的喝采，都讓我覺得很麻木。唱歌不應該是快樂的嗎？不應該是天氣對了、心情對了、有了想說的事才寫歌嗎？這樣硬逼著自己創作，跟爲賦新辭強說愁有什麼區別？這樣的作品，又怎麼對得起眞心等待著我作品的歌迷？」

田在歆靜默了半晌，才緩緩啓唇：「你知道要怎麼形容你這種人嗎？生在福中不知福。」

秦海鳴抿了抿唇，明顯相當不服氣。

「海鳴，你很有才華，但這個世上有才華的人多的是……或者說，這世界其實也不是那麼需要才華。可是你的星途一路走來沒有遇到什麼太大的難關，你直到現在還有辦法思考快不快樂、自不自由這些問題，你知道憑的是什麼嗎？」田在歆深深吸了口氣，神情嚴肅，「憑的是你很幸運，你出身在一個富裕的家庭。我問你，你有沒有思考過學費繳不繳得出來？有沒有思考過家裡一個月的收入夠不夠全家人吃飯？」

秦海鳴沉默著。

「你不用思考這些，你可以把這些時間拿來思考自己喜歡做什麼、想要做什麼，然後就去做。你想學鋼琴就能學鋼琴，你想玩樂團就能玩樂團，甚至，你想要進演藝圈當歌手，也能毫無後顧之憂地去實現夢想，不用擔心如果沒有通告、沒有收入，家裡會不會受到影響。」田在歆沒有理會秦海鳴的沉默，繼續說道：「就拿昨天節目上你認輸後，最後獲得勝利的那個男素人歌手來說好了，他今年已經三十六歲了，小時候家境不允許，只能用打工剩下的錢省吃儉用替自己買了第一把吉他，然後現在下班回到家後，再拖著疲憊的身體練唱，還不敢唱得太大聲，怕被鄰居抗議，但他還是覺得很快樂，因爲他太喜歡唱歌了。」

田在歆頓了頓，斂下眼眸，「可就算他拿下昨天的『唯一神曲』，得到觀眾的關注，你覺得他的未來會有所改變嗎？不會。在節目播出的這段期間，幸運一點他可能會爆紅，得到幾個廣告、小公司商演甚至是發行單曲的機會，但過了一段時間後，觀眾就會逐漸淡忘他了，因爲永遠都會有新人出現。他要是想得開，回家後還能繼續抱著他的吉他快樂地唱歌；倘若相反，那巨大的心理落差可能會讓他一輩子都再也唱不了歌。如今的你，有舞台、有人氣、有宣傳、有一個地方能讓你盡情地唱歌，請問你到底還有什麼好不滿的？」

田在歆的語氣沒有半點苛責，清清淡淡的，聽在秦海鳴耳中卻一字一句都有如千斤重。

「可是這不是我想要的……」許久後，他只能握著拳頭無力地辯駁。

「你擁有了一切，才說這不是你想要的，這眞的很卑鄙。」田在歆冷笑了一聲，拿起桌上的礦泉水站了起來，「如果每件事都能順著你的心意，那就不叫做人生了。你想要看到山峰上的日出，那麼沿途那些令人生厭的小石子你也無法避開。海鳴，你究竟是爲了什麼而唱歌？你想要完成的是什麼事？你好好想想吧。」

說完，她頭也不回地走出會議室。

田在歆走到公司的中庭，倚在欄杆上大口大口地喝著礦泉水。

她失控了，她這是在遷怒，把現實世界令人絕望的不公平都算到可憐的秦海鳴頭上，但她沒有辦法不生氣。

秦海鳴他眞的不曉得自己有多幸運、有多幸福！

「晚上七點在老地方吃飯，我會訂好位子。」

「嗯，妳回去路上小心，到家了傳訊息給我。」

一道熟悉的聲音傳入她耳裡，她下意識轉頭一看，朝她的方向走過來的正是她有好一段時間未見的前男友徐凱，還有經常投資君皇娛樂拍片的貴婦Angela。

Angela在業界是出了名的臭名聲，專門「投資」男演員當她的小白臉，如今徐凱和她站在一起相談甚歡，用腳趾頭都能想到他們是什麼關係。

田在歆冷笑一聲，掃了他們一眼後便轉身離去，眼不見爲淨。沒想到她離開後不久，一陣腳步聲就追了上來。

「田在歆！」

她轉過身，對上徐凱有些氣急敗壞的俊臉。

「我們還有打招呼的必要嗎？」她偏著頭問。

「妳……是不是瞧不起我？」徐凱咬牙問道，一張臉憋得通紅。

「什麼？」田在歆眞心不解。

「妳剛剛是不是用嫌惡的眼神看我？爲什麼看到我之後就匆匆走開？是不是覺得我像垃圾一樣？」

田在歆雙手抱胸，平靜地望著他。她發現，即使親眼目睹徐凱和另一個女人糾纏不清，自己也一點都不覺得憤怒了，只是替他感到悲哀。在她心中，他們已然沒有愛情存在了。

「是，我走開的確是因爲不想看到你，不過可沒你那麼多想法。你要把自己想成那樣，我也沒辦法。」

她說完後準備離開，徐凱卻上前抓住她的手腕。他的力氣很大，弄得她有些疼，然而她沒有喊痛，只是冷冷地看著他的手，「Angela才剛離開沒多久，你確定要在公司這樣跟我拉拉扯扯？要是她突然掉頭回來撞見這一幕，你的努力不就全都白費了嗎？」

徐凱的身子顫了顫，手上的力道鬆了許多，但還是拉著她不肯放開，「阿歆……妳是不是覺得我很沒用？」

他又喚出了以往對她的暱稱，聲音微啞卻輕柔，就像過去八年仍在一起時那樣。田在歆只是靜靜聽著，沒有吭聲。

「要不是妳，我也沒有機會被簽進君皇當演員，可是這幾年我都沒什麼作品，甚至連房租也付不起，而妳卻愈來愈成功，跟妳在一起的每一天都讓我覺得壓力很大，感覺每一天又離妳更遠了一點。」

「所以這是我的錯了？」田在歆面無表情地問。

徐凱緩緩搖頭，「不是妳的錯，是我……是我自己太沒用了，在妳面前永遠抬不起頭來。」

「……你明明有別的選擇，爲什麼要把自己侷限住了？」

「我不是不努力啊，阿歆，我也不是不想努力，但就是沒有機會，就是紅不了，我能怎麼辦？好不容易抓到Angela這個機會，我不能放棄！只有這樣我才能演戲，才能實現當演員的夢想。如果有選擇，我也不想這樣啊！」

「說了那麼多，都只是想讓自己能心安理得的藉口罷了。如果你眞的有決心，我不信就眞的只剩下這條路可走。」田在歆失望地等著他說完，抽出自己的手，轉身離開。

「那妳呢？妳又有什麼資格說我？」徐凱在她背後低吼：「當初說好要一起當演員，還表現得一副妳不演戲就會死的樣子，結果現在妳又在幹麼？至少我還在這條路上努力，而妳早就爲了錢拋棄自己的夢想，去當那給人低頭哈腰的該死經紀人！」

田在歆停下腳步，緩緩轉過身注視他。

徐凱煩躁又懊悔地抓了抓頭，「對不起，阿歆，我……我太激動了，我不是故意的……」

「嗯，你說的也沒有錯。」她看著他，自嘲地勾了勾唇角。

♥

「小傢伙，今天怎麼沒跟在妳那經紀人姊姊後面當跟屁蟲？」

「我們在冷戰！誰叫她一天到晚嫌我吵，我問她十句就只回答我一句。」徐娜蓁的語氣雖然強硬，表情卻有些心虛。因爲她口中所謂的冷戰，其實只是她單方面這麼認爲，對方根本只當她在鬧脾氣不當一回事，說不定田在歆到現在都還沒發現她今天沒跟著一起去上班。

「有回一句話妳就該感激了，和一個女鬼聊個沒完，還不被人當作神經病？」

「所以我才來找妳聊天啊，和姊姊聊天，永遠都不用擔心會被當空氣。」徐娜蓁親暱地湊上前要摟她的手臂，卻被菸味嗆得咳嗽連連。

「我一直很好奇，鬼怎麼有辦法抽菸啊？」徐娜蓁一邊拍著胸口一邊問。

阿宛望著便利商店櫥窗外的街景，性感的紅唇徐徐吐出白煙，「我死的時候菸就在我身邊了，可以說是陪葬品吧。」

她勾起唇角，轉頭看向徐娜蓁身上的書包，「喏，我想妳要讀書也是可以的。」

「我瘋了嗎？」徐娜蓁撇了撇嘴。

阿宛是這個社區的資深女鬼，和徐娜蓁一樣，是附近那個死亡路口下的亡魂。明明看起來也沒大她幾歲，但不知怎地就是有股老江湖的味道。

阿宛死去時身穿皮衣、皮裙和長靴，一頭烏黑長髮有幾撮挑染成紫色，臉蛋身材都好得不得了，又酷帥又美豔的模樣讓徐娜蓁不禁為之傾倒。

重點是，阿宛從來沒有嫌過她煩，所以當徐娜蓁被田在歆冷落時，就會來找她的「新歡」訴苦。

和經常東奔西跑、一天幾乎有二十個小時不在家的田在歆相比，阿宛非常好找。從徐娜蓁注意到她以來，她就一直坐在這間便利商店裡，一邊抽著她永遠抽不完的菸，一邊注視著窗外來來往往的人們，也不知道在想些什麼。

一開始徐娜蓁因為她的外在形象，以為她是冰山美人，不會搭理自己，直到上個星期意外搭上話，才發現阿宛沒有表面看起來的高冷，相較之下田在歆反而還更加難以親近。

「欸欸欸！公車站牌旁的那個大叔是不是在摸前面女生的屁股啊？」徐娜蓁突然站了起來，激動地指著窗外大喊。

阿宛順著她指的方向看過去，懶懶地應了一聲：「好像是吧。」

「怎麼辦？得阻止他才行啊！」

相較於徐娜蓁的急躁，阿宛仍是一派的雲淡風輕，「妳只是一隻鬼，又能做得了什麼？再說了，是那個被摸的女生自己一直在滑手機沒有警覺，又要誰去救她？」

幸好公車很快就來了，女學生滑著手機上了公車，而那名猥瑣大叔並沒有跟上車。

徐娜蓁長吐了一口氣，雖然沒辦法給那個性騷擾的壞蛋一個教訓，但至少惡行沒有再繼續下去了。

「不過，那個男的臉色看起來怎麼怪怪的……」阿宛盯著那名猥瑣大叔沉思片刻，忽然低呼一聲：「原來是被附身了。」

「附身？被鬼附身嗎？」徐娜蓁好奇地湊上前，想要看得更仔細，「原來附身眞的不只是傳說？」

「當然不是。」阿宛朝那個大叔揚了揚下巴，「活生生的例子就在這裡，附他身的是個老色鬼。」

「妳好厲害，怎麼看出來的啊？不對，究竟要怎樣才能附身啊？感覺好威！」

「這個嘛，因鬼而異，大致來說就是天時地利人和吧。只要遇到對的磁場、對的時機狀態，附身也不是什麼太困難的事。」阿宛把玩著指尖的香菸，「可眞要說起來，還是有個通則的，在雨天和宿主精神力薄弱的時候，通常最容易附身成功。」

徐娜蓁恍然大悟地點了點頭，沒過多久又皺起眉頭，「只是被鬼附身後，都會像這個大叔一樣變成壞人嗎？」

「當然不是。應該說，當一個人躲在另一個身分背後，就更容易暴露出心裡的黑暗面，反正沒有人知道他是誰，他想幹什麼都行。」

徐娜蓁似懂非懂地應了一聲，這時一位中年大嬸帶著咖啡和報紙走了過來，一屁股坐在阿宛的位子上，阿宛只得跳起來，叼著菸一躍改而坐在桌上。

「姊姊，每次有人跟妳搶位子，妳都這樣讓位喔？可是他們又沒有感覺。」

「也不是每次都讓位的，如果來的是個小鮮肉，我就會坐到他的大腿上。」阿宛俏皮地眨了眨眼，「反正他們沒感覺。」

徐娜蓁哈哈大笑，但沒過幾秒注意力就被大嬸手中的報紙吸引過去。

「妳家的偶像哥哥還眞常上新聞。」阿宛顯然也注意到了報紙上斗大的標題。

「嗚嗚，小歆姊姊是壞蛋，海鳴哥哥出事了還不跟我說。阿宛姊姊我先去看看海鳴哥哥好不好，明天再來找妳聊天！」

「嗯。」阿宛看著徐娜蓁風風火火從窗子穿透而出的身影，又吸了口菸。她抬頭望著灰藍沉鬱的天空，紅唇輕輕吐出白煙，「好像要下雨了呢……」

第五章

秦海鳴靠在走廊牆上，握著田在歆的手機，有些自嘲地笑了笑。

什麼時候他也開始幹起聽人牆角這種八卦事了……

田在歆氣沖沖離開會議室後沒多久，實習生妞妞就過來說總監要找小歆姊，但打她手機都沒人接。

秦海鳴這才注意到田在歆把手機忘在會議室的桌上，便自告奮勇去找她。好不容易在走廊上看見田在歆的身影，卻發現她和一個陌生男人起了爭執。

秦海鳴見到那男人抓著她的手，把她的手腕都抓紅了，當下氣得要衝上前拉開兩人，可他才邁出一步，突然恢復的理智就定住了他的腳步。

小歆姊那麼好強，肯定不想讓認識的人瞧見她這副狼狽的模樣吧，再者，他剛剛才惹她生氣，她現在大概也不想見到他……

於是，秦海鳴隱身在柱子後面，一邊暗中保護著田在歆，一邊聽他們說話。

「嗯，你說的也沒有錯。」田在歆的語氣裡有著淡淡的自嘲，「我確實是沒資格說你。」

「阿歆……」

「反正我這輩子大概也就這樣了，既然你選擇了這樣一條路，那就好好走，跪著也要走下去，成爲一位成功的演員，這樣才對得起你自己。不過……」她頓了頓，抬起頭望著對面的那個男人，「那些都與我無關。我們不要再見面了，徐凱。」

田在歆扔下這句話之後便逕自離去，秦海鳴悄悄跟了上去，卻不敢露面，直到她重新打理好自己，從洗手間出來後，他才遲疑地上前。

「小歆姊，那個……總監好像在找妳。」秦海鳴搔了搔頭，假裝自己只是恰巧在這裡碰見她。

「知道了。」她一邊點頭，一邊整理因爲剛洗過臉而被浸溼的瀏海。

秦海鳴張了張唇，心中有千萬個問題，可支吾了半天仍不知該從何問起，直到田在歆投以探詢的眼神，他才搖搖頭，將她的手機還給她，「沒什麼，妳把手機落在會議室了。」

「喔，謝謝。」田在歆接過手機放進口袋，正準備往回走，又被秦海鳴喊住。

「小歆姊……對不起。」

「沒頭沒尾的，對不起什麼？」田在歆轉過頭，疑惑地看他。

「沒跟妳商量就在節目上認輸，對不起。」

她許久都沒有回應，秦海鳴以爲她眞的被自己氣得不輕，亟欲解釋，卻見她抬手阻止他開口。

「海鳴，我等等就要去報告了，我最後再問你一次，這節目你還錄不錄？」

秦海鳴怔怔地望著她，「我可以自己選嗎？」

田在歆鄭重地頷首，「不要害怕爲我帶來麻煩，身爲一個經紀人，最不怕的就是麻煩，要是你眞不想錄，總會有方法解決這件事，但你要好好問自己，你是眞心厭惡這個節目，或者只是一時的意氣用事。」

「……要怎麼分辨？」

田在歆走近他，聲音放柔了些，「你知道人爲什麼會感到痛苦嗎？因爲想要追尋快樂，所以才有痛苦。沒有一件事能讓人只有純然的快樂，如果眞是如此，那這份快樂也無足輕重。你在這個節目創作和演唱的過程中感到痛苦，可是我相信你一定也有從中得到快樂。若是你得到的快樂大於痛苦，讓你就算得忍受一堆垃圾事，依然甘之如飴，你就留下來；如果相反，那我鼓勵你離開。」

秦海鳴垂頭沉思片刻後，吐出的卻是風馬牛不相及的話語：「小歆姊，我好像沒有問過妳，爲什麼願意當我的經紀人？」

他想起走廊上那個男人的話，猶豫半晌後還是問道：「因爲錢……因爲我很會賺錢嗎？」

「是。」田在歆爽快地點頭，沒有半分遲疑。

秦海鳴的心驀地一沉，一股說不清道不明的酸澀情緒剛剛纏上心頭，又聽她接著開口：「但也是因爲，我喜歡聽你唱歌。」

配著窗外冷雨，田在歆仰頭將罐子裡的最後一口啤酒一飲而盡，她捏扁手中的空啤酒罐，瞇了瞇眼投籃似地往垃圾桶擲去，罐子才將將擦到「籃框」邊緣，便匡啷一聲掉落在地。

今天眞是見鬼地諸事不順。

田在歆低嘆一聲，晃著身體想要起身去撿，一雙修長好看的手就已撿起空罐，將它扔進垃圾桶裡。

「這麼晚了，怎麼還在公司？」田在歆看清來人後，疑惑地問。

「我才要問妳同樣的問題。」秦海鳴很自動地走到長椅另一頭坐下，「妳每天都在公司忙到這麼晚？」

田在歆顧不上回答他，瞅著屁顚顚跟在秦海鳴身後的徐娜蓁，眼睛又睜得更大，「妳來這裡幹麼？」

「我幾個小時前就已經在妳身邊晃來晃去了。」徐娜蓁翻了個大白眼，「是妳一直顧著工作沒發現我，我只好跟著海鳴哥哥。」

「我是來找妳的。」秦海鳴答道。

田在歆又從塑膠袋裡拿出一罐冰啤酒，邊打開拉環邊沉吟道：「你是想問新聞風波後續處理得怎麼樣了？該解決的都解決了，下個星期的節目錄影照舊，你不用擔心。不過這種事打通電話問我就可以了，幹麼專程等我等到現在？」

「也不算專程，我才剛從錄音室出來，聽說妳還沒離開公司，就過來……想問妳一些問題。」不知道是不是她的錯覺，他說話時的眼神似乎有些飄，底氣也有點不足。

田在歆沒打算深究，更沒力氣深究，她將手中新開的啤酒罐遞給他，「喝嗎？」

「怎麼突然想喝酒？」秦海鳴接過啤酒罐，沒有喝，只是握在手上。

田在歆又替自己開了一罐啤酒，仰頭灌了一大口後，盯著落地窗外細細綿綿的雨絲說：「就是覺得這天氣特別適合喝酒。」

秦海鳴沉默地點點頭，指尖有一下沒一下地摩娑著鋁罐邊緣，過了半晌才緩緩開口：「小歆姊，其實今天下午我聽到妳跟一個男人在吵架。」

「我也聽到了。」坐在田在歆另一側的徐娜蓁也很誠實地跟著招了。

田在歆怔了片刻，隨後苦笑，「這麼丟臉的事就不能當作沒看見嗎？」

「他是誰？」

「姊姊，跟妳吵架的那個帥哥是誰？」

秦海鳴和徐娜蓁同時開口，關心的話題更是巧合地重疊。

大概是酒精麻痺了她的防衛心，也大概是有些東西在心裡憋得太久了，需要有個宣洩的出口，田在歆拎著酒罐，無所謂地勾了勾唇角，「我交往了八年的前男友。」

徐娜蓁驚訝地跳了起來，「妳這種工作狂居然會有交往八年的男友？」

「大二時他跟我告白，然後我們就在一起了，不知不覺就過了八年。」田在歆頓了頓，臉上的神情看不出是真心覺得意外還是自我挖苦，「現在回想起來，這段關係竟然能維持八年，還眞是了不起。」

「你們……爲什麼會分手？」秦海鳴反常地八卦了起來。

「因爲很多原因。」她灌了口酒，「八年的時間畢竟太長了，任何東西都可能變質。」

「也包括夢想嗎？」秦海鳴側過頭看她，「我聽到妳前男友說，你們以前說好要一起當演員的，還說妳……不演戲就會死？」

「嗯，以前的確是這樣。」

「那爲什麼現在不演戲了？妳的演技明明那麼好……」

「海鳴。」田在歆輕聲打斷他，凝視著他的雙眼，又問出了那個問題：「你知道要怎麼形容你這種人嗎？」

「生在福中不知福。」秦海鳴撇撇嘴，「妳說過了。」

「是人生勝利組。」田在歆望向窗外，長長地吐出了一口氣，「而我和徐凱都只是平凡人，明明自知平凡，卻還想作夢的可悲平凡人。」

「我不認同。」秦海鳴搖搖頭，「的確，先天環境不是我們自己能決定的，但是只要通過後天的努力，無論需要多久時間，總會有實現夢想的一天！」

「那如果連努力的機會都沒有呢？」

輕描淡寫的一句話，卻讓秦海鳴頓時語塞。

「其實以前的徐凱不是這樣子的。他有熱忱、有夢想，也很自信。」田在歆緬懷地微微一笑，「也許我當時就是被演戲時的他吸引的，那種全然沉浸在自己熱愛的事物中的模樣，真的很有魅力，全身上下都像在發著光。那時候我們會一起演戲，雖然演的都是沒什麼觀眾的小製作，可那段時間眞的很幸福，就像吸食大麻一樣，不用去管未來如何，只是盡情地沉浸在當下的快樂中。我們說好了將來要一起當演員，一起站上大銀幕……呵，連得獎感言都想好要怎麼感謝對方了，不過你知道嗎？人生眞的不是你想怎樣就能怎樣的。」田在歆仰頭將罐中啤酒一飲而盡，捏扁空罐，又新開了一罐。

「妳少喝一點。」秦海鳴有些擔憂，想要拿走她手中的啤酒罐，卻被田在歆一掌拍開。

「生活已經夠憋屈的了，難道我連喝酒的權利都沒有了嗎？」

對上她控訴的眼神，秦海鳴只能輕嘆一口氣，「那妳喝慢一點。」

田在歆又豪氣地喝了一大口，用手背抹了抹嘴，「我剛剛說到哪裡了？」

「人生不是你想怎樣就能怎樣的。」秦海鳴溫聲提醒。

田在歆點點頭，「能不能當演員根本就不是我們說了算，你誇我演技好，可是沒有試鏡機會，好演技又要給誰看？到了畢業的時候，我認清了、妥協了，我想自己可能眞的沒那麼適合當演員吧，但是徐凱他不甘心，一直認爲自己總有一天會被伯樂發掘。」

她長舒了一口氣，又繼續道：「他放不下面子去做其他工作，就這麼一直等著，等到他開始懷疑自己，開始質疑這世界的不公，等到始終看不見希望的未來一天天消磨著他的驕傲跟篤定，然後我們就開始吵架了，什麼都可以吵，柴米油鹽、雞毛蒜皮的小事都能吵上好幾天。我怪他不切實際、不負責任，他怨我放棄原則、背叛夢想。而徐凱可恨的地方就在於，明明沒有守住夢想的資本，卻依然不管不顧地不肯放棄，也不管這樣會不會餓死……他大概也是吃定了我不會讓他餓死吧，不過從某方面來說，我也挺佩服他的，我沒有他那樣的勇氣。」

「可是在我眼中的小歆姊，不是懦弱得不敢追逐夢想的人啊！」秦海鳴將啤酒罐放到一旁，轉過身將身子正對她，「妳都敢爲了我跟節目資方撕破臉了，怎麼會沒有勇氣爲自己的夢想拚一拚？」

「這不是想不想，是能不能的問題啊！」田在歆不甘地低吼。

他看見她眼中隱隱閃動的水光，一時怔住，喃喃地開口：「爲什麼不能？」

「我一個扛著經濟壓力的女人，拿什麼拚？連作白日夢都是奢侈！」

秦海鳴再一次愣住了，他思來想去，完全沒想過會是這個原因，「……你們家的雞排攤生意不是很好嗎？」

「那只是虛有其表而已。」田在歆搖搖頭，「我爸說客人都是鄉里熟人，不好意思漲價，這麼多年來物價飛漲，他卻堅持不漲，成本當然只能由我們自行吸收，多賣多虧。我弟打從出生後就體弱多病，在醫院來來回回不曉得多少次了，做生意賺來的錢基本上都用在那裡，也沒剩多少錢讓我們讀大學了。爲了減輕家裡負擔，我從高中畢業後就沒再跟爸媽拿過錢，繳學費用學貸，生活費則是自己打工賺來的，這幾年才總算還完學貸，開始幫我弟存大學學費。」

秦海鳴一時無言以對。雖然他父母平時為人低調、從不擺顯，不過按照別人的話來說，他就是那種含著金湯匙出生的貴公子。從小到大，金錢根本不會是困擾他的問題來源，他甚至不曉得自己每個學期得交多少學費，當然更不可能去打工。

而且儘管他出身豪門，卻完全沒有那些富二代伴隨著富貴而來的枷鎖。他爸爸雖然從政，但由於從小被父母逼著做不喜歡的事，長大後不願兒子重蹈自己的覆轍，便任由秦海鳴去過自己想要的人生，至於他媽媽更是寵兒子寵到無法無天，若是有天秦海鳴說要去地心探險，她大概也會抹著眼淚答應。

這樣的他才有「資本」去全心全意地玩自己喜歡的音樂嗎？他突然有點明白田在歆說他身在福中不知福是什麼意思了。

「所以，妳是為了賺錢才放棄演戲？」

「嗯。」她頷首，又灌了口酒，「其實快畢業那時也不是沒有小經紀公司找過我，但是我賭不起。我不能不工作，等著不知何時才會上門的戲約，我只能先養活自己，才能養活我的家人。大學讀了戲劇系，算是給自己最後一個追夢的機會吧，在那四年裡，如果我成功了，那我就繼續演戲；如果什麼發展都沒有，那我就認命，乖乖找一份薪水穩定的工作……很顯然我賭輸了。」

秦海鳴垂下眼眸，想起田在歆要他好好想想，自己是為了什麼而唱歌，「小歆姊，妳為什麼喜歡演戲？」

「最初……」田在歆頓了頓，打了個酒嗝，「是因爲覺得演戲很便宜。記得我還很小的時候，看到班上很多同學都在學鋼琴，心裡不曉得有多羨慕，可是我不敢跟爸媽說我也想學，因爲我知道我們家沒有這個閒錢。」

「我可以教妳彈鋼琴。」秦海鳴急忙道，神情嚴肅認真，彷彿剛許下的是攸關生死的諾言。

田在歆心頭一暖，微笑著搖搖頭，「學鋼琴要錢，學芭蕾也要錢，可演戲很便宜，需要的只有自己的身體和聲音，那時我天眞地以爲，如果我哪天成了家喻戶曉的女演員，就能賺到很多很多的錢，讓家人過上好日子，上哪去找比這更划算的買賣？現在想想，其實我根本不是眞的對鋼琴、芭蕾這些才藝有興趣，而是因爲得不到才渴望。不過我後來是眞心喜愛上表演，透過扮演，我可以不斷經歷著那些我沒有機會體驗的人生，那種感覺眞的會讓人上癮。」

「不斷經歷那些沒有機會體驗的人生……」秦海鳴若有所思地複述著，「那妳最後怎麼會選擇當經紀人？」

「剛好有認識的學姊介紹，就先試著做做看了。你可能沒有什麼感覺，但戲劇系畢業的學生要找工作是非常困難的，一有機會就得趕緊把握。」田在歆苦笑著低嘆了一聲，「即使這只是一份謀生的工作，不過我做了這麼多年都沒有離開，可能還是捨不得放棄這環境吧。幫著你們實現自己的夢想，就好像我自己的夢想也跟著成眞一樣……現在也只能這樣安慰一下自己的不甘心了。」

秦海鳴靜默了片刻，忽然一本正經地望著她，「小歆姊，妳剛才說會幫我實現夢想，對吧？」

田在歆頗有架勢地拍拍胸脯，「放心，姊雖然做不成演員，但作爲經紀人還是有兩把刷子的。你儘管說，不管要花多少時間，我都會帶著你到你想要到的地方去！」

「如果我的夢想之一，是想看妳重新演戲呢？」

田在歆緩緩扭過頭，因酒意而迷濛的眸子眨也不眨地盯著秦海鳴看。他微抿著唇，表情有些侷促，卻莫名地認眞。

然而半晌後她只是擺了擺手，笑道：「別開玩笑了。」

❤

徐娜蓁不是很開心。明明坐在同一張長椅上，她卻感覺自己跟田在歆和秦海鳴不是一個世界的人……呃，雖然從某方面來說的確如此。

可是她有種預感，即便她今天不是鬼魂，她一樣只能坐在那裡，一句話也插不上。海鳴哥哥看不到她也就算了，怎麼連小歆姊姊也無視她？儘管小歆姊姊是喝醉了，但是……

她今天有點討厭田在歆，因爲海鳴哥哥太關心小歆姊姊了，讓她很嫉妒。

身爲元老級迷妹，這種感覺並不陌生，每當秦海鳴和某位女明星親近一點，或是表達他的讚賞之意時，她都會和許多粉絲一樣地吃醋，恨不得那個人就是自己。

不過那種情緒也只是讓她憂傷一下下，隔天醒來就忘了，畢竟粉絲們都很清楚，秦海鳴個性隨意豁達，他的稱讚純粹就只是個稱讚，並不會放在心上，對他來說，雞腿的魅力可能還比女人的美腿大。

再者，雖然她是粉絲後援會會長，能夠接觸秦海鳴的機會比其他迷妹大上許多，但她也很清楚，偶像和粉絲始終是兩個世界的人，她可以盡情地意淫妄想，卻不會眞的認爲他們在現實生活中還能有別的交集。

然而現在不一樣了。她跟著田在歆上班，每天都能見到秦海鳴，每天都能多發現一些他從未在螢光幕前展現過的模樣。

她的妄想成眞了，她可以坐在他身旁而不會被警衛趕走，也去過他家，甚至躺過他的床。她距離他這樣地近，卻又那樣地遠……隔著生與死的距離。

她甚至連一聲以前最常在演唱會上喊的「海鳴哥哥我愛你」，都沒辦法再讓他聽到了，可是他卻跟田在歆愈來愈親近。

田在歆是個活人，和她全然不同。她知道自己很幼稚，很無理取鬧，但她還是控制不了自己。她好嫉妒。

今天下午看見報紙上的新聞後，她立刻趕往經紀公司，想詢問田在歆現在的情況究竟如何，秦海鳴是否眞的會退出節目。

她沒在經紀人辦公室找到田在歆，卻在走廊一處人跡罕至的角落先瞧見秦海鳴。

秦海鳴的視線始終盯著一個方向，臉色沉鬱。她疑惑地順著他的視線望過去，便看見田在歆正和一個陌生男人爭吵著。

她和秦海鳴一同偷聽了整場談話，接著又目睹他悄悄跟在田在歆身後，直到她從洗手間出來後，他才上前，假裝兩人是碰巧遇見。

這不像是秦海鳴會做的事，但徐娜蓁沒想到的是，他今天反常的還不只這一件事。田在歆讓他回家休息，告訴他新聞的事她會處理，他明明都點頭答應了，可是他前腳才剛離開公司，後腳又折了回來。

他在公司閒晃了一陣子，最後進到錄音室。他彈了一會兒鋼琴，又玩了一會兒吉他，發了一會兒聲，然後唱了幾首歌……

連她這種腦粉都感覺得到，他今天根本不在狀況內，他不時拿起手機查看時間，好像在等待什麼。

最後她才知道，他在等田在歆，他心裡憋著一些話，今天一定要跟田在歆說。

今天晚上他們聊了很多，徐娜蓁想，這應該是這兩人建立歌手與經紀人的關係後，第一次如此無拘無束地閒扯著。

田在歆告訴秦海鳴，她最喜歡的演員是梅莉史翠普，他則告訴她，他最喜歡的樂團是Green Day；她告訴他，小時候的她一直以爲自己二十歲以前就會成爲大明星，他則告訴她，每年生日他許的願望都是希望他能像豬一樣，吃飽睡睡飽吃……

換作是以前，能一次聽到這麼多關於秦海鳴的小祕密，肯定會讓徐娜蓁激動萬分，恨不得插上翅膀，立刻飛去和後援會的小伙伴們分享，可是現在……現在她知道了，又能如何？她什麼都做不了。

雨愈下愈大了，濃墨般的天空閃著陣陣白光，顯然是打雷前的預兆。

外頭的行人跑了起來，似乎想趕在雨勢變得不可收拾前回家。徐娜蓁當初就是死在這樣的一個雨夜裡，滂沱大雨在她心中留下了濃重的陰影，她打算提醒田在歆早些回家，以策安全。

秦海鳴顯然也和她想到一塊，拍了拍田在歆的肩膀告訴她該準備離開了，然而田在歆一個晚上喝下來，不知不覺就喝多了，像是睡著一般垂著腦袋坐在原處，任憑秦海鳴怎麼叫她都只是無意識地哼哼著。

徐娜蓁也加入了叫人行列，但清醒時的田在歆就經常忽視她的存在，更別指望酒醉的田在歆還能注意到她了。

徐娜蓁有些急了，頓時忘了自己是隻鬼，伸手去搖田在歆的手臂。

「轟隆——」

伴隨著一聲響徹雲霄的雷鳴，徐娜蓁感覺有一股電流從她接觸到田在歆身體的指尖竄了進來，一陣詭異的酥麻感迅速傳遍全身，她腦袋發脹，眼前驀地變得漆黑一片。

再度醒來時，她發現自己倒在一個溫暖的懷抱裡，眼前是秦海鳴放大的俊臉，上面寫滿焦急。

「小歆姊，妳還好嗎？」他看著她問。

「你的臉怎麼這麼紅？發燒了嗎？」

下半場節目即將正式錄影前的十分鐘，田在歆發現秦海鳴衣服上的流蘇有些凌亂，她像往常一樣上前替他將那些糾結的流蘇用手指一一梳開，卻感覺對方安靜得有些異常。抬頭一看，這傢伙的臉頰竟然紅撲撲一片，田在歆立刻伸手要去探秦海鳴額頭的溫度，但他微微偏頭，避開她的碰觸。

「沒有，沒發燒。」秦海鳴輕咳一聲，目光不敢與田在歆正面相觸。

田在歆見他這副模樣，愈發覺得奇怪，「你這幾天眞的不太對勁，到底發生什麼事了？身體不舒服要和我說，別仗著年輕就硬撐。」

秦海鳴轉回視線，看著她那雙清澈的丹鳳眼，咬咬牙，「小歆姊……妳……眞的不記得了嗎？」

「不記得什麼？」田在歆一頭霧水。

「就是……那晚在公司，妳喝醉了之後……」

田在歆擰起眉試著回想，卻怎樣都沒有印象，「那天我喝醉後，不是睡著了嗎？之後應該是你把我送回家的吧……難道我發酒瘋了？」

秦海鳴遲疑了幾秒，點點頭。

田在歆立刻笑著擺擺手，「別想騙我，我自己的酒品我很清楚，喝多了也只是想睡覺而已，根本不會發酒瘋，你乾脆說我們酒後亂性算了。」

「怎麼可能！」秦海鳴的臉又紅了幾分，小聲咕噥：「還沒到那程度……」

秦海鳴每每想起那個雨夜，都覺得像是一場夢一樣，而那天之後看著田在歆與往常無異的反應，又更加有種只是自己在作夢的感覺。

可是他怎麼會做這種讓人尷尬萬分的夢？難道在他的潛意識裡，竟希望小歆姊是這樣看待他的？

他的思緒不禁又飄回那天晚上……

「小歆姊，妳還好嗎？」

一聲響亮的雷鳴過後，田在歆的身體如同一顆洩了氣的皮球，往一旁歪倒，他趕緊伸手拉住她，讓她靠在他身上。

田在歆嚶嚀了幾聲，緩緩睜開眼睛，可當她和他對上眼睛時，眼中竟是滿滿的驚恐。

「小歆姊，妳聽見我說話了嗎？還有辦法走路嗎？雨愈下愈大了，我送妳回家好不好？」他扶著她的肩膀試圖幫助她坐好，田在歆低頭瞅著他按在她肩上的手，像是發現了什麼世界奇景般，呆愣地睜大眼睛。

接著她閉上眼，再次軟倒在他懷裡。

「小歆姊，小歆姊，別在這裡睡，回家再睡好嗎？」他拍了拍她，在她耳邊低喊。眼看田在歆沒有要轉醒的意思，他只好抬起她的手臂繞過自己的肩膀，試著揹她站起來。

「……海鳴哥哥，我不是在作夢吧？」

秦海鳴被她那聲「海鳴哥哥」雷得外焦內嫩，腳下一軟，重新跌回長椅上。

「妳、妳叫我什麼？」秦海鳴望著她，不可置信地問。

田在歆沒理會他的問題，像是瞬間酒醒一樣坐直身子，然後彷彿在確認什麼似地摸了摸自己的臉，又伸出手打量著自己的指尖。

隨後她尖叫一聲，猛地撲進他懷裡。

「我終於抱到你了！」她收緊手臂，如同小狗般用鼻尖在他懷裡蹭了蹭，「這輩子死而無憾了，嗚嗚嗚……」

秦海鳴渾身僵硬，驚訝已不足以形容他此刻的心情，那已經是驚嚇了。他結結巴巴地開口：「小歆姊，妳妳妳……妳是不是喝醉了？」

「你要當我是喝醉了也可以。」

什麼叫也可以！今天不是愚人節好嗎？

秦海鳴抽了抽嘴角，試圖將田在歆從身上拉開，「妳先放開我，我去給妳倒杯熱水醒醒酒。」

「不要！也不曉得還有沒有下次，我有話一定要今天跟你說！」

秦海鳴無奈，只好放棄掙扎，「好吧，妳要跟我說什麼？」

「我超級喜歡你的！從我第一次聽到你的歌開始，我就知道我會粉你粉一輩子。我在最難熬的時候遇見了你，每次難過或是覺得生活沒有希望的時候，都是聽你的歌撐下去的。海鳴哥哥，我希望你能記得，有一個小粉絲一直在你背後支持著你，不管你以後還唱不唱歌，我都希望你能像現在這樣，活得快樂又帥氣！」

秦海鳴石化了好半晌才反應過來，兩抹薄紅緩緩爬上他的臉頰，「原來妳是我的粉絲？我一直以爲妳是因爲工作才開始聽我的歌。」

「不只是粉絲，還是元老級粉絲，從你發的第一張專輯開始，我就成爲你的腦殘粉了！我之前還是你其中一個粉絲後援會的會長呢！」

「啊？」秦海鳴搔搔頭，不知怎地突然有些侷促，「我還眞的沒有發現，妳平時的樣子看起來根本不像……不管怎樣，謝謝妳。我很開心，也會努力的。」

秦海鳴說到後面聲音愈來愈小，明明不是第一次被粉絲告白了，但不知爲何，田在歆的告白特別讓他不知所措，也讓他……格外高興。

所以她平時一天到晚把他罵得狗血淋頭，原來是愛之深責之切嗎？她毫無破綻地切割著粉絲與經紀人的身分，也是不想讓工作受到影響吧。

果然是演技深厚的戲劇系學姊啊……

秦海鳴還在心中感嘆，就見到田在歆仰頭期盼地望著他，「海鳴哥哥，那我可以索取粉絲福利嗎？」

「什麼粉絲福利？」秦海鳴突然有種不好的預感。難道剛才的擁抱還不算是粉絲福利嗎……

「我可以摸摸看你的腹肌嗎？」

聞言，秦海鳴徹底懵了。

「海鳴，你有聽到我說話嗎？」

「不、不能給妳摸腹肌……我怕癢。」

「誰要摸你的腹肌啊！」田在歆用一種看到神經病的眼神望著他。

……女人眞是翻臉像翻書，秦海鳴欲哭無淚地想。

他的思緒被田在歆重新拉回錄影現場，「抱歉，我恍神了。妳剛剛跟我說什麼？」

田在歆這才斂了神色，又複述了一次：「待會在節目上，主持人會提到上期節目『認輸』的梗，這是節目效果需要，也算是給觀眾一個交代，你照你的想法回答就行了，這才是最能讓觀眾接受的答案。」

「嗯，我知道該怎麼說。」

田在歆整理完秦海鳴的衣服，退後一步摸著下巴打量他，「嘖嘖，今天又帥出新高度了。待會比賽加油！」

想到田在歆正用著含蓄低調的方式表達她的迷妹之愛，秦海鳴不禁彎了彎嘴角，「小歆姊，妳會留在現場聽我唱歌嗎？」

田在歆點頭，「彩排時是因爲臨時有個電話會議才離場，等等我會全程在場的。」

「好。」秦海鳴眉眼溫柔，「希望妳會喜歡這首歌。」

隨著《唯一神曲》的收視愈來愈好，每期節目也開始出現新的噱頭，期望帶給觀眾更多驚喜。在這期節目裡，挑戰秦海鳴的不是素人，而是兩位線上知名歌手。秦海鳴必須奪得本期的「唯一神曲」，才能保住守關歌手的位子，繼續對戰素人；反之，要是連續輸了兩期，那麼他的地位將會被挑戰成功的新歌手取代，從節目中淘汰。

田在歆原本還有點擔心秦海鳴會因為不想錄這節目而故意輸掉比賽，儘管當初簽了合約，讓他就算被淘汰，提前退出節目，仍舊能拿到一筆豐厚的酬勞作為補償，但面子上總歸不太好看，然而看他登場時的氣勢，竟是比之前任何一次錄影都來得認眞，她便知道是自己多慮了。

看來她先前丟給他的問題，他已經有了答案。

這一期比賽最後選中的創作主題是「給XX的一首歌」，這是一個發揮範圍很廣的題目，看似限制不大，不過想創作出新意及厚度，也不是件容易的事。

直到正式演出前，現場觀眾們都不曉得秦海鳴是為誰而創作，而且這次的節目還另外新增了網路互動環節，有不少網友猜測他是為了食物而創作，甚至還引發了究竟是「雞排」或是「珍奶」獲得他青睞的辯論戰。

他今天創作出的歌曲名字叫做〈在消失前爆炸〉。

場上燈光轉為以暗紅色調為主，營造出一種詭譎蒼涼的末日氛圍。舞台螢幕上幾隻烏鴉盤旋在煙硝瀰漫的碎石瓦礫堆上方，牠們冷清地鳴叫幾聲，隨後振翅飛去，身影漸漸消失在烏雲密布的天際。

燈光轉換，秦海鳴以歌劇唱腔詮釋的低沉吟哦聲緩緩響起。他身穿黑色絲綢襯衫，衣袖上的黑色流蘇隨著抬手的動作搖曳飄動，彷彿有一雙黑色翅膀在他背後展開，黑褲底下是同色長靴，襯得他的腿愈發修長，皮質的黑色手套包覆著他骨節分明的手指，今晚的他化身爲高貴陰鬱的暗夜天使。

他甫開口，魔魅的吟唱立刻揪緊觀眾的神經，像是被催眠般跟著他走入歌中的世界。當他唱至最後一聲吟哦，畫風瞬間轉換，橫跨好幾個音階的長音帶著哥德風搖滾的瘋狂，緊接著一連串緊湊鼓聲響起，這是首重金屬風格的搖滾曲目。

從前有隻怪獸 牠的名叫生活
牠讓人們一生庸碌只求苟且過活
牠還有個朋友 大名就叫自由
自以為能無敵卻拚不過所謂理由

當現實成了枷鎖 囚禁了你 年少英勇
你哀嘆 你旁觀
然後看著時光
將你揉成面目模糊的 毫不起眼的

一顆石頭

你也曾相信自己絕不可能會平庸
可那雙無畏的翅膀早已百孔千瘡
讓生命波瀾壯闊的魔法需要密碼
但你僅有的只剩不能吃的骨氣啊
那又怎樣

在變得透明前爆炸　狠狠漆上只屬於你的塗鴉
在失去力氣前爆炸　別庸庸碌碌直到無力掙扎
在面目全非前爆炸　趁你還記得自己的模樣
不想消失　只能爆炸

在變得透明前爆炸　狠狠漆上只屬於你的塗鴉
在失去力氣前爆炸　別庸庸碌碌直到無力掙扎
在面目全非前爆炸　趁你還記得自己的模樣
就算窮得只剩夢想和瘋狂
至少圓青春一個不後悔不白花

大不了哭完一場繼續當個白日夢國王
所以別怕
我在 我在啊
我用我所有助燃你輝煌
陪你爆炸

那一聲聲「爆炸」撕裂又沙啞，像是一支巨錘用力撞擊著觀眾的心臟。這是一首鼓勵追夢的熱血歌曲，卻又不像少年漫畫那般毫無理由地散發正能量，告訴人們只要努力就會有希望。這首歌給人的感覺，反而有種絕望到底的悲壯樂觀，既然已經一無所有，既然快要被現實壓垮，那何不用僅存的最後一口氣，爲自己爆炸一回？

整首歌帶著剛硬的重搖滾色彩，可最後一段的那句「我在，我在啊」卻輕柔如羽毛，然而它帶來的力道，竟是比那些充滿爆發力的嘶吼聲來得更震撼強烈。

田在歆的眼眶不知怎地有些溼潤，一種渾沌壓抑的感覺堵得她胸口悶悶的，接著她感覺有一朵花苞，一朵很小很小的花苞，從她的心底深處生長，緩緩茁壯強大，直到衝破那團渾沌，在稀薄的陽光下顫巍巍地綻放。

「在訪問之前，我先來問一下現場的觀眾。」燈光亮起，主持人上台走到仍在調整呼吸的秦海鳴身旁，「你們說，今天的海鳴是不是帥得太過分了？」

台下立刻爆出熱烈的尖叫聲。

「就連我這個有老婆有小孩的大叔都差點戀愛了。」主持人裝模作樣地撫了撫胸口，惹得觀眾笑聲連連，瞬間沖淡不少剛剛表演時留下的沉重氣氛，「照例還是要來訪問一下，海鳴今天這首歌是寫給誰的呢？」

「這首歌……」秦海鳴頓了頓，視線往田在歆所在的方向投去，眼中添了幾分柔色，「是寫給我的一個元老級粉絲。」

舞台下再度爆出羨慕嫉妒恨的驚嘆聲，主持人抬手示意觀眾冷靜，又問：「當海鳴的粉絲眞是太幸福了！不過在瞭解這個故事之前，我想先代表所有觀眾朋友，問一個我們都很好奇的問題。」

「您請說。」

「在上期節目，海鳴你說覺得自己創作出的音樂沒有靈魂，所以主動認輸。那麼今天這首歌曲，你的感覺又是如何呢？」

秦海鳴握著麥克風靜默了片刻，似乎是在思索措辭。

「老實說，我做音樂時一直偏向關照自己，自己寫得開心、唱得開心最重要，所以像這樣命題式的限時創作，一度讓我覺得很空虛，我不曉得自己究竟是爲何而創作。」他話聲一頓，接著說：「可是現在，我有點明白自己站在這個位子上能做些什麼了。我不是一個擅長表達的人，所以我把我想說的話都寫進歌裡。如果我的歌能爲某些人帶來正面的影響，給他們力量，又或者只是在他們心情不好時陪伴他們，那都是一件很美好的事，我想做這樣的事，今天這首歌就是抱著這樣的心情寫下的，因此我自己很喜歡。」

主持人欣慰地點點頭，「現在能不能跟我們分享一下這首歌的故事？」

秦海鳴垂下眼眸，和方才詮釋歌曲時的撕裂嗓音截然不同，此刻他說話的聲音像條清澈的小河，柔緩地淌滿整個空間，「我一直是個很隨性的人，想做什麼就去做什麼，也沒有明確的人生目標，就連進演藝圈唱歌都是誤打誤撞，因爲覺得唱歌很開心，於是就一直唱到現在，從來沒有思考過我爲什麼要當歌手。直到有一天，有個人問了我這個問題，才讓我開始思索。」

說著，他又偷偷朝田在歆所在的位置瞄了一眼。

「我不知道我如果不唱歌還能做什麼，因爲我根本沒思考過這個問題，而我也是到最近才明白，原來不需要考慮這問題的我，是多麼的幸運。」他臉上的神情漸漸柔軟了下來，「我的那位粉絲，她有件很想完成的事，可是礙於現實的種種因素，她沒辦法放開手腳去追逐自己的夢想。我在成爲歌手的這條路上一直都還算順遂，沒有金錢壓力，沒有家人的反對，也正好趕上了好時節，所以這樣的我可能無法全然體會她的感受，但我還是想透過這首歌告訴她，人的一生就這麼長，將來會發生什麼事沒有人知道，如果明天就要死去，妳滿意到目前爲止的自己嗎？」

秦海鳴抬起頭，先是看向主持人，然後對著台下的觀眾說：「她是個很好很好的人，因此我不希望她有遺憾。這世界充滿了很多種可能性，不去嘗試，怎麼知道一定沒有機會？就算眞的失敗了，那也只是跟原先那時一樣，但萬一、萬一要是成功了呢？她說她沒有實踐夢想的資本，我覺得有資本就用有資本的作法，沒資本就用沒資本的作法，與其擔心那些還沒發生的事，不如先給自己一個機會。我希望她能對自己好一點，人生在世，總是要爲自己做幾件不計後果的事。不管怎樣，我都會跟她站在一起，希望我的期待，能成爲她追夢的資本。」

收工回家的路上，坐在後座的秦海鳴不斷從車內後視鏡偷看正在開車的田在歆，她開得很專心，一路上都沒有開口說話，讓他有些忐忑。

她聽見那首歌了嗎？她知道那首歌是爲她而寫的嗎？若是她聽懂了，她會喜歡嗎？還是她會覺得他在說教而感到厭煩？

無數個問句在秦海鳴的腦袋裡飛竄，讓他有些昏脹，直到田在歆出聲，那些跳動的疑問才瞬間定格。

「怎麼不瞇一會兒，忙了整天不累嗎？」

「累。」秦海鳴點點頭，明明四肢如鉛塊般沉重，腦袋也叫囂著需要休息，意識卻出奇地清醒，他猶豫了片刻，終究還是開口：「小歆姊，妳知道今天這首歌……是寫給妳的嗎？」

田在歆沒有立刻回應，她的安靜讓秦海鳴愈發緊張，他正思忖著是否該再多說些什麼，便聽她輕輕應了聲。

「嗯，我知道。」

「妳喜歡嗎？」

「……非常喜歡。」

她一說完，秦海鳴立刻瞪大了眼睛。他曉得田在歆是欣賞他作品的，她自己也說過喜歡聽他唱歌，但她的讚美多半是站在一個長輩或是樂評人的角度，客觀而理性。所以聽她用上「非常」這個詞，他既意外又驚喜，總覺得好像離她又近了些。

難道是那次酒醉不小心暴露迷妹屬性後，決定不再矜持，打算放飛自我了？秦海鳴邊想邊在心中甜滋滋地笑著，小歆姊眞是太可愛了。

「那……妳有什麼想法？」他想起自己在節目上劈哩啪啦講的那一長串話，錄影當下他完全憑直覺開口，可同樣的話在這只餘兩人的空間裡重新回味後，簡直讓他窘得想找個地洞鑽進去。

「謝謝你，海鳴。」田在歆的音量不大，語速也慢，如果秦海鳴沒有陷在自己糾結的小劇場裡，便會發現她其實跟他一樣緊張，彷彿在努力面對一個陌生卻更加眞實的自己，「我那晚也只是跟你發發牢騷，沒想到你會一直記在心上，甚至還寫了首歌……謝謝你，我很喜歡那首歌，眞的，還有你後來說的那些話我都有聽進去，也很感動。我的腦子現在很混亂，一直以來我以爲自己已經習慣這樣的生活，也做好讓夢想隨著時間逐漸被淡忘的心理準備，不過聽完你說的那番話，我好像又不太清楚自己眞正想要的到底是什麼……我需要一點時間好好想一想。」

「我明白。」他緩緩地點了點頭，「雖然我更期待看到妳再次站上舞台，也希望妳給自己一個嘗試的機會，但如果妳還是覺得現在的生活比較適合妳，那我也是支持的。我爲妳應援的，是妳做出的每一個決定。」

田在歆不由得笑出聲來，鼻頭卻有幾分酸澀，「可以啊小子！這些正經八百的台詞是從哪裡學來的？混世大魔王要轉性成貼心小棉襖了？」

「我什麼時候是混世大魔王了？」秦海鳴一臉無辜地抗議。

「在所有經紀人眼中，你就是徹頭徹尾的混世大魔王。」她勾了勾唇角，「不過我還是有一點想不明白，我什麼時候變成你的元老級粉絲了？」

「妳不是說，從我的第一張專輯開始就成爲我的……腦殘粉了。」明明只是複述她曾說過的話，他卻自己先難爲情了起來，音量愈來愈小，「還說超級喜歡我，每次難過或是覺得生活沒有希望時，都是聽我的歌撐下去的……」

田在歆猛地踩下煞車，扭頭憂心忡忡地望著他，「海鳴，自戀過頭也是種病啊！」

❤

「女人心海底眞魷味。」

田在歆看著秦海鳴粉專上這則只有一句話的最新貼文，眉角不受控地又抽了兩下。

這傢伙難得安分了一陣子沒有發廢文，今天又在發什麼神經？

她拿起掛在脖子上的浴巾擦著溼髮，一邊轉頭望向躺在床上放空的徐娜蓁小朋友，

「妳最近怎麼了？怎麼變得那麼安靜？」

以往只要有徐娜蓁在旁邊，田在歆總會被吵得無法專心工作，有時田在歆還挺厭煩她這點的。可近來她卻異常沉默，就像今天在錄影棚錄影，還有和秦海鳴一起坐車回家的時候，她明明也在場，然而竟眞的像空氣一樣，一句話也沒說，將自己的存在感降到最低。

換作是以前的她，看完秦海鳴的表演後肯定會花痴病發作，用所有她能想到的讚美詞彙將他誇得比神還神，並強迫田在歆認同她所言。而今天田在歆差點就忘了身邊還有這個小尾巴在，這讓她不太習慣。

「沒什麼。」徐娜蓁瞪著天花板，「眞的……沒什麼。」

這年紀的小妹妹本來就會有屬於她們自己的憂愁心事，就算是鬼也不例外。田在歆沒打算深究，點點頭又換了個話題：「對了，我在公司喝酒那晚，妳也在場對吧？」

「嗯，怎麼了？」

「我喝醉之後，應該沒有發什麼奇怪的酒瘋吧？」田在歆想到秦海鳴近來怪異的反應，不自覺蹙起眉頭，「我只記得我一邊喝酒一邊和海鳴說話，愈說愈想睡，後來眼皮就自動闔起來，再後來我就沒有印象了。」

徐娜蓁張了張唇，過了半晌後搖搖頭，「沒有，妳喝醉後就失去意識了。」

「是嗎？」田在歆偏著頭擰乾髮梢的水珠，「那他幹麼一副我幹了什麼蠢事的樣子？莫名其妙！」

「姊姊，那晚之後，妳有感覺身體哪裡不舒服嗎？」

「隔天醒來時頭有點痛，但早上喝過熱湯之後，宿醉就沒那麼嚴重了。」

「那其他地方呢？」

「沒有。狠狠醉完一場後，反而覺得身體輕鬆很多。」

徐娜蓁輕舒了口氣，「那就好。」

田在歆不禁莞爾，看來這小丫頭是長大了，也開始懂得關心人了。最近秦海鳴也成熟許多，不但會陪她喝酒、聽她說心事，還會寫歌鼓勵她。看著身邊這兩隻小屁孩變得愈來愈貼心，田在歆突然有種當媽的成就感。

她拿起坐在化妝台上的絨布娃娃，心情愉悅地放在手心裡把玩。這隻Hello Kitty娃娃是她酒醉隔天醒來後，在包包裡發現的。她很確定這不是她的東西，從小到大，她的生活裡沒有娃娃這種玩具存在，倒不是她不喜歡，而是她從不敢將錢浪費在不必要的物品上。

到底是女孩子，看到可愛的東西仍舊會心花怒放一下，尤其是在心情低落的時候。想也知道，這個娃娃肯定是那晚秦海鳴知道她心情不好，偷偷塞進她包裡送她的。這孩子讓人不省心的時間雖然挺多的，但他窩心起來，也能輕易把人的心烘得暖呼呼的。

徐娜蓁瞅著田在歆手中的娃娃，一股近來早已不陌生的酸漲情緒再次湧上胸口。

那娃娃是她的，本該是她的。

那是海鳴哥哥送給她的，送給當時寄宿在田在歆身體裡的她。

第六章

徐娜蓁死在一個冰冷的雨夜，她原以爲自己在投胎前絕對會和雨夜勢不兩立，不料只是一個晚上的時間，她又重新愛上了大雨。

甚至可以說，那是她有記憶以來最美好的回憶。

「小歆姊，我送妳回家吧，妳能站得起來嗎？」秦海鳴收拾完空酒罐，蹲在她面前關切地問。

徐娜蓁……應該說，是此刻附身到田在歆身上的徐娜蓁望著他好一會兒，緩緩地搖了搖頭。

酒醉的是田在歆，不是她。現在她的意識很清醒，從未有過的清醒，所以她選擇說謊。

她不知道自己爲什麼能附身到田在歆身上，更不知道還會不會有下一次機會。所以就讓她任性一回吧，她相信田在歆會原諒她這隻只是太過寂寞的小鬼。

秦海鳴戴上口罩和帽子，接著將田在歆的包包掛在自己的脖子上，然後背對著她再次蹲下，「上來吧。」

徐娜蓁攀上那個她渴望已久的後背，將頭輕輕埋在他溫暖的頸窩。

他們倆都喝了酒，於是秦海鳴只能招計程車送她回家。大概是老天垂憐，想多給她一點和偶像單獨相處的時間，他們在公司門口等了好半晌都沒等到半台車，秦海鳴只好揹著她走到下一個路口去等車。

馬路上早就沒有什麼人煙了，但路燈依舊明亮，在大雨中昏黃的燈光營造出一種柔焦的美感。徐娜蓁感覺自己就像是在拍偶像劇，而且還是跟自己最喜歡的偶像一起拍，心裡滿滿漲漲都是幸福，可那份幸福有多滿，幸福背後的空虛就同樣有多深。

「會累嗎？我會不會很重？」她靠在他耳邊問。田在歆看著雖瘦，個頭卻不小，對於她的體重有多少，徐娜蓁心裡也沒有底。

但秦海鳴笑著搖頭，「怎麼會？我還覺得小歆姊應該要再多吃一點。」

明知道他關心的對象是這具身體的主人，徐娜蓁還是感覺心頭一暖。

她幫他們兩人撐著傘，風勢夾雜著雨勢向他們襲來，以至於有撐跟沒撐其實一樣，可她依然覺得傘下這塊方寸之地是世界上最溫暖的地方。

他並不健壯，揹著她的步伐卻十分穩健。他的體溫透過薄薄的襯衫傳遞到她身上，鑽入鼻息的是他衣服上熊寶貝洗衣精的味道。

徐娜蓁偷偷地嗅著，深深地嗅著，漸漸回憶起這些年來追星的點點滴滴。

「海鳴哥哥，你記得……徐娜蓁這個粉絲嗎？」終於，她還是鼓起勇氣問了。

已經對那聲「海鳴哥哥」自動免疫的秦海鳴凝神想了想，很快答道：「記得，是一個總是用 Hello Kitty 當大頭貼的小妹妹，以前我發文她都會來底下留言……現在才發現，我好像很久沒看到她了，是去忙什麼事了嗎……」

聽著他的自言自語，徐娜蓁的眼眶瞬間變得溼潤。

「沒有，也沒忙什麼。」只是再也沒有辦法留言給你了。

「難道是不迷我了？」

「怎麼可能！」徐娜蓁立刻激動地解釋：「她還是很喜歡你！比以前又更喜歡了！」

秦海鳴好笑地扭頭往後看去，「妳怎麼那麼清楚？」

徐娜蓁猛地撞上他笑意盈盈的眸子，心跳頓時漏了一拍，「我、我就是知道。」

「那……妳呢？」秦海鳴轉回頭，耳根在夜色中悄悄染上兩抹薄紅，「妳是從哪首歌開始……喜歡我的？」

「〈晚安安娜〉。」儘管心裡清楚他問的「妳」是指田在歆，徐娜蓁仍驕傲而堅定地回答。

「還真的是我第一張專輯的歌。」秦海鳴驚喜道：「不過這首歌當時並不是主打，後來我也很少在演唱會上唱它，妳怎麼會知道？」

「那時我正準備結束生命，後來實在太餓，沒力氣自殺，就先去便利商店買東西吃。從店裡的廣播聽到這首〈晚安安娜〉……我忽然就覺得好像還能再撐一下。」

秦海鳴猛然停下腳步，轉頭瞪大眼睛望著她。

徐娜蓁微笑著搖搖頭，「別擔心，我現在已經明白活著的好處了。能活著……真的很好。」

「到底怎麼會……」秦海鳴張了張唇，最終選擇將滿腹疑問吞下，「算了，不要告訴我。會讓妳難受到想要用那種方式結束，肯定是很痛苦的事情，就不要再去回想了。」

「嗯。」徐娜蓁閉上眼睛，將頭枕在他的肩上，「海鳴哥哥，能再爲我唱一遍〈晚安安娜〉嗎？」

秦海鳴重新邁步向前，就這麼揹著她，伴著雨聲緩緩清唱：

晚安　我親愛的安娜
放空　腦袋只要睡下
明天　花園依舊開滿花

晚安　最美麗的安娜
讓夢　撫平妳的憂傷
我把　快樂護送到妳家

因爲這首歌的旋律和歌詞都過於簡單，製造不了太多舞台效果，所以在商演或演唱會上秦海鳴幾乎不太唱這首歌。但這卻是讓徐娜蓁愛上他的歌，沒有太多技巧，只是用清澈乾淨的嗓子伴著吉他輕輕哼唱，像極了媽媽安撫孩子入睡的手。

這隻手不但將她從鬼門關前拉了回來，還讓她的人生重新找回意義。徐娜蓁是因他而重獲新生的，她把她最美好的青春年華都傾注在他身上，她關心他是否吃飽穿暖，是否又瘦了，她希望他好，過得比誰都好。她不求他知道這些，可是他說，他記得她。

這樣就足夠了，她沒有遺憾了……是嗎？

「如果能一直待在這副身體裡就好了……」徐娜蓁長長地嘆了一口氣。

「什麼？」

「沒什麼。」她發現秦海鳴正準備伸手攔計程車，猶豫了幾秒後她低聲請求：「海鳴哥哥，再走一段好嗎？我還不想那麼快回家。」

秦海鳴回頭看了她一眼，再望向那輛好不容易才招到的計程車，最後將手放下，將背上有些下滑的她往上挪了挪，又繼續前行。

當他們路過一間夾娃娃屋時，徐娜蓁不由得被那一台台閃爍著夢幻霓光的夾娃娃機吸引住目光。

更準確地說，是被一對在機台前玩得不亦樂乎的父女吸引住目光。

秦海鳴注意到她眼神裡流淌出的羨慕，心裡不禁一軟。

「我們也去玩吧。」沒等徐娜蓁反應過來，秦海鳴便已帶著她走進去。

他將她小心地放在椅子上，然後摸著下巴在各式機台前打量，「我看看……今天夾什麼好呢？」

徐娜蓁也跟著環視四周，隨後興奮地指向一台有著Hello Kitty玩偶的夾娃娃機，「這個！」

「哈，包在我身上。」秦海鳴從口袋裡掏出硬幣，蓄勢待發地走向機台。

十分鐘後，說一切包在他身上的某人崩潰地握著搖桿大喊：「它怎麼又欺騙我的感情！」

徐娜蓁忍不住笑瞇了眼，「海鳴哥哥，沒夾到也沒關係啦，我知道你已經盡力了。」其實她也不是非要這個娃娃不可，老實說，在她生前的房間裡，少說也有二三十隻這樣的娃娃，而且還是官方授權的正版，品質不曉得比這好上多少倍。

她所羨慕的只是那個小女孩，那個擁有一個肯在這樣的雨天，爲她夾一隻娃娃的父親的小女孩。

至少在她短暫的十七年人生中，這樣的事連在夢裡都不曾出現過。

「再給我一次機會！」秦海鳴握緊手中最後的硬幣，彷彿化身爲熱血動漫裡的主角，即便只剩下最後一口氣，也不願向「終極大BOSS」屈服。

終於，當那隻被他折騰了許久的Hello Kitty順利從機器出口掉出來時，秦海鳴和徐娜蓁俱是大大鬆了一口氣。

「給妳。」他將娃娃遞給她，抹去額頭上沁出的薄汗，「我差點以爲今晚要交代在這裡了。」

徐娜蓁接過那隻絨布娃娃，低頭瞅著它，聲音澀澀地問：「如果這一次依然沒夾到，你還會再繼續夾嗎？」

「會、會吧。」秦海鳴摸了摸後腦勺，有些心虛地笑了。畢竟在這之前，他已經不曉得說過多少遍「這是最後一次」了。

「爲什麼要對我這麼好?」

「因爲妳對我好，所以我也會對妳好。」他理所當然地回答：「再說了，答應妳的事，我就會做到。」

徐娜蓁仰起頭，用那雙早已被淚水模糊視線的雙眼望著他，燦笑道：「海鳴哥哥，希望你能永遠記得，我是眞的眞的很喜歡你。」

❤

「阿宛姊姊，我想投胎了。」徐娜蓁盯著窗外來來往往的行人，平靜地說。

阿宛聽她這麼說，並沒有太訝異，甚至連看都沒看她一眼，紅唇裡徐徐吐出白煙，「怎麼?那晚之後，這麼多天都沒再成功附身過了?」

「我沒有再試過了。」徐娜蓁搖搖頭，「我不敢試。」

「妳那經紀人姊姊不是說身體沒事嗎?」

「嗯。但我害怕的是自己，我怕我再進去，一輩子都不想出來了。」

阿宛熟練地用指尖彈了彈菸灰，「就妳這道行，附身一輩子這種事還輪不到妳來操心。上次不也只附了一個晚上就被趕出來了?」

徐娜蓁趴在便利商店用餐區的桌上，長長地嘆了一聲，「幸好我已經把想跟海鳴哥哥說的話都說完了，眞是有先見之明。」

阿宛瞥了她一眼，「說吧，怎麼突然想投胎了？」

「我怕自己早晚會變成一隻惡鬼。」徐娜蓁頓了頓，忽地轉移話題：「阿宛姊姊，妳有喜歡過人嗎？」

「怎樣的喜歡？」

「……戀人的那種喜歡。」

「嗯，算有吧。」阿宛又吐出一圈白煙，「小傢伙思春啦？」

明明已是隻鬼，徐娜蓁卻彷彿能感覺到自己的雙頰在發燙，「我也不曉得這種喜歡，到底是迷戀，還是眞的喜歡。」

「妳的偶像哥哥？」

徐娜蓁羞澀地點頭，「雖然我一天到晚嚷嚷著要跟他結婚，但那只是以粉絲的身分這麼說，我們後援會裡的每個女孩子都時常這樣喊。可是附身到小歆姊姊身上的那個晚上，我突然覺得自己離他好近，他的一舉一動、每個地方我看了都喜歡得不得了。」

「那是因爲他是妳的偶像，妳當然怎麼看怎麼喜歡。」阿宛點出盲點。

徐娜蓁卻搖搖頭，「一開始我也以爲是這樣。但後來我發現，當他跟小歆姊姊愈來愈親近時，我會難過、會吃醋。看到他還特地寫了一首歌爲她打氣時，明知道他只是對自己的經紀人好，我還是嫉妒到不行。我不希望他對其他女生這麼好，希望他也可以對我像對她一樣好，希望他只對我一個人好。以前迷他迷到最瘋狂的時候，也不曾有過這種感覺。阿宛姊姊，這樣算是戀人的那種喜歡嗎？」

「我也不曉得。」阿宛聳聳肩，漂亮的眸子看向她，「我只知道，以妳現在這種狀況是不可能投得了胎的。」

徐娜蓁怔怔地望著她。

「妳知道一隻鬼遲遲無法投胎的原因是什麼嗎？」阿宛再度將視線移向窗外，目光有些飄渺，「因爲還留有執念。」

徐娜蓁安靜地思索了片刻，低聲道：「我的執念，就是海鳴哥哥嗎？」

「可能是，也可能不是。但妳若想解開執念順利投胎，只能先從他下手。把這段感情理清楚，然後放下，這是妳現在唯一能做的事。」

徐娜蓁抿了抿唇，「……只能放下嗎？」

「別忘了妳已經死了。」阿宛毫不留情地指出事實，「妳以爲妳還能怎樣？」

徐娜蓁垂下眸子，「我知道，我都知道……那我該怎麼做？海鳴哥哥根本連我長什麼樣子都看不見。」

「不是還有經紀人姊姊這個媒介嗎？」

「妳是說……再次附身？」徐娜蓁挫敗地搖頭，「上次只是剛好運氣好，哪能每次都這麼容易附身成功啊。」

阿宛勾了勾唇角，「誰說不能？」

「Vicky姊，妳找我？」

「坐。」Vicky從公文堆中抬起頭，對著面前的空位揚了揚下巴。

田在歆依言入座，拉開椅子的同時，心裡有些忐忑。

對於這次Vicky爲什麼要找她談話，她完全沒有頭緒，她迅速在心裡過了一遍秦海鳴近來的表現，除了在一個連她都覺得無聊透頂的直播訪談中不小心打瞌睡外，應該沒有其他不合格的舉動了……難道Vicky是專程來找她討論如何提升秦海鳴的專注力？

「小歆，妳帶海鳴也有三個多月了吧？」

田在歆扳指一算，還眞是如此，時間就在不知不覺中飛快過去了。

「差不多三個月多一點，Vicky姊怎麼突然這樣問？」

「現在還覺得帶到秦海鳴很倒楣嗎？」Vicky向後靠在椅背上，含笑看著她。

想起最初的抗拒，田在歆也不禁莞爾，「在眞正接觸他以前，光聽經紀人之間流傳的情報，我眞的以爲他是隻洪水猛獸。不過海鳴這孩子其實只是很眞而已，不受控的時候的確不少，但比起許多表面聽話，心裡滿是彎彎繞繞的藝人，他不知道可愛多少倍。」

Vicky點點頭，雙手交疊放在桌上，「既然妳已經差不多適應海鳴的經紀安排，有沒有考慮再帶其他歌手？」

田在歆微訝地瞪大了眼。

「上頭對妳帶海鳴的成績十分滿意，覺得妳有能力再爲公司栽培更多明日之星。不過這讓妳自己決定，畢竟當初要妳接手海鳴時，就承諾過讓妳專心帶他就好，想不想接受更多的挑戰，選擇權在妳。」Vicky將一本裝著新人資料的檔案夾推至她面前，「這是爲妳準備好的資源。」

田在歆緩緩翻開那本檔案夾，憑她看人多年的毒辣眼光，也曉得這些新人裡少說也有兩個是能讓她的經紀人生涯再創巔峰的好苗子。

這算是要給她升官嗎？田在歆說不清楚此刻心裡是什麼感覺，換作是以往的她，肯定摩拳擦掌地迎接更多往上爬，或者是說賺大錢的機會，但現在的她卻有些空虛，更多的是茫然，這眞的是她想要的嗎？

「在妳做決定的同時，我還要再給妳看另一樣東西。」Vicky又將另一份資料放到她面前。

「《愛默》……這是劇本？」田在歆訝異地抬起眉。

戲劇系畢業的她當然清楚劇本長什麼樣子，她只是不曉得Vicky拿劇本給她的用意爲何。她迅速翻了翻伴隨著劇本一同附上的企畫書，眼睛又瞪得更大。導演是莫晟……這可是近幾年風頭正健的金獎導演啊！

「Vicky姊，妳該不會是想讓海鳴試試拍電影吧？」田在歆抽了抽眉角，但想來想去也只有這麼一種可能，「雖然是自家的藝人，可我還是得老實說，就海鳴那演技，能不搞砸他的畢業公演就謝天謝地了，想拍電影，而且還是由莫晟執導的這種等級的大製作，根本是損己又害人啊！」

Vicky無奈地輕嘆一聲，「我還沒失心瘋到那種程度，這是給妳的。」

「給我？」田在歆臉上的驚訝更濃。

「小歆，妳剛進我們部門時，記不記得我曾問過妳，既然讀了戲劇系，難道沒有想過要走演員這條路嗎？」

「記得。」田在歆垂下眼眸，就連當時的不甘和無力，她也記得一清二楚。

「那時候妳是怎麼回答我的？」

「沒有機會。」

「那如果現在有了呢？」

田在歆不明所以地抬眼看向Vicky，Vicky的手指點了點劇本，「莫晟導演這次的新電影選角是沒有對外公開的，也算是剛好有機緣得到這樣的消息，妳若想試一試，我就把妳報給演藝部那邊。」

「怎麼這麼突然……」田在歆一時不知道該作何反應。

「作爲妳的上司，我當然希望妳能繼續往經紀人這條路上發展，我也老實跟妳說，我期盼有天妳會坐上我這位置。不過妳還年輕，人生還有很多選擇，妳不會只有這麼一種可能。」

見田在歆沉默，Vicky也不急著要她做出抉擇，端起杯子啜了一口咖啡，「小歆，作爲一個經紀人，妳的弱點就是太從情感面爲藝人著想，但從另一個角度來看，這也是妳的優勢。這個機會是妳家的孩子替妳爭取來的。」

田在歆愣怔，「……海鳴？」

Vicky點頭笑笑，「經紀人幫藝人爭取機會是天經地義的事，但這反過來的，我還是頭一次見到，看得我都有點嫉妒了呢。」

田在歆垂下視線，盯著劇本封面上以標楷體呈現的「愛默」二字，忽地想起了秦海鳴在《唯一神曲》上說過的話。

「不管怎樣，我都會跟她站在一起，希望我的期待，能成爲她追夢的資本。」

「如果擔心無法同時負荷海鳴的事業和準備試鏡，就再找個助理幫妳打點海鳴的行程吧。」Vicky接著補充：「當然，先前跟妳提的再多帶幾個歌手的事，妳也一起好好想想。」

「好，我會慎重考慮的。」

❤

「老闆，照舊。」田在歆拉開椅子在吧台區坐下。自從知道顏睦喬是徐娜蓁的舅舅後，她便不再刻意保持距離，加上他的歲數又比她大上一些，和他聊天時可以聽到許多不同視野的見解，讓她受益良多，幾次下來田在歆就成了木橋Café的常客，甚至已經可以打趣地直喊顏睦喬「老闆」。

「我們的田大經紀人今天怎麼有空過來？」顏睦喬朝她露齒一笑，倒茶葉開始萃茶。

「海鳴今早有課，我就偷了半天空。」田在歆半靠在桌子上，視線隨意地打量著咖啡店四周，「咦，我那張照片怎麼不見了？」

顏睦喬順著她的視線往已換上另一幅油畫的牆上看去，「最近有個公益攝影聯展，我把比較喜歡的幾幅作品送去了，妳的那幅也在裡面。沒跟妳說一聲，不會介意吧？」

「怎麼會？本來就說好那張照片隨你處置了，而且做公益很好啊，也算是順便幫我積德，哈哈。」田在歆輕嘆：「眞好，差點都忘了你還是名攝影師。」

顏睦喬將煮好的伯爵紅茶送到她面前，還多給了她兩塊曲奇餅乾，「我還是有在拍照的，要不然我們現在就來拍一張試試，看看我的功力退步了沒？」

「下次吧，我今天素顏，不上相。」田在歆搖頭笑笑。

顏睦喬瞅了眼她那並未完全舒展的笑顏，沒有戳破上次那張照片裡的她同樣也是素顏，「不拍照可以，那就來說說煩惱吧。」

她抬眸看他，顏睦喬則回以一個了然於心的眼神。

田在歆輕嘆了口氣，沒猶豫太久便將《愛默》女主角徵選一事，以及這陣子因秦海鳴又重新翻出的夢想課題，挑揀能說的部分向他娓娓道來。

「在我看來，這根本沒什麼好煩惱的。」顏睦喬邊替自己倒了杯熱美式咖啡邊說：

「妳想當演員，只是苦無機會，現在機會來了，只要抓住不就行了？」

田在歆搖搖頭，手指摩娑著馬克杯把手，「不是那麼簡單的事，我已經過了能為了夢想不顧一切的年紀了，我現在有太多顧慮，不是能說放就放的。」

「什麼顧慮？家庭？工作？金錢？還是妳的藝人？」顏睦喬喝了口咖啡，嘖了嘖嘴，「我說的這些話妳可能會覺得不中聽，可是我們眞的沒有自己想像中的那般重要，少了我們，身邊的人還是可以活得好好的。」

田在歆低頭望著茶湯倒映出的自己，難得支吾起來：「我怕……我怕用盡全力去試了之後，卻依然沒有成功，才發現其實那條路並沒有那麼適合自己，但又已無路可退。」

「妳所謂的『成功』，定義是什麼？」顏睦喬雙手握著杯子，傾身靠在吧台桌沿望著她，「大紅大紫？得獎無數？」

總是給人隨和爽朗形象的顏睦喬，今天不知怎地突然犀利了起來，但此刻的田在歆很需要這份犀利，讓他以局外人的角度將她從層層迷霧中拖出來。

她猶豫了片刻，點點頭。

「其實，妳也沒有那麼喜歡演戲對吧？」

平平淡淡的一句話卻讓田在歆猛地抬起頭，眼中帶著被侮辱的惱怒。

顏睦喬沒等她開口辯解，又接著說：「妳先別急著反駁我，我並不是故意激妳，這才是最關鍵的問題。妳必須要想清楚的是，妳究竟是因爲喜歡演戲才想當演員，還是因爲想當演員，所以才喜歡演戲。」

田在歆怔了怔，「這兩者……有什麼不同？」

「當然不同，喜歡演戲不一定要當演員，就像我也喜歡做菜，但我從來沒想過要成爲一位廚師。對妳來說，成爲一名『成功』的演員，是一個證明自己的『結果』，還是讓妳有更多機會爲自己的所愛奮鬥的『開始』？如果妳只是單純喜歡演戲，幹麼要等別人給妳機會？哪怕是街頭藝人，和朋友一起組個劇團，或者是去當臨演，不都隨時隨地能演嗎？」顏睦喬直起身，指了指自己，「像我這樣，一邊攝影一邊開咖啡店，兩邊的收入互相補貼，不也是一種活法嗎？」

雖然事實的眞相是，他這位在業界已有一定地位的名攝影師錢賺得太多，不知道要怎麼花，才決定開一間咖啡店來打發閒錢，但爲了安慰她，適度的隱瞞是必須的。

田在歆想起了一些大學畢業後仍留在劇場裡工作的同學們，他們一邊接戲，一邊趁沒戲的空檔到餐廳裡兼職打工，過著吃不飽餓不死的低薪生活。有的人甘之如飴，前提是他們沒有家累，只需對自己負責就好；而有些人在現實的磨難中，漸漸忘了自己當初爲何會喜歡演戲，開始懷疑是否該繼續義無反顧地走下去，萬一天生就注定不是這塊料呢？

她捫心自問，這樣的生活並不是她想要的，依照這個說法，難道她眞像顏睦喬所講的，其實不是那麼純粹地喜愛著表演？

田在歆將頭埋進雙掌裡，深深地嘆了口氣。她覺得她一直以來認定的價值觀，一直以來安慰自己的理由受到了嚴重的衝擊，她好像愈來愈不認識自己了。

顏睦喬見她如此混亂，也有些不忍心，但爲了幫助她從混沌中重生，適度的殘酷是必要的，「我問妳，妳已經爲爭取演戲機會用盡全力了嗎？」

田在歆在掌心裡搖搖頭。

「假如今天所有阻礙妳追逐演員夢的現實因素都不存在，妳會辭掉現在的工作，開始從臨演、龍套之類的角色慢慢熬起，雖然不知何時才能成名，也很可能根本就不會有那天到來，卻仍心甘情願嗎？」他又問。

田在歆無言以對。她爲沒能毫不猶豫點頭的自己感到萬分羞愧。

顏睦喬輕嘆口氣，語調總算放柔了些，「我的建議是，這個試鏡妳一定得去。究竟適不適合、喜不喜歡，只有全力試過之後才有資格談。」

半晌後，田在歆終於點了點頭，從雙掌間緩緩抬起頭來，「買紅茶還送人生諮詢，這麼大方的咖啡店我應該要多多向朋友推廣才是。」

她打趣道，試圖掩蓋自己尙未褪去的難爲情。她覺得剛才簡直像在顏睦喬面前脫光一樣，於是趕緊用玩笑話把「衣服」一件件穿上。

顏睦喬看著臉頰被手掌溫度摀得通紅的田在歆，心中一動，挑了挑眉開口：「也不是每個人都有這個福利的。」

「你想說只有美女才有這個福利是吧？」

熟悉他套路的田在歆莞爾一笑，喝了口微微變涼的紅茶，等著他打趣她往臉上貼金，暗示自己是美女，卻聽到顏睦喬溫聲反駁：「準確來說，是只有我有好感的美女才有這個福利。」他的嗓音低沉溫柔，如同她手中這杯不再滾燙的紅茶，溫度、香氣都讓人感到恰到好處的舒服自在。

田在歆一愣，從茶杯中抬起頭，對上他認眞的目光。

她僵笑了幾聲，「你對多少女人說過這句話？」

「從開了這間咖啡店以來，只有妳一個。」顏睦喬聳了聳肩。

她瞬間感覺如坐針氈，一邊起身，一邊從皮夾取出紅茶的費用，「我想起衣服還沒晾，我得先回家了……」

顏睦喬握住她的雙肩，輕輕將她按回座位上，「我不是想給妳造成壓力，妳別緊張，該緊張的人是我才對吧？」

田在歆不敢直視他，「我聽不懂你在說什麼。」

「窈窕淑女君子好逑，這是很正常的事，妳我都單身，有什麼好閃躲的？」

「你又知道我單身了？」她無力地反問。

「我活到這把年紀，這點觀察力還是有的。」顏睦喬見她眉頭都皺在一起，站直了身體，展現他的誠意，「我嚇到妳了？」

「你說呢？」田在歆瞪了他一眼，「這個玩笑眞的不好笑。」

顏睦喬輕輕扯了扯嘴角，「既然妳希望它是玩笑，那就先當是玩笑吧。回去好好準備試鏡……雖然我猜妳應該會有很長一段時間不敢再過來，但還是期待聽到妳的好消息。」

田在歆趴在床上，闔上剛剛看完的《愛默》劇本。她做了個深呼吸，但情緒仍陷在劇情裡沒有平復，眼睛哭得有點腫，只一個晚上衛生紙就被她擤掉半包。

她就是個如此悶騷的女人，現實生活中再苦再累，也很少有事情能讓她掉下一滴眼淚，可若是看劇或看小說，她輕易就能哭得死去活來。

而這個劇本明擺著就是要騙取觀眾的眼淚，套路顯而易見，她卻依然中招了。

這個故事的主人翁叫做林愛默，因爲小時候喉嚨受過重創，讓她成了個說不出話的啞巴。由於無法開口說話，愛默從小就鮮少與人互動，大多數時候都是自己一個人靜靜地看書、聽音樂。長年的獨處讓她逐漸有了自閉傾向，甚至還有輕微的社交障礙，直到十五歲那年，一通誤打的電話就此撬開了她封閉的世界。

電話那頭是個男孩的聲音，原先只是意外打錯電話的男孩發現電話明明有接通，卻始終無人出聲回應，於是從一開始的好奇試探，漸漸變成他傾訴心事的管道。他彷彿把這單方面的通話當成樹洞，一股腦地埋藏他的喜悅與憂愁，神奇的是，這樣的通話一直持續到愛默成年出社會也不曾中斷。

愛默的心隨著這通電話開闊了起來，也毫無懸念地愛上了電話那頭健談的男孩，這是她乏味的人生裡唯一的鮮明色彩。她打算就這麼一直傾聽著單戀著，並沒想過奢求更多，可就在某一天，已不再是男孩的男人在電話裡哭訴，他被診斷出癌症末期，很快就會離開人世，愛默於是決定，她要在男人死去前和他見上一面。

愛默費盡千辛萬苦終於查出男人的身分，到醫院與男人相見。她辭去工作，在醫院照顧男人整整一個夏天，用他們之間的回憶陪伴男人度過最痛苦的時光。在故事的最後，男人還是離開了人世，而愛默帶著男人的期望，決定靠自己走出她的沉默世界，去一一經歷那些男人曾經歷過的快樂。

這部電影走的是日式療癒風格，故事結構簡單，重點是要營造出催淚的氛圍。而導演莫晟最擅長的就是用細膩的畫面說故事，他的作品帶著個人風格強烈的文青色彩，有著藝術片的質感，卻能賣出娛樂片的票房，加上導演本人溫文儒雅又時常做公益助人，在近幾年聲望頗好，許多大牌明星都喜歡和他合作。

老實說，田在歆認爲自己的勝算微乎其微，如莫晟這種等級的導演，多少知名演員等著演他的戲，他幹麼要用一個沒有電影拍攝經驗的素人當女主角，至於林愛默這個角色，就連田在歆自己也覺得林愛默的外在形象絕對不是她這款的，無法想像那畫面啊！

不過既然機會到了，她能做的也只有奮力一試。既然外在形象不符合，那她就用演技補上去，由她來定義林愛默該長什麼樣子！

更何況比起當一個漂亮的花瓶，田在歆一向更喜歡挑戰這種類型的角色。要詮釋好一個啞巴不容易，可若是演得好，有眼睛的觀眾都看得出演員下了多少苦功。

田在歆忽地就有些熱血沸騰，大學時努力與角色融爲一體的那種獻祭感似乎又回來了。在看完劇本前，她還不確定自己對演戲這件事的眞實心意究竟爲何，但現在，哪怕只是爲了這個故事，她也想試一回。

「姊姊，什麼事那麼開心啊？」在客廳看完動漫的徐娜蓁一飄回房間，便注意到田在歆上揚的嘴角。

田在歆將劇本揣在懷中，有些興奮又有些忐忑地開口：「我想去參加試鏡看看，給自己的演員夢一次機會，妳覺得怎麼樣？」

「我舉雙手雙腳贊成！」徐娜蓁毫不遲疑地答道。

雖然秦海鳴對田在歆追夢的全心支持讓她很嫉妒，可是另一方面，她又覺得海鳴哥哥說的話很有道理。她羨慕田在歆，不僅是因爲秦海鳴寫歌鼓勵她，也是因爲田在歆至少還有一個可以追逐的夢想，而她直到死掉了，都還不曉得自己這一生究竟是來做什麼的。

不過，她心裡也還有另一層打算。阿宛告訴她，只要第一次的附身成功，下一次要再進入宿主的身體就會容易許多。田在歆熟睡、極度疲倦或是生病感冒等精神力薄弱的時候，都是她再次附身的好時機。

這幾天她試過幾次，但不知道是田在歆的意志太堅定還是她道行太淺，一直沒能成功。倘若田在歆決定去試鏡，一邊準備甄選一邊工作，就算是鐵打的身體也肯定受不了。

她沒想霸占田在歆的身體太久，只是想跟她借一陣子身體，把自己的執念解決後，就會去投胎了。

田在歆點了點頭，像是放下心中大石般長舒了一口氣。解決了大事，另一個被她暫時擱置的問題才總算浮出水面。

她坐起身，表情怪異地望向徐娜蓁，「我問妳，妳舅舅……是會隨便開口對女人說有好感的人嗎？」

「舅舅？」這話題跳得太快，徐娜蓁的思維一時有些跟不上，「什麼意思？」

「我是問，他經常主動追女孩子嗎？」

徐娜蓁搖搖頭，「我是不知道在我們斷了聯絡後，他有沒有突然性情大變啦，不過在我認知裡的舅舅不是輕浮的男人，主動倒追他的女人反而還比較多。」

「所以他眞的不是開玩笑啊……」田在歆自言自語似地低喃著。

徐娜蓁從她的神情中嗅出濃濃的八卦味，連忙湊上前興致勃勃地追問：「怎麼了？舅舅跟妳告白了？」

田在歆抿了抿唇，「差不多吧……」

徐娜蓁瞪圓眼睛傻了好半晌，接著激動地大叫起來：「啊啊啊啊——」

田在歆趕緊摀住耳朵，「妳小聲點啦！大半夜想吵死誰？」

「除了妳，又不會有其他人聽到……不對啦，這不是重點！」徐娜蓁興奮地拍著自己的大腿，「舅舅眞的表白了？什麼時候？妳答應了嗎？」

「妳不是說爲了妳家海鳴哥哥的事業著想，希望我一輩子單身，專心帶他嗎？」看著徐娜蓁比自己還激動的模樣，田在歆有些哭笑不得。

徐娜蓁頓時陷入兩難。身爲經紀人的田在歆能不因戀愛分心，全心專注在秦海鳴的演藝事業發展上當然是最好，但見到田在歆和秦海鳴愈走愈近，她也很是吃醋啊！

要是海鳴哥哥喜歡上了小歆姊姊……喔不，她簡直無法想像。

「姊姊，如果不考慮會不會影響到海鳴哥哥，妳會跟舅舅交往嗎？」她試探地問。

「妳舅舅……和他相處時的確是滿自在的，個性成熟卻不失風趣，又是很好的人生導師。」田在歆頓了頓，「可是我從來沒往那方面想過啊，再說了，我現在要一邊準備試鏡，還要一邊工作，哪有那個精力談戀愛？」

我就是要消耗妳的精力好附身啊啊啊！聞言，徐娜蓁的精神都來了。

看來小歆姊姊對舅舅的印象還不錯，兩人在一起並非完全沒有可能。假如她能成功附身，之後一定得多去舅舅那裡刷刷存在感，讓舅舅火力全開地追求小歆姊姊，一切就完美了！徐娜蓁在心中美美地打著她的小算盤。

「起床了！」

秦海鳴又聽到窗簾被拉開的熟悉聲響，他本能地護住自己的被子，眼睛睜也沒睜地含糊問：「小歆姊？」

「嗯。」田在歆坐在床沿，難得好聲好氣地叫他起床，「起來，我們去晨跑。」

秦海鳴伸手摸向床頭櫃上的手機，艱難地撐開眼皮看向螢幕，「……現在才早上六點。」

「八點半就得進棚拍廣告，現在這時間晨跑剛剛好。」田在歆理所當然地開口。

小歆姊妳不是又喝醉了吧……秦海鳴差一點就脫口問道。他背過身將頭埋在枕頭裡哼：「爲什麼突然要晨跑？」

「你在節目上說的那番話，我思考了很久，決定給自己一次機會，試試看演員這條路。」

「眞的？」秦海鳴驚喜地抬起頭看她，問完之後才覺得好像有哪裡怪怪的，「所以這跟晨跑有什麼關係？」

「再優秀的演技都需要靠基本功撐起來，我已經好多年沒鍛鍊了，必須趕緊把體力練回來。」

秦海鳴依然一臉不解，「那爲什麼要叫我起床？」

「你起的頭，難道不應該負起責任嗎？你不是說你的夢想就是看到我重新演戲？你不是說要『用我所有助燃你輝煌』？」田在歆平靜地念出〈在消失前爆炸〉的歌詞，「再者，你的基本功比我還需要鍛鍊，每次聽你念台詞都有氣無力的，至少在畢業公演結束前，我會每天拉著你晨跑。」

……所以說做人果然不能太熱心。秦海鳴簡直欲哭無淚。

他哀號一聲拉起被子將頭蒙住，委屈至極地控訴：「我還在長身體！睡眠不足我會長不高的！」

田在歆隔著被子踢了一下他的屁股，「都大四老屁股了還長個屁？快點認命，起床！」

♥

秦海鳴已經不曉得和田在歆一起度過多少個痛苦的早晨了。雖然他很不想承認，但這麼訓練下來，體力是眞的變好許多，先不論台詞功力有沒有提升，光在唱歌上他都能感覺到中氣足了些。

田在歆不只對他狠，她對自己更狠。現在已是季節交替的時候，每天清晨都涼颼颼的，連他這個年輕力壯的小伙子都有些吃不消，她卻是咬著牙，跑步、拉筋、發聲樣樣不馬虎，訓練完之後照樣是個稱職的經紀人，兩邊都沒落下。

秦海鳴栽進音樂世界裡的時候，也常有這種不要命似的付出，可他是無意識的，因爲過度投入才忘了什麼時候該吃、什麼時候該睡。然而田在歆卻像拚命三郎似地將一天當四十八個小時用，他在她眼中幾乎都能看到叢叢火光，那是種爲夢想拚搏而不顧一切的衝勁，秦海鳴光在旁邊看著都熱血了起來。

也忽然覺得自己的經紀人眞的很美。

秦海鳴一直都知道田在歆很認眞，會把自己該做的事做到盡善盡美，在經紀人這領域用她的專業和努力打出一片天，但那種努力和這個是不一樣的。這才是她的戰場，爲自己眞正喜愛的事情浴血奮戰時，她全身上下都散發著一股無法用言語形容的魅力。

秦海鳴瞅著一邊拉筋壓腿，一邊對著鏡子練習手語的田在歆，心裡忽地升起一股微妙的感覺。他陪著她準備試鏡的這段時間，多少也知道一點相關內容，她想爭取的角色林愛默是個啞巴，雖然試鏡說明上沒有要求演員要會手語，但她為了更融入角色，便自己上網找教學影片學習，一有空檔就抓緊時間練習。

如今，她已能流暢打出一些日常句子了。

田在歆的手長得很好看，不是傳統中國女人形象的那種柔荑，不白也不嫩，有些骨感。她的手指修長，骨節勻稱分明，指甲修剪得整齊乾淨，沒有做任何彩繪，也不塗指甲油，透著自然的粉色。

當她打起手語時，手上彷彿開出一朵朵絢爛的花，又像是鳳蝶優雅地揮動翅膀。

他看著她的手，突然想起了她喝醉的那個晚上，就是用這雙手隔著衣服按在他的小腹上，問能不能摸他的腹肌……

秦海鳴的耳根倏地燙了起來。

他在想什麼！他為什麼會盯著小歆姊的手，想到這種奇怪的事！

他羞窘到簡直想挖個地洞躲起來。就在他陷入自己的崩潰小劇場時，排練室的門被人打開了，一道清俊的男聲隨之響起。

「抱歉，我遲到了。」

秦海鳴順著聲音往門口望去，那是一個長相斯文俊秀的男人，看起來還有點眼熟。

「書騏你來了。」田在歆很快從地板上起身，走上前熱絡地打招呼，「你難得休假，我還把你拖過來幫忙，眞不好意思啊。」

「沒關係，反正閒著也是閒著。」葉書騏走進排練室，脫下身上的夾克外套掛在手臂上，目光投向仍坐在地上做伸展的秦海鳴，「你好。」

秦海鳴趕緊起身，禮貌地朝葉書騏點頭致意，「葉老師您好。」

來人是近來聲勢極旺、剛奪下電影節大獎的新科影帝葉書騏，雖然秦海鳴向來只埋頭做自己的音樂，很少關注娛樂圈的消息，但葉書騏他還是知道的，難怪他會覺得眼熟。

去年他和名服裝設計師余晉冬公開出櫃的消息鬧得沸沸揚揚，連秦海鳴這個不怎麼看新聞的都聽說過。只是他們一個是歌手一個是演員，因此雖說都簽在君皇娛樂，可這還是他們第一次眞正見到面。

不過小歆姊是怎麼跟葉影帝勾搭上的？

「書騏有幫我之前帶的歌手拍過MV，我們是那時候認識的。」彷彿聽見秦海鳴心中的疑問，田在歆解釋道：「前幾天碰到書騏在拍戲，跟他聊了一會兒，剛好他今天有空，就拜託他來幫你說說戲了。這是很難得的機會，海鳴你要好好把握。」

看著田在歆和葉書騏熟來熟往的模樣，秦海鳴不禁有些煩躁，但他只是點點頭，沒有出聲。

他抬頭偷偷打量著葉書騏……果然是媒體眼中「行走的海報」，連身爲男人的他都覺得他長得很成熟帥氣，再瞅了瞅鏡中的自己，相較之下長相就稚嫩了許多，難怪小歆姊老把他當小屁孩看待。

「書騏，你還要再看看劇本嗎？」田在歆拿走葉書騏手上的外套，替他掛在一旁的衣帽架上。

「我準備好了，可以直接來。」葉書騏說完，向秦海鳴投以徵詢的目光。

秦海鳴彷彿要證明什麼似地立刻回答：「我也準備好了！」

明知道葉書騏喜歡的是男人，他的勝負欲還是被激起來了。儘管他也不曉得對方喜歡男人跟自己的勝負欲有什麼關聯。

縱使田在歆近來忙著準備試鏡，一有空檔還是會替秦海鳴的畢業公演說戲惡補。她不求他變成戲精，只希望他最後站上舞台時別太給她丟臉。

今天他們排的是《青春禁忌遊戲》裡，秦海鳴飾演的角色巴沙目睹女友拉拉被此行的主謀瓦洛佳假意強暴，以威脅數學老師葉蓮娜交出保險櫃鑰匙的片段。

四名學生和葉蓮娜老師纏鬥了一個晚上，堅守原則的葉蓮娜始終不肯交出鑰匙讓他們調換試卷，瓦洛佳便想出了這個辦法，打算逼迫善良的老師就範。

瓦洛佳和巴沙商量時，巴沙原先是不同意的，畢竟再怎麼說拉拉都是他女朋友，是他的愛人，這麼做太殘忍了。然而在瓦洛佳用他完美的口才或激將或循循善誘後，巴沙終是默許了。他知道瓦洛佳不會真的對拉拉怎麼樣，又或者，他的前途其實還是比拉拉重要。

巴沙是個軟心腸的膽小鬼，暴行發生的當下，他只能躲在角落怯弱地哭泣，腦子一片空白。他救不了拉拉，他是共犯。

這幕戲是整齣劇中將巴沙的情緒堆疊到最高點的一段，田在歆原本還煩惱著該怎麼和秦海鳴說這段戲，就剛好讓她遇上了葉書騏。

今天葉書騏要演的，就是主導這一切的瓦洛佳。田在歆把排練室的燈關了幾盞，讓較暗的燈光幫助他們迅速進入情境。作爲在場唯一的女性，田在歆扮演的自然是巴沙的女友拉拉。

「好了，各就各位。巴沙，你準備好了嗎？」進入角色後完全像是變了個人似的葉書騏偏頭朝秦海鳴看了一眼，接著轉身面對葉蓮娜老師房間的方向，深深吸了一口氣，「戰士們，最後的戰役開始了，我們沒有退路！」

他上前朝房間走近幾步，彬彬有禮地說：「親愛的葉蓮娜老師，請允許我在這裡做一個聲明：我最後一次建議您給我們鑰匙，否則，您將成爲在您眼前上演的這場罪行的證人，或是同謀。」他頓了頓，拿出手錶微笑地注視著走動的秒針，「我等您一分鐘。」

田在歆紅著眼睛瞪他，斷聲道：「如果你敢傷害葉蓮娜老師……」

「喂，巴沙。」葉書騏不耐地打斷她，「幫她檢查一下身體吧，這關係到我們的前途。」

秦海鳴抿著唇，沉默片刻後艱難開口：「我現在……還做不到。」

「我明白了，你現在還沒有準備好。」葉書騏勾了勾嘴角，神情狡黠，「不如，我們先來個脫衣舞節目如何？」

他彈了個響指，而空間裡彷彿流淌起舒緩的華爾滋舞曲。他一把將怔然的田在歆從沙發上拽起，幾乎是強迫地領著她跳舞，跳了一會兒後，他猛地將她推向秦海鳴懷裡，可秦海鳴只是愣愣地站著，沒有任何反應。

「結束了嗎？我可以回家了嗎？」田在歆仰頭望著秦海鳴，機械似地緩緩問道：「還是要得到他同意？」

葉書騏噙著笑，一聲不響地走近，下一刻，他突然從背後摟住田在歆的肩膀，「好戲現在開始！」

田在歆渾身一震，扭動身體奮力掙扎，「別碰我！放開！……巴沙！巴沙！」

「巴沙幫不了妳的。」葉書騏嗤笑。

田在歆抓住葉書騏鬆懈的空檔，一個使勁掙脫開來，轉身瞪著他顫聲問：「你到底想怎樣？」

「難道妳眞的不懂嗎？」葉書騏摸著下巴環顧四周，「妳說我們該從哪裡開始呢？沙發？可惜沒有床單……葉蓮娜老師，您家的床單放在哪兒？」

裝模作樣地喊完後，他抓住田在歆，毫不費力地將她推倒在沙發上，「巴沙，來幫女士脫衣服吧。」

秦海鳴仍舊站在原地無動於衷，葉書騏只得輕嘆一口氣，「親愛的，你今天有點讓我失望，既然你不肯動手，那我自己來也沒關係，不過剛才我們約好的事，你可不能反悔。」

葉書騏用指腹刮了刮田在歆的臉頰，「拉拉，把衣服脫了，既然葉蓮娜老師不肯幫忙，那就只能犧牲妳了。這麼說吧，爲了解救全社會，宰殺一隻羔羊也是合情合理的，對吧?來吧,妳的外衣、長絲襪,還有……」他緩緩將田在歆的長裙往上掀起。

田在歆尖叫著求救,渾身顫抖,「巴沙!巴沙!」

「沒有用的,妳的巴沙是個軟骨頭,小娘們。」葉書騏邊說邊直起身解著自己的襯衫釦子。

田在歆趁機起身,好不容易終於逃到秦海鳴面前。她用力搖晃著他的身體、捶打著他的胸膛,「你怎麼了?怎麼了?」

然而無論她怎麼哭喊著質問,秦海鳴都只是木木地望著她。拉拉終於明白了,此刻的巴沙保護不了她。

她絕望地癱坐在地上,看著葉書騏冷笑著走近她,雙手將她從地上托起,轉身抱到沙發上。

田在歆的衣服早已被扯得凌亂,衣領滑落,露出裡頭的黑色內衣肩帶。她躺在沙發上,轉過頭望向秦海鳴的方向,眼中已然沒有任何情緒。

葉書騏緩緩覆到她身上,亢奮讓他英俊的臉龐有些猙獰。

「啊——」本該怯弱痛哭的秦海鳴倏地怒吼一聲,衝上前將葉書騏從田在歆身上扯下,揮手就是一拳。

這一拳下去,田在歆傻了,秦海鳴傻了,無緣無故被揍的葉書騏也傻了。

片刻後,田在歆最先反應過來,她坐起身瞪著秦海鳴,劈頭就是一頓痛罵:「秦海鳴你他媽的發什麼神經啊!」

第七章

秦海鳴愣愣地看著自己的拳頭，四周好像瞬間被抽成眞空一樣，一切都變得恍惚模糊，他只看得見田在歆的嘴唇掀闔著，卻聽不見她在說什麼。

直到她急切地湊到葉書騏跟前，捧著那人挨揍的臉仔細察看傷勢時，周遭景色才重新鮮活起來。

「書騏你還好嗎？對不起，我眞的不知道這小子突然發什麼神經。」田在歆慌張極了，連剛才排戲時被扯鬆的衣服都來不及拉好，就急忙上前關心傷勢。

「我沒事。」葉書騏搖搖頭，揉了揉左臉頰推開瘀血，目光朝正傻站著的秦海鳴投去，「他這算是即興創作嗎？」

「別管他，晚點我再來教訓他。我去幫你拿醫藥箱吧，你明天還有戲，要是留下瘀青，我會被你經紀人殺了的。」

田在歆說完，準備起身出去拿醫藥箱，還沒站起來，頭頂便被一大片陰影覆蓋，緊接著一件猶帶著男人體溫的寬大帽T從頭罩上她的身體。

沒等田在歆掙扎，秦海鳴已迅速拉好她身上的衣服，將她外洩的春光遮擋得嚴嚴實實的。

「我不會讓任何人傷害妳的，不管是誰都一樣。」他凝視著她的眼睛，灼灼目光裡滿是認眞。

「你是不是入戲太深了？」田在歆撫額，隨後馬上推翻自己的想法，「不對，入戲太深也不是這種反應，巴沙這個角色根本不會這麼做。」

一旁的葉書騏忽地輕笑一聲，田在歆以爲他被揍傻了，轉頭朝他望去，葉書騏卻拍拍她的肩膀，然後逕自起身整理衣服。

「我好像知道他爲什麼會這麼做了。」他扣好襯衫扣子，意味深長地笑了笑，「如果今天角色對調，我們家阿冬應該就不只是揍上一拳，而是把演瓦洛佳的那個倒楣鬼揍到連他爸媽都不認得他了。」

「啊？」田在歆仍舊是一頭霧水，怎麼突然提到葉書騏那保護欲強到天怒人怨的情人余晉冬了？

葉書騏沒打算繼續解釋，拿起自己的外套緩緩穿上，「我看今天這場戲應該也排不下去，那我先回家了。」

「不先擦藥嗎？」田在歆連忙詢問。

葉書騏擺手，「武打戲我也沒少拍過，這點小傷不算什麼。」

說完，他準備走出排練教室，卻被秦海鳴喊住。

「葉老師！」

葉書騏回頭看他，秦海鳴咬了咬牙，彎下腰九十度鞠躬，「今天的事，我很抱歉……但如果再重來一次，我還是會這麼做。」

葉書騏離開後，排練教室瞬間變得異常安靜，田在歆靠在鏡子前，雙手抱胸沉默地盯著秦海鳴。

秦海鳴摸摸後腦勺，像個做錯事的小學生一步一步朝著「訓導主任」走去，他低垂著頭，不敢看田在歆。

「這一幕的劇本有做功課嗎？」田在歆的聲音聽不太出情緒。

秦海鳴乖巧地點了點頭。

「劇本上的巴沙是你這樣子的？」

他沉默了幾秒，搖搖頭。

田在歆嘆了一口氣，「當然，劇本是死的，演員是活的。一百個演員演羅密歐，就會有一百種樣貌的羅密歐誕生……前提是不能違背劇作家在劇本裡賦予角色的性格。說吧，你今天忽然發什麼瘋？你看葉書騏不爽嗎？」

秦海鳴很快地搖頭，「我跟他又不熟，幹麼討厭他？」

「那你是討厭我了？」她不是在諷刺，而是很認真地詢問。

不然他怎會不放過任何替她製造麻煩的機會？葉書騏是一名演員，若是臉上有傷無法演戲，嚴重起來甚至可能影響到劇組的拍攝進度，這後果又要誰來承擔？

沒想到秦海鳴的臉卻莫名紅了起來，一抹緋紅從白皙的頸子迅速爬上雙頰，連耳根也染上紅暈。

田在歆不可置信地瞪大眼睛，「不是吧，眞被我說中了？我做錯什麼了？」

看著面前一臉錯愕的田在歆，秦海鳴連忙搖頭，「不、不是討厭，怎麼可能討厭！」

「那你就直接說清楚啊！不討厭我，又為什麼要這樣對我？」田在歆被他搞得煩躁起來，這孩子什麼時候開始變得這麼婆婆媽媽了？

情急之下，秦海鳴只能憑本能開口：「喜歡！」

這聲「喜歡」如同秦海鳴不久前朝葉書騏臉上招呼的那一拳，讓兩人又是一怔。

田在歆不解地抬眉，「喜歡什麼？」

秦海鳴脫口說出這兩個字後，渾沌的腦袋彷彿響起叮的一聲，一切似乎都有了解釋。

原來是這樣。原來，他早就在不知不覺中喜歡上他的經紀人了。

他沒有談過戀愛，所以他並不曉得怎麼樣才算得上是男女之間的喜歡。他是個很簡單的人，有人對他好，他就會三倍五倍地還回去。不管是他剛出道那時，田在歆的那塊救命雞排，還是成為他的經紀人後，無微不至的照顧與放手讓他做自己的信任，他都清清楚楚地記在心裡。他想對她好，只因她也對他好。

但不知道從什麼時候開始，這份純粹的感激和依賴漸漸變質了。曾有人對他說過，當你弄不清楚自己的心意時，就交給直覺判斷，緊迫的時間壓力會讓你聽見自己心中最眞實的聲音。

於是，直覺讓他在她問他「是不是討厭她」時，說出了「喜歡」，讓他在她和葉書騏排演強暴戲時，一時失控衝上前救下她。

他知道自己不是入戲太深，他自知自己還沒有那本事體會巴沙對女友拉拉的糾結感情，剛才他救的不是拉拉，是田在歆。

他垂下眼眸不敢直視她，這突如其來的頓悟讓他有些難為情，可唇角卻出賣了他的情緒，不受控地微微上翹著，「喜歡妳。」

田在歆望著眼前紅著耳根低聲囁嚅的青年愣了半晌，最後只僵硬地回了一句：「別開玩笑了。」

秦海鳴抬眼看她，忽然有些生氣。他第一次生出這樣的心情，這是他最珍貴的初戀，她怎麼能當成開玩笑呢？

他目光灼灼地盯著她，「今天不是愚人節，妳不能把我的告白當作玩笑。」

「你哪來的靈感覺得自己喜歡我？」田在歆覺得自己要瘋了，最近是流行趁亂告白嗎？國師也沒有預告過她這個月會桃花運大開啊！

就像是知道地球是圓的之後，世界的運行都有了道理，自從秦海鳴明白了自己的心，再回想起來，他覺得到處都是靈感能證明他喜歡她。

他的心情忽地輕鬆了起來，「那妳又是哪來的靈感不相信我真的喜歡妳？」

相較於秦海鳴的釋然，田在歆此刻徹底慌了。她不斷在心中告訴自己，他只是一時有了錯覺，並逼迫自己冷靜下來仔細回想，秦海鳴開始「發神經」的契機究竟為何。

她清了清喉嚨放緩語速，如同在跟他講解人生大道理，「是剛才那場戲的氣氛讓你產生錯覺了吧。海鳴，你有沒有想過，這可能只是你的正義感比較強烈？就像你在路上看到別人被欺負，你一樣會憤怒，一樣會上前阻止，難道這就是喜歡嗎？」

秦海鳴擰起眉陷入沉思，正當田在歆暗自鬆了一口氣時，又聽他鄭重地開口：「我會憤怒，也會阻止，但是不會心跳加快，也不會每天都期待見到她。」

秦海鳴人生中的第一次告白以慘烈的失敗告終。

田在歆告訴他，她是他的經紀人，他是她的歌手，他們之間不會有任何可能，今天的話她會當作從沒聽過。

對秦海鳴來說，這根本算不上理由。一來，他們又沒有血緣關係；二來，公司的合約裡也沒載明歌手和經紀人不能談戀愛。他知道她抗拒的原因是害怕影響他的事業，不過在他看來，唱歌和談戀愛反而是相輔相成的兩件事。

在遇見她之前，他很少寫情歌，可如今他腦子裡滿滿都是靈感，爲她而歌的靈感。

然而這論點只有他自己一人認同，田在歆是鐵了心要將經紀人與歌手的界線劃得清清楚楚。他納悶又憋屈地想，她喝醉的那天晚上，不是說自己是他的腦殘粉嗎？不是口口聲聲說她眞的眞的很喜歡他嗎？

難道她的喜歡僅止於粉絲對偶像的喜歡？

想通這點後，秦海鳴釋懷了不少。她還是喜歡他的，只是喜歡的程度還不夠多……嗯，方向也跟他的不太一樣。

既然如此，那他多多努力就是了，有了這層基礎，他已經算是贏在起跑點上了。

他甚至找了機會詢問他那走在追劇尖端的母親，如果有天李鐘碩說喜歡她，她會怎麼樣？

他的母親毫不猶豫地回答，她會立刻和他爸離婚，拋家棄子飛到韓國找她的鐘碩歐巴。

被無情拋棄的秦海鳴不但沒有絲毫怨念，反而像是受到了極大的鼓舞，整個人都熱血沸騰了起來。

隔天他特地提早半個小時起床洗漱，等著給每天都會來他家，將他從被窩裡揪出去晨跑的田在歆一個好印象，誰知道離約定好的時間都過去一個小時了，田在歆卻始終沒有出現。

他原以為她是被自己的告白嚇得不輕，索性避而不見，但很快又推翻自己的想法。他認識的那個小歆姊是個比誰都負責任的經紀人，從沒讓自己的私人情緒或是身體狀態影響到工作，這樣的她怎麼會輕易放生他們的晨跑訓練。

他正納悶著，LINE的訊息提示音倏地響起。他拿起手機一看，訊息是田在歆傳來的。

「我今天身體有點不太舒服，就不去晨跑了。記得下午三點有《唯一神曲》總決賽的形象片要拍攝，宣傳小哲會負責開車送你過去，有問題直接跟他聯絡。」

徐娜蓁按下送出鍵後，長長地吐了一口氣。

這種高冷的說話方式應該沒有跳脫小歆姊姊平時的人物設定吧？海鳴哥哥……應該沒有發現到不對勁吧？

她握著手機向後仰躺在田在歆的床上，瞪著天花板讓自己還有些激動的心情平復下來。

她再度附身成功了。

昨晚田在歆不曉得是有什麼心事，失眠了一整夜，再加上近來同時準備電影試鏡和工作，對她的體力和精神造成很大的消耗。在這種精神力極度薄弱的狀態下，讓本只是碰運氣一試的徐娜蓁就這麼附身上去了。

只是，她平時總想著要盡早附身解憾、盡早投胎轉世，眞正有了機會後，她卻突然不曉得自己下一步該怎麼做。

難道要用這副身體去找秦海鳴告白，告訴他其實她是隻附身女鬼，問他有沒有可能會喜歡一個死人？

徐娜蓁不由得苦笑出聲，她自己想想都覺得相當荒謬。

老實說，這次附身的時機選得並不太好，大白天的，是田在歆工作的時間，她一個高中生既不會開車，平常關心的一向也只有她的海鳴哥哥，田在歆會接觸到的那些導演啊製作人什麼的，她統統認不得，要是貿然頂著田在歆的身分去工作，丟臉被罵也就算了，若是影響到秦海鳴的星途，作爲粉絲，她第一個原諒不了自己。

幸好田在歆平時有用手機行事曆設置提醒的習慣，詳細記錄了秦海鳴的工作排程，她才能發那則訊息告知他今天的行程安排。

難得又有了一次當活人的機會，卻沒辦法像那些重生娛樂圈文裡的女主角一樣大開金手指，在秦海鳴面前狠狠風光一把，她眞恨自己不爭氣。

徐娜蓁最後決定去求助她的軍師阿宛，沒想到去到阿宛經常出沒的那間便利商店後，卻反常地沒有見到她的蹤影。

徐娜蓁只好到附近街道找她，但還沒找到阿宛，倒是先看見了她在死後唯一重逢的親人，以往最疼愛她的舅舅。

顏睦喬蹲在自家咖啡店門口的小黑板前，不知道在忙些什麼。他很專心，沒有注意到巷口那頭有人一直在注視著他。徐娜蓁望著顏睦喬未被歲月改變太多的側顏，過往相處的點點滴滴忽地像幻燈片般在腦海閃過。

她的鼻頭不知不覺酸澀了起來。

她有個只關心錢的爸爸，以及對任何事都漠不關心的媽媽。雖然直到死前，她一直是個生活優渥的小公主，但眞正會關心她有沒有吃飽穿暖、是開心還是難過的，除了領她家薪水、不得不殷勤問候的幫傭阿姨，就只有她的舅舅顏睦喬。

在媽媽去世之後，她爸和媽媽娘家的人徹底斷絕往來，照她爸的說法，媽媽娘家那邊的人全都「有病」，也不准他們再跟她有所接觸。

媽媽離開後最難熬的那幾年，舅舅還是會偷偷跑來找她，原本國外的頂尖雜誌社有找他合作攝影，但因爲他放心不下她，想也不想就放棄了大好機會。

後來爸爸知道舅舅一直有和她維持聯絡後非常生氣，和舅舅大吵了一架，甚至還對他說了許多難聽的話，那時徐娜蓁便明白，她不能再繼續綁著舅舅了。她媽媽已經死了這麼多年，舅舅和她家也沒剩多少牽連了，他這麼好的一個人，不應該受到這樣的對待。

所以在那之後，舅舅打電話給她，她都不聽、不接、不理會，打定主意和他斷絕往來。再後來，她就聽說舅舅出國去了，他們也徹底斷了聯繫，直到她發生車禍前都沒有再見上一面。

想不到在她死後，他們因爲田在歆而又重逢了，命運眞是個玄妙的東西。

也不知道究竟站了多久，顏睦喬終於注意到她，他想要起身朝她揮手，卻沒想到他膝蓋都還沒打直，就發出一聲痛苦的哀號，重新跌坐在地。

徐娜蓁急忙跑向他，「舅……你怎麼了？」

「沒什麼，蹲太久了，腳麻而已。」顏睦喬坐在地上，一邊揉著腿，一邊朝她露出欣喜的微笑，「我還以爲會有好一陣子見不到妳。」

爲什麼見不到？難道上次舅舅和小歆姊姊告白，最後是以撕破臉的方式收場？徐娜蓁還在心中猜測，又聽到顏睦喬問：「妳今天怎麼有空？不用工作？」

「喔，海鳴哥……海鳴早上有課，我在附近晃晃，剛好路過而已。」她注意到他鼻頭上的紅色粉筆灰，不由得噗哧一笑，「你在幹麼？提前過聖誕節？」

「啊？」

徐娜蓁指了指他的鼻頭，顏睦喬狐疑地用手背一抹，看到粉筆灰後搖頭苦笑，「別提了，眞是場災難。小黑板上的插畫不知道被哪來的小鬼頭弄到手印，恰巧平時畫黑板的工讀生妹妹今天沒來，我只能自己上陣修補了。」

徐娜蓁瞅著小黑板上眼歪嘴斜的海綿寶寶，嘴角的弧度又上揚得更大，「你的畫技怎麼一點進步都沒有啊？」

「妳看過我畫畫？」

「呃，看這成品，想也知道你一定天生就是個畫畫白痴。」徐娜蓁乾笑著唬弄過去。她猶豫片刻，最後朝顏睦喬伸出手心，「粉筆給我吧。」

「妳會畫畫？」他一臉懷疑。

徐娜蓁朝他翻了個大白眼，「再怎麼樣都比你強好嗎？」

當她握起粉筆在小小的黑板上作畫時，她突然有種很奇妙的感受，好像全身上下的細胞都重新活了過來。明明已經這麼久沒畫畫了，卻一點生疏感都沒有，這種感覺讓她有些五味雜陳。

顏睦喬一邊看著她作畫，一邊在旁邊驚嘆道：「哇塞，沒想到妳這麼會畫畫！」

「熟能生巧吧。」再怎麼說，她生前也是有段日子每天都在畫畫的。徐娜蓁在心裡默默想著。

作為報酬，顏睦喬理所當然地請她到裡面喝飲料。徐娜蓁見他問也不問地就送上了田在歆慣點的無糖熱紅茶，抽了抽眉角說：「可以給我幾顆糖嗎？」

顏睦喬狐疑地看著她，「妳不是一直都喝無糖，是我記錯了嗎？」

「你沒聽說過『善變是女人的權利』？喔，對了，可以的話再給我一些冰塊，這麼燙是要人怎麼喝？」

當徐娜蓁將冰塊和方糖統統倒進熱得冒煙的紅茶裡，顏睦喬單手撐著下巴靠在吧台上，盯著正用茶匙攪拌紅茶的「善變的女人」，突然沒頭沒尾地冒出一句：「妳願意主動再來找我，是打算改變心意了嗎？」

「改變什麼心意？」她端起馬克杯喝了一口。

「決定跟我交往。」

「噗——」徐娜蓁一時沒忍住，還沒來得及吞下的紅茶就這麼噴了出來。

顏睦喬很淡定地遞給她一疊紙巾，「看來不是。」

徐娜蓁一邊拍著胸口，一邊睜大眼睛盯著他，原來舅舅還沒放棄這件事啊……

雖然她知道舅舅現在是把她當成小歆姊姊，也百分之兩百贊成他們兩個交往，但親耳聽到舅舅這樣問她，還是有種亂倫的彆扭感啊！

況且，她借用小歆姊姊的身體就已經很過分了，她不能那麼自私，擅自替她作決定。

「再給我一點時間想想，呵呵。」徐娜蓁只能乾笑著飄開目光，接著她的視線不經意掃到不遠處牆上掛的水墨畫，目光像被定住一般，久久無法挪開。

顏睦喬注意到她的反常，順著她的視線看過去，「喜歡這幅畫嗎？」

徐娜蓁點頭，過了半晌又搖搖頭。對於這幅畫，她的情感太過複雜，她也不曉得自己究竟是喜歡還是不喜歡。

「這是顏青荷最有名的一幅畫，名叫《殘荷斷橋》，我費了好大一番功夫才重新把它買回來。」

或許是發現她眼底洶湧著的複雜情緒，他試探地問：「妳也知道顏青荷這位畫家？」

徐娜蓁頷首。她知道，她怎麼可能不知道？

一陣短暫的沉默過後，顏睦喬忽地開口：「其實她是我的姊姊。」

我知道，因爲她也是我的媽媽。徐娜蓁在心裡輕聲說。

「你覺得，畫畫有可能會殺死一個人嗎？」她忽然想起爸爸在媽媽自殺之後最常講的一句話。多年來她一直不敢去想，也不敢碰觸這個問題，但不知道是不是死過一回的緣故，她的心態改變許多，此刻再見到媽媽的成名之作，她突然很想知道答案。

顏睦喬沒有立刻回答，而是有些意外地看著她，「姊姊自殺後，姊夫對外宣稱她是病死的，沒想到連這麼細節的事妳也清楚。」

「剛好聽說過而已。」徐娜蓁不怕他起疑心。比起早已去世的外甥女附身他人重新出現在他面前，知道知名畫家那些不爲人知的祕密更容易取信於人。

「很多人都說是畫畫讓患有憂鬱症的姊姊無法擺脫心魔，可是我反而覺得，是畫畫才讓她支撐到那個時候。藝術創作就是那麼回事，你必須不斷跟自己的內心對話，你會聽到很多聲音，有彩色的，當然也有灰暗的，但那都是屬於你自己最眞實的想法，需要有個管道釋放出來。」他頓了頓，忽地擠出一個苦笑，「該慶幸我是個畫畫白痴嗎？我們家的兩位大畫家大概是被上帝看中，早早就被接去天上畫畫了。」

「兩位？」

「嗯，兩位，我姊和她的女兒娜蓁。娜蓁就是我之前跟妳提過的，在這附近出車禍去世的外甥女。她一直想成為一個用畫筆拯救世界的偉大漫畫家，可還來不及實現就離開人世了。」

「……用畫筆拯救世界的偉大漫畫家？」

「小歆姊。」

「媽呀！」一路恍神走回家的徐娜蓁正掏出鑰匙準備開門，冷不防被一旁樓梯口忽然冒出的聲音嚇了一跳。她轉頭看去，一個高大的人影迅速從陰影中站起身，火急火燎地朝她走來。

「妳怎麼都不接電話！」

熟悉的嗓音難得帶著責備，尚在出神的徐娜蓁來不及反應，只能憑本能愣愣地開口：「我好像忘了帶手機。」

她都脫離人類生活多久了，出門時有帶鑰匙就已經很了不起，哪還會記得帶田在歆的手機？

「看過醫生了嗎？」她還沒回過神，男孩的手已經覆上她的額頭。溫熱的觸感讓她心神一蕩，感覺自己全身上下的知覺都集中到了那一點，以至於面前的人又喊了她好幾聲，她卻始終沒聽到。

「小歆姊，妳有沒有聽到我說話？」秦海鳴一邊問著，一邊將手背貼上自己的額頭，「奇怪，溫度怎麼比我想像中低這麼多，妳是不是在發低燒？」

徐娜蓁這才想起她請假的理由是身體不舒服，趕緊裝模作樣地咳了幾聲，「咳咳，我沒事，多喝水休息一下就好了。你今天早上不是有課嗎？怎麼會在這裡？」

「我蹺課了。」秦海鳴說得理直氣壯，「我都快擔心死了，誰還顧得了上課？」

「擔心……我嗎？」

「不然還會有誰？」秦海鳴輕嘖了一聲，「門外風大，快點進去休息。」

徐娜蓁被他半推著進到屋內，又被他一路推到床上躺好，蓋好被子。看著像工蜂一樣在屋裡四處忙活的秦海鳴，她的心裡滿滿當當都是酸澀的幸福。

打從秦海鳴出道初期，她就一直見證著他的成長。從十七歲到如今的二十二歲，他工作上的大小事、他分享的生活點滴，她都鉅細靡遺地記在心裡。

在音樂上他是個橫空出世的天才，然而舞台下的他卻總像個長不大的孩子，一寫歌到忘我就會忘記吃飯，天冷也不懂得多穿幾件衣服，經常穿著短袖喊冷。

可現在這個長不大的男孩已經懂得怎麼照顧人了。

海鳴哥哥將來的女朋友會是怎麼樣的人呢？無論如何，一定得是個很好很好的女人，才配得上這樣美好的他。

但她不想親眼見證。所以在那之前，就讓她帶著這短暫卻夢幻的回憶，毫不留戀地離開人世吧。

「妳家的冰箱怎麼可以什麼東西都沒有！」從廚房回來的秦海鳴一臉不可置信，「這樣颱風來的時候怎麼辦？妳會餓死在家裡耶！」

「哈！」

「有什麼好笑的？」

想到秦海鳴竟和當初的她說了一模一樣的話，徐娜蓁不自覺笑出聲來。她果然是忠實粉絲，連思維都跟自家偶像如出一轍。

「這世上還有便利商店這項偉大的發明。」她將田在歆當時的回話照搬了一次。

「微波食品吃多了對身體不好，尤其妳現在還在生病，還是少吃點吧。」秦海鳴皺起眉，難得語氣嚴肅，「妳有沒有什麼想吃的東西？我去附近幫妳找找。」

徐娜蓁沒有回答，睜著眼睛定定地望著他。

秦海鳴被她如此專注地看著，突然有些窘迫，搔搔後腦勺別開視線，「我臉上有什麼東西嗎？幹麼這麼看我……」

她閉上眼睛，輕聲嘆息：「不要。」

不要？不要什麼？腦中閃過自家老媽平時追的韓劇裡經常出現的橋段，秦海鳴瞬間喜上眉梢，彎下腰噙著愉悅的笑意替她掖了掖被角，「我不走，我只是去幫妳買東西吃，還會再回來的。」

徐娜蓁搖搖頭，「不要對我這麼好。」

「我為什麼不能對妳好？」

「我怕我會愛上你。」

喜歡還可以克制，但若是變成深深刻在心裡的愛意，那會太過沉重，她帶不走的。

秦海鳴沉默地與她對視著，良久，他緩緩在床沿坐下，軟聲開口：「那就愛上我，不可以嗎？」

徐娜蓁抬起手蓋在自己的眼睛上，試圖阻止眼眶裡的溫熱湧出，「……不可以。」

「又沒有試過，妳怎麼知道不可以？」

「有些事是不管怎麼努力都改變不了的，沒有辦法就是沒有辦法。」她忍著哽咽顫聲道。

眼前驟然重歸光明，秦海鳴抓住她沾染著溼意的手，強迫她注視他，「有沒有辦法是我說了算，妳會害怕的話，什麼都不需要做，我來努力就好。」

徐娜蓁無助地搖頭，「我已經沒有資格喜歡人，也沒有資格被誰喜歡了。」

「可是怎麼辦呢？我已經喜歡上妳了，而且沒有放棄的打算。」

她腦中倏地一聲巨響，把所有紛雜的思緒都炸得乾乾淨淨，只留下一片令人措手不及的空白。她抬起頭，用模糊的視線望進他如夜星般灼亮的眼底，「你說什麼……再說一次好嗎？」

「再說一百次也可以。我喜歡妳，我也會努力讓妳喜歡上我。」他目光專注，帶著少年獨有的傲氣與執拗。

「你知道……我是誰嗎？」

「這是什麼奇怪的問題？」雖是這般咕噥著，他依然認真地、一字一句地回答她，「妳是田在歆，我的小歆姊。」

❤

「眞的可以嗎？」秦海鳴的聲音裡有著極力克制的激動，一雙黑瞳亮得嚇人。

徐娜蓁抿著下唇，緩緩點了點頭。她知道如果田在歆醒來後，發現她竟然把他帶到這種地方，肯定會氣到想找人做法消滅她，但這是最後一次了，這是她最後一次放縱了。也許是連老天爺都想給她機會，她這次附身到田在歆身上，居然過了足足三天還沒有出來。今晚她就會將一切對秦海鳴坦白，然後升天。

「魯夫！喬巴！讓你們久等了，我終於來了！」全副武裝的秦海鳴邁開長腿，像孩子見到糖一樣，興奮地奔入展區。

在工作之餘，除了吃，秦海鳴最大的愛好就是看漫畫，而他更是《航海王》的忠實粉絲。他經常在粉專分享看完最新一集《航海王》動漫的心得，也常和粉絲炫耀他的戰利品——限量公仔。作爲元老級粉絲，徐娜蓁自然很清楚秦海鳴對這部漫畫的熱愛，甚至愛屋及烏，爲了能和他有更多共同話題以獲得更多的互動機會，也跟著追起這部漫畫。

這次日本的《航海王》專賣店難得來台辦快閃展，甚至還有台灣版限定公仔可以收藏。她知道秦海鳴已經心癢地觀望許久了，還曾多次在和田在歆對話時有意無意地提起。只是這次特展辦在鬧區的百貨公司，什麼不多就是人潮最多，像他這樣的公眾人物進到裡面，被認出是分分鐘的事，到時造成的混亂簡直無法想像，所以田在歆總是把他的請求當作耳邊風。

不過，如今在田在歆身體裡的是徐娜蓁，對她來說，偶像……或者是說自己的心上人快不快樂才是最重要的，她想成全他這個小小的心願，也完成她自己的心願。

「小歆姊快來！我們一起拍照！」秦海鳴不知何時已站到了懸賞單造型的看板後面，對她熱情招手。

想到以前爲了跟偶像拍一張合照都得在唱片公司門外守上大半天，現在秦海鳴卻主動找她拍照，徐娜蓁的眼眶忍不住又紅了起來。

這算不算是媳婦終於熬成婆了？

儘管如此，徐娜蓁還是舉著手機搖搖頭，「我幫你拍就好，懸賞單不都只有一個人的照片嗎？」

「沒關係，妳看後面還有那麼多人在排隊，我們一起拍一張就好。」

這時一旁熱心的女工作人員接過徐娜蓁手中的手機，親切地催促她站到背板後面去，

「快過去妳男朋友那裡吧，我幫你們拍。」

滿臉通紅的徐娜蓁還沒解釋完，就被秦海鳴拉到身旁，親暱地摟著她的肩對工作人員說：「麻煩姊姊了。」

「啊？我們不是……」

媽媽級的工作人員被年輕小伙子這麼甜甜一叫，頓時笑得合不攏嘴，舉著手機想要替他們倆喬個好角度，但看到兩人臉上幾乎遮住大半張臉的口罩後，她不禁直搖頭，「你們不把口罩拿下，哪看得出誰是誰啊，是想扮演鴛鴦大盜嗎？」

徐娜蓁急著想澄清，一旁的秦海鳴卻收緊摟著她肩膀的力道，爽快地回應：「沒錯，我們就是鴛鴦大盜。」

拍完照後，秦海鳴拉著徐娜蓁繼續到其他展區參觀拍照。他的一句話就將她的心湖攪得波紋四起，可他恍若未覺，自個兒玩得不亦樂乎。

看著他眼中純粹的快樂，徐娜蓁覺得自己也被他感染了這種純然的幸福，這段時間以來積壓在心底的憂傷和煎熬似乎暫時被拋諸腦後了。

她忍不住想，如果她沒有死，如果她將來交了男朋友，和男友一起約會，應該就是像這樣子吧！

想到這裡，她決定拋開所有顧忌，在這美麗的誤會下，給自己留下一個美好的回憶。

當他們走到紀念品區時，徐娜蓁又習慣性地想要挑禮物送秦海鳴。她想給他一個驚喜，於是便說想自己逛逛，讓他先去別的地方參觀。

她生前作為粉絲送給秦海鳴的禮物，究竟有多少眞的送到他手上，有多少被他留下，她其實並不清楚。送禮物給自己的偶像本身就是一件幸福的事，她不敢奢求太多。

但是她知道，今天她送的禮物……她作為田在歆送他的禮物，一定會被他好好珍藏，所以她要加倍認眞挑選。

她在商品陳列架前仔細研究，忽地被一旁的高䠷女人吸引住目光。只見那女人站在眾多滑鼠墊前，拿起一個娜美款的爆乳滑鼠墊，神情專注地在墊子上東摸摸西摸摸，似乎是在研究手感。

徐娜蓁的眉角不自覺抽了幾下，看見這麼漂亮的一個女人在這裡公然「襲胸」，這畫面眞是說不出的微妙。

接著，她聽到那女人側頭對著不遠處的男人喊道：「老公，我送你這個當生日禮物怎麼樣？」

一個有著娃娃臉的俊朗男人走了過來，當他瞧見自家老婆手上的滑鼠墊後，徐娜蓁彷彿能看到他頭上掛滿黑線。

「程宥寧，我數三秒，立刻把那東西給我放回去。」男人臉上掛著微笑，嗓音卻已帶上幾分咬牙切齒。

「你不喜歡娜美嗎？」女人困惑地皺起眉頭，「還是你想要羅賓的？」

「哪個女人會買這種東西送自己老公？妳給我清醒一點好嗎！」男人的語氣聽來已經有些自暴自棄了，徐娜蓁不禁同情起這個男人。

「你書房裡的那個滑鼠墊已經有點磨損了，剛好這裡又有賣滑鼠墊，我也試用過了，手感不錯，幹麼不直接買一個回去？」

「妳還試用？」男人撫額嘆息，「外面的滑鼠墊這麼多，拜託妳挑個正常點的送我好不好？還是妳其實是在試探我？」

「這有什麼好試探的，你們男人不都喜歡這種東西嗎？還跟我裝什麼裝，嘖嘖！」女人的口氣裡沒有半分醋意，完全是就事論事的語氣，甚至還更像是哥們間的調侃。

男人似乎已在爆發邊緣，做了個深呼吸平復情緒後，這才注意到一旁瞪直眼睛盯著他們瞧的徐娜蓁。

男人二話不說立刻把女人拖走。

「妳在看什麼這麼認眞啊？」

熟悉的嗓音從背後傳來，徐娜蓁還沒從驚嚇中反應過來，便下意識指著架上的滑鼠墊問：「你們男人眞的都喜歡這種東西嗎？」

秦海鳴順著她指的方向看過去，下一秒馬上被自己的口水嗆到。

「咳咳……也不是……每個都喜歡吧……」他的耳根幾乎是瞬間就紅得像煮熟的蝦子，倔促地別開視線。

那你喜歡嗎？徐娜蓁鬼使神差地想要繼續追問，但看見秦海鳴渾身上下都寫滿了尷尬，最後還是決定放過他。

我們海鳴哥哥眞是個純情的孩子呢……徐娜蓁不由得抿嘴笑了起來。

「妳快來看，這兩頂帽子哪個比較可愛？」似乎是害怕她再問出什麼令他措手不及的問題，秦海鳴趕緊將她從滑鼠墊陳架前拉走。

徐娜蓁端詳著手中的草帽和喬巴帽，爲難地搖頭，「不知道，要試戴過才準。」

秦海鳴環顧四周，他們特地挑了平日，而且還是快閉館的時候過來，人潮比起尖峰時段已經少了許多，將帽子摘下來一下下……應該沒關係吧。

在心裡評估一番後，秦海鳴拿下掩飾用的黑色棒球帽，轉而將草帽戴上，接著他也沒先打一聲招呼，就直接伸手替徐娜蓁捋順頭髮，將另一頂喬巴帽戴到她頭上。

「眞可愛。」他將被他的小舉動再次撩得體無完膚的徐娜蓁帶到鏡子前，站在她身後滿意地笑道，也不曉得那聲「可愛」說的到底是人還是帽子。

徐娜蓁的頰邊仍依稀留著他指尖拂過的溫熱觸感，她羞窘地點點頭，目光卻在這時從鏡中注意到聚集在他們身後好奇打量的人影。

「海鳴哥哥……我突然有種不好的預感……」徐娜蓁一邊說著，一邊不動聲色地將頭上的喬巴帽摘下，緩緩放回架上。

「待會我數一二三，我們就往外跑。」秦海鳴也將草帽放回去，戴回棒球帽，並將帽沿壓到最低。

徐娜蓁看著他，緊張地點點頭。

「一……二……三！」數到最後一聲時，秦海鳴牽起她的手，撒腿就往展場門口衝。

而早已認出秦海鳴的粉絲尖叫著在後面追趕，人潮愈聚愈多，連不是來看展的其他客人也湊了過來。

以目前的情況，搭電梯是不可能了，兩人跑到樓梯口，只花了三秒鐘就決定走樓梯離開，畢竟有那個毅力從九樓追到一樓的粉絲應該不多才是。

事實證明，他們錯估了粉絲的毅力和智慧，當他們氣喘吁吁跑到一樓時，已經有一小群粉絲守在樓梯口了。

「眞的是秦海鳴！」

「海鳴！可以幫我簽名嗎？」

「海鳴！我可以跟你拍張合照嗎？」

手機快門聲連連響起，秦海鳴將徐娜蓁拉到身後，用自己的身體擋住眾人不斷射來的目光。

「等一下我會想辦法轉移他們的注意力，妳再找機會偷偷離開。」他側過頭，壓低聲音道。

徐娜蓁拚命搖頭，「不行，我不能把你一個人丟在這裡。」她又不是沒當過瘋狂的粉絲，在這種情況下，他會被生吞活剝的。

「聽話。」秦海鳴語氣堅持，「難道明早妳想因爲緋聞和我一起上頭條嗎？」

他頓了頓，又囁嚅著補充：「要也是正大光明的公開，才不要用傳緋聞的方式……」

徐娜蓁被撩得滿臉通紅，站在原地不知所措，心跳的聲音幾乎要震破耳膜。儘管知道不合時宜，她依舊很想花痴地吼上一句：媽呀，我的海鳴哥哥好帥！

直到粉絲們談論中的關鍵字傳進她耳裡，她才終於回過神來。

「那個女的是不是秦海鳴的經紀人啊？」

「好像是耶，我在《唯一神曲》上有看過她！」

「既然經紀人都在這裡了，那他肯定就是秦海鳴沒錯啊啊啊！」

對耶，她現在的身分是秦海鳴的經紀人，她怎麼忘了這一點？

徐娜蓁在心中暗罵一聲，輕輕推開秦海鳴，從他背後走出來面對人群。

「謝謝大家對我們海鳴的支持。」她清了清喉嚨，試圖掩蓋聲音中透露出的緊張，「但是現場這麼混亂，就算要海鳴跟你們合照也沒辦法，所以請大家排好隊，想簽名的排這邊，想要合照的排那邊。」

她邊說邊伸手比畫著方向引導眾人移動，當擁擠的人潮終於出現一絲裂縫時，徐娜蓁給了秦海鳴一個眼神，下一秒立刻扯著他的手臂往百貨公司的門口衝去。

他們一路狂奔，最後躲進一條防火巷，才總算擺脫了緊隨在後的瘋狂粉絲。

「這些人是吃了多少飯，怎麼精力這麼旺盛？」徐娜蓁扯下口罩，一邊大口喘氣一邊抱怨著，完全忘了幾個月前的她也曾是其中一員。

秦海鳴也拉下口罩，氣喘吁吁地搖頭，「不曉得，不過妳這樣耍粉絲……不會被粉絲討厭嗎？」

「會。」徐娜蓁的臉瞬間垮了下來。換作是她，肯定一天寫十封信到經紀公司投訴這個惡劣的經紀人，「但剛才是緊急情況嘛，我也沒有別的辦法了……」

秦海鳴望著嘟起嘴委屈咕噥的徐娜蓁，眼神不知不覺柔軟了下來。防火巷很狹窄，他們又靠得那樣近，近到她頭髮上洗髮精的茉莉花香味都盡數鑽進他鼻尖，撓得他的鼻子癢癢的，心也癢癢的。

因爲急速的奔跑，她的雙頰泛起了健康的潮紅，像是水蜜桃一樣，比起平日嚴謹的經紀人形象，似乎又多了幾分青春氣息。

「他們不會討厭妳的。」秦海鳴垂下眼眸，輕聲道：「因爲我的粉絲們曾經說過，我喜歡什麼，他們就喜歡什麼。」

所以我喜歡妳，他們也會喜歡妳。

徐娜蓁聽懂了他沒說出口的話，心裡升起的卻是哭笑不得的矛盾感。

作爲元老級粉絲，她當然知道那句話，自從迷上秦海鳴後，他關注的任何事物就成了她所關心的事物，只爲了能跟他更接近一點點。

這樣驟不及防的情話，聽的人是她，要訴說的對象卻是田在歆，她該感到幸福嗎？

比起以前，已經很幸福很幸福了吧，她怎麼能這麼貪心……

怔忡間，幾滴冰涼打在她的肩膀上，緊接著愈來愈多的水滴落下。下雨了。

巷子外還有粉絲守著，根本不可能出去，秦海鳴環顧四周，最後在雜物堆中找來一個破舊的紙箱，勉強供兩人遮風擋雨。

「小歆姊對不起，又給妳造成困擾了。」他高舉著紙箱，歉然道。

「本來就是我提議要來的，我才該負起責任。」徐娜蓁搖搖頭，發現秦海鳴幾乎將整個紙箱都遮在她的頭頂，而他的半邊肩膀上都是水痕，連忙伸手想將頭上的紙箱推過去，「我沒關係，你的身體比較重要，別淋到雨了！」

「這點雨不算什麼，妳的感冒不是還沒好嗎？到時候病情又加重了怎麼辦？」他舉著紙箱的手臂紋絲不動，眼中全是不容抗拒的執拗，「就這樣別動好嗎？」

徐娜蓁輕輕點頭，不再推拒他的庇護。聽他提到自己用來解釋附身後種種異樣的藉口，她忽然覺得此時此刻似乎就是坦白一切的最好時機。

她手指不安地捏著衣襬，視線緊盯著地面上被雨水打出的陣陣水花，掙扎片刻後，終於吞吞吐吐地開口：「海鳴哥哥……其實我有一件事情一直想……」

「我想先做一件事，可以嗎？」她話還沒說完，就被秦海鳴打斷。

她抬頭看他，發現他的眸光晶亮無比，幾乎能映出她的倒影。他嘴唇微抿，神情有些緊張。

「可以。」她點點頭，忍住不說出「其實你想對我做什麼都可以」。

她才剛說完，下一秒，便感覺到自己的右頰覆上了一個溫熱柔軟的物體，還沒來得及做出反應，那抹溫熱又很快離去，彷彿那只是她的錯覺。

她怔怔地望向他，身側的秦海鳴垂下頭，不敢對上她的視線，他像一個偷吃糖的孩子，又罪惡又滿足地抿了抿唇，「抱歉，妳太香了，所以我忍不住……就想親一口。」

許久沒有等到回應，秦海鳴以為她生氣了，連忙抬起頭解釋：「我知道這舉動很像變態，但我就是忍不住……我也不曉得自己是怎麼了。」

「那我也可以做一件事嗎？」半晌後，徐娜蓁低聲詢問。待會她就會告訴他所有實情，一切就會結束了，在那之前讓她小小任性一下，應該不過分吧？

「可以。」秦海鳴用力點頭，似乎怕她理解不足，又補充道：「妳想對我做什麼都可以……揍我也可以。」

徐娜蓁深吸一口氣，接著傾身靠向他，吻上了他的唇。

她不敢看他的表情，雙眼緊閉，連睫毛都因用力過度而顫動著。她憋著呼吸，雙手握拳，全身都在發抖，害怕下一秒他就會推開她。

秦海鳴驚愕地瞪大眼睛，完全沒料到事情竟會如此發展。可是下一秒，直覺就引導了他的行動，他扔開紙箱，雙手捧上徐娜蓁的臉頰，反客爲主地親吻她。

冰涼的雨水打在他們身上，他們卻一點都不覺得寒冷。他吻她的動作很生澀，猶如稚童在探索未知的世界一般，小心翼翼又迫不及待地學習著，開發著。

拜託了，就讓時間永遠靜止在這一刻好不好？徐娜蓁在心裡卑微地向老天乞求。

突然間，夜空中閃過一道白光，緊接著一陣轟鳴雷聲劃破夜晚的靜謐。

田在歆緩緩睜開眼睛，當她看見與她鼻尖相抵的秦海鳴，以及意識到他們正在做的事情後，她愣了半晌，隨後用力推開秦海鳴，滿臉驚恐地瞪著他，「你現在到底在做什麼！」

「六號試鏡者請入內，七號、八號試鏡者請到等候區準備。」

田在歆整理了一下衣服，起身走到等候區坐下。她閉上雙眼調整呼吸，讓自己慢慢進入角色之中。與一旁來回踱步、不停清喉嚨的另一位試鏡者相比，她顯得從容淡定許多，但只有她自己知道，她的心裡其實比誰都緊張。

這是她重新演戲的第一步，她到底是該安分認命地繼續做她的歌手經紀人，還是有資格為自己的夢想再努力一把，就看今天這一役了。

「姊姊……小歆姊姊……」徐娜蓁絞著手指，小心翼翼地喊她。

田在歆沒有睜開眼睛，微蹙著眉頭道：「這場試鏡對我來說很重要，那些事情等到結束之後再說。」

另一位試鏡者見她對著空氣自言自語，忍不住投以異樣的眼神，不過徐娜蓁和田在歆都沒打算顧慮她。

「我知道。」徐娜蓁輕輕點頭，「我只是想跟妳說聲加油，妳是我見過最有才華的姊姊，我相信妳一定可以做到的。」

田在歆沉默半晌，眉頭終是漸漸舒展開來，「謝謝妳，我會加油的。」

她輕嘆，這幾日兩人降到冰點的互動，似乎因為這句話和緩了些。

沒過多久便輪到田在歆入內試鏡，看著從門口出來的前一位試鏡者臉上的頹喪，她不禁也有些忐忑，但她很快收拾好自己的心情，昂首挺胸踏入試鏡房間。

「導演好，各位評審老師好，我是第八號試鏡者，田在歆。」她朝評審席禮貌地鞠躬致意，當她抬起頭後，正好對上坐在她正前方的導演莫晟的目光。

溫潤如玉。這是她第一眼見到莫晟時留下的印象。

一般像這種等級的大導演，多半給人不苟言笑、龜毛嚴苛的形象，然而莫晟卻完全沒有給人這種感覺。

當和他眼神交會時，田在歆不知不覺就卸下心防，緊張的情緒也隨之放鬆不少，可後來她才明白，這樣的溫潤如玉比起龜毛嚴苛更加可怕。

「妳是君皇娛樂的藝人？」坐在導演左側的製片人興致缺缺地翻了翻她的檔案，「都二十七歲了，還是沒有演出經驗的新人？」

自從下定決心參加試鏡，田在歆就做好被質疑的心理準備。然而儘管如此，她心裡依然有些隱隱作痛。

「嚴格來說，我不是君皇娛樂的藝人，而是君皇娛樂旗下的經紀人。大學畢業後就一直從事經紀人的工作，所以才沒有演出經驗。」她頓了頓，挺直腰桿望向評審們，鏗鏘有力地說：「但是，我是科班出身的，雖然沒有大銀幕的經驗，不過我會用實力補上，希望你們能給我一次機會，讓我證明給你們看！」

沒想到，她慷慨激昂的一番宣言完全沒被放在眼裡。

「經紀人?」製片人抬眼看她，這才總算提起了一點興趣，「妳帶過哪些藝人啊?有大咖的嗎?」

這到底又跟我的表演有什麼關係?田在歆默默做了個深呼吸，壓下想揍人的衝動。

她實在很不想回答，可這麼重要的一次試鏡，難道還沒開始就要放棄了嗎?

她咬咬牙，半晌後正準備開口回答，莫晟卻在這時出聲:「那不重要，請直接準備表演吧。」

他的嗓音跟他的氣質一樣溫潤，如潺潺溪水流過，讓田在歆焦躁的心平靜不少。

她頷首，走向表演區就定位，一旁的副導演拿著劇本準備念出對手戲的台詞，莫晟卻抬手阻止了他。

「等一下，你不用幫她對詞。」

「欸?可是前面的試鏡者不是都……」

副導演和田在歆均朝他投以不解的目光。這次試鏡的題目早就公布給準備徵選的演員們，是男主角打電話向愛默哭訴自己得了癌症末期的那段戲。和電影裡只會出現男主角的聲音一樣，試鏡時只有試鏡者一人演出，然後由工作人員在台下提男主角的詞，協助演員表演。

但這畢竟不是他們的專業，副導演在先前的試鏡者們表演時，都只是乾巴巴不帶情緒地念出台詞，有些功力不夠的演員甚至因而受到影響頻頻出戲。

田在歆本來有把握在那樣的情況下依然能完成精彩的演出，沒想到現在竟然連對手戲的詞都沒有了，導演玩的到底是哪齣？難道她已經在自己沒發現時得罪他了？

「不會有人幫妳對詞，一樣是和男主角通電話，請妳設想一段劇本中沒出現的情景完成表演。給妳三十秒時間思考，三十秒後，請開始妳的表演。」莫晟語氣平和，卻讓在場所有人心頭一驚。

沒有人對詞，表示得獨自對著空氣完成演出。包括男主角的台詞、講話的語速、語氣，以及停頓的時機，都只能由她自己在心中想像，偏偏愛默這個角色又是個啞巴，也就是說，她同樣沒有台詞，只能用眼神、面部表情和肢體動作完成表演，而且劇情還得是劇本上沒出現過的，若是她的表演不夠精準，根本不會有人知道她在演什麼。

這麼高難度的考驗已經可以稱得上是刁難，看來這個經紀人是沒戲了。其他評審已提起紅筆，準備好在田在歆的檔案畫上大叉。

儘管心中委屈不甘，田在歆卻沒打算坐以待斃。她始終相信「危機就是轉機」，僅此一次的機會，就算要她上刀山下油鍋，她也得去。

然而想歸想，眼看三十秒時間就要過去，她的腦袋仍是一片空白。

劇本以外的情景……劇本以外的情景……媽的，她學的是表演又不是編劇！

她還在努力絞著腦汁，導演就宣布準備時間結束了。她將道具手機放至耳邊，準備用直覺來個即興發揮，卻突然聽見徐娜蓁帶著恐懼的輕喚。

「姊姊……小歆姊姊……」

田在歆聞聲抬起頭，發現徐娜蓁不知何時已站在她面前，顫巍巍地伸出雙手。

她的瞳孔瞬間一縮，因爲徐娜蓁的雙手竟漸漸變得透明。

「我知道妳正在試鏡，可是我的時間好像快到了，我怕現在不說，永遠都沒機會對妳說了。」徐娜蓁對她扯出一個蒼白的笑容，雖是笑著，看起來卻比哭泣更悲傷。

田在歆只遲疑了三秒，便垂下眸子輕輕點了點頭。

把妳想說的都說出來吧，我在這裡，都聽著呢。

因爲正在試鏡，她沒辦法把話直接說出來，但她相信徐娜蓁會懂得她的心意的。

「姊姊，對不起，這段日子以來，我當了個卑鄙的小偷。」

從試鏡場地出來後，田在歆仰望著被雨水洗過而變得更加湛藍清澈的天空，長長地吐出一口氣。

準備了那麼久的試鏡，等待了那麼久的機會，看來是砸鍋了。試鏡當下她都在聽徐娜蓁說話，根本沒有好好表演，即便她仍保持在林愛默這個角色的狀態裡，但「通話內容」根本和這齣戲無關。

她轉頭看向身旁一直心虛垂著頭的徐娜蓁，挑了挑眉，「小騙子，不是說時間快到了嗎？」

徐娜蓁盯著自己又恢復正常的雙手，委屈地搖頭，「剛才明明不是這樣的啊，我眞的以爲自己下一刻就要升天了……嗚嗚，小歆姊姊對不起，我搞砸了妳重要的試鏡。」

田在歆雖是這樣說，但徐娜蓁的掌心變得透明的那一刻，她也親眼看到了，也才知道原來自己會那麼害怕，害怕到不惜放棄得來不易的試鏡機會，也要和她好好道別。

她的確很氣徐娜蓁，氣她擅自占用自己的身體胡作非爲，氣她和秦海鳴丟下一堆爛攤子讓她去收拾，氣她總是在不合時宜的場合吵她煩她……可她眞的捨不得徐娜蓁就此離去。

這段時間以來，她已經在不知不覺中把她當作親妹妹看待了。她獨自一人離鄉背井到台北工作，由於工作太忙，沒有社交時間，所以身邊也沒什麼可以聊天的朋友。

自從徐娜蓁出現之後，儘管都是她自說自話的時間比較多，但她的陪伴的確讓田在歆不再感到那麼孤單。雖然有種被耍了的感覺，然而不可否認的是，在田在歆心裡更多的是慶幸。

好險，徐娜蓁還沒有要離開，她還沒做好跟徐娜蓁道別的心理準備。

田在歆扯了個無奈的笑容，「算了，世界上的好導演又不是只有莫晟一個，只要把自己準備好，總還有下次機會的。」

只是不知道還要等多久就是了……田在歆在心中嘆息，即使不後悔，可要說完全不失落，那肯定是騙人的。

她正想著待會一定得去大吃一頓撫慰空虛的心靈，就看見秦海鳴匆匆朝她跑過來。

「試鏡結束了嗎？結果怎麼樣？」他彎腰扶著膝蓋，氣喘吁吁地問，顯然是一路趕過來的。

自從那晚兩人接過吻之後，雖然已經知道一切都是徐娜蓁在作祟，但和他相處時依然有些不自在。她輕咳一聲，錯開他帶著期盼的視線，「你不是有拍攝嗎？怎麼會在這裡？Alice沒跟著你？」

Alice是她爲他安排的新助理，以往他工作上或是日常中的大小事全由她這個經紀人親自打理，現在她發現，也許這就是問題所在，他們相處的時間太長了。

她思考了很久，覺得秦海鳴說喜歡她，可能只是從依賴中產生出的錯覺。他還年輕，也沒有戀愛經驗，所以分辨不出他對她的喜歡是否爲男女之情，可是她不能跟他一樣糊塗。

她可以乾淨俐落地處理顏睦喬的示好，維持單純的友誼，是因爲她心裡拎得很清楚。然而和秦海鳴這段不知從何時起就變質了的關係，卻像是糾結的絲線，愈理愈亂。

所以她只能轉身逃跑，在事態演變得更加危險之前，她必須拉開距離。所幸她終於找出原因了，都是徐娜蓁的出現才讓一切失序，只要矯正這個問題，一切都會回歸原位。

應該會的。必須會的。

「他們說什麼我就做什麼，所以拍攝提早結束了。」他的聲音裡帶著淡淡的失落，「至於Alice，我找事情把她支開了。」

田在歆擰起眉，「你能不能不要每次都這樣對待你的助理？這樣以後誰還敢在你身邊工作？」

「我不需要助理。」秦海鳴看著她，語氣裡有幾分哀求，「像以前那樣不是很好嗎？我會聽話，不會再給妳添麻煩，所以不要把我丟給助理好不好？」

他雖然單純，卻不是傻瓜。那天看完《航海王》的特展後，田在歆就突然派了個助理給他，儘管工作上的事她依舊親力親爲，但一些日常瑣事，譬如叫他起床、提醒行程、開車接送等等，全由新助理 Alice 接手。

美其名曰如今他的工作邀約愈來愈多，需要有個助理在他身邊打點，以免有所疏漏，可秦海鳴心裡很清楚，事實上是她在躲他。

他覺得自己就像隻被棄養的小狗，他好害怕他終究會失去她。

田在歆沉默了半晌，最後下定決心似地抬起頭，望著他說道：「海鳴，我們之間可能有些誤會，我現在會好好向你解釋的。」

第八章

「小傢伙，看來秦海鳴不是妳逗留在這世界上的主要原因。」

阿宛的一席話讓徐娜蓁陷入前所未有的迷茫。

秦海鳴終於知道她的存在，因爲田仕歆和盤托出了一切。她告訴他，說喜歡他的、說是他元老級粉絲的都不是她本人，而是一隻附身在她身上的年輕女鬼。

不知道是該慶幸還是難過，她家的海鳴哥哥不只歌唱得比別人好，心臟也比其他人大顆。在得知向自己告白的其實是個女鬼後，他沒有露出她最害怕看到的那種恐懼神情，反而看起來還頗爲失落。

她想她明白他的心情。本來以爲小歆姊姊也和他有著同樣的心意，可最後才發現一切都是她搞出來的大烏龍，他怎麼可能不失望？

她的美夢終究還是醒了，結局卻和她預想的不一樣。原以爲讓秦海鳴知道她的眞實身分和對他的心意後，她就能了無遺憾地離開人世，但除了在田在歆試鏡那時短暫變得虛弱外，一切都跟往常無異。

如果秦海鳴不是她的執念，那什麼才是呢？

她想起舅舅曾說過，她一直想成爲一位用畫筆拯救世界的偉大漫畫家。她差點就忘了自己也曾有過這麼中二的夢想，而她也的確是有段時間很喜歡畫漫畫。

只是在她過世之前，她就已經很久沒有畫過漫畫了，她早就失去了畫漫畫的理由。

再者，如今連她自己的世界都崩塌了，還能如何拯救世界？

她正想著，忽然聽見田在歆匆匆從房間出來的動靜聲。

「好的，那就待會見了。」田在歆拿下夾在肩頸間的手機，彎腰在鞋櫃前穿起鞋子。

「小歆姊姊，都這麼晚了，妳要去哪裡？」徐娜蓁從沙發上站起身，上前問道。

「莫晟導演說想跟我討論一下對於《愛獸》女主角的想法。」田在歆的嗓音帶著壓抑不住的激動，「那次試鏡我好像不是完全沒希望。」

「眞的啊！」徐娜蓁也忍不住爲她高興起來，但隨後一股說不出的怪異感湧上心頭，她低聲詢問：「不過爲什麼非得要在這種時候討論？該不會……是傳說中的潛規則吧？」

她也不想潑正在興頭上的田在歆冷水，可是又很害怕她遭遇那種可怕的事。她因爲秦海鳴也時常關注演藝圈，對於女藝人被製作方或導演潛規則的消息時有耳聞，她不相信身爲經紀人的田在歆沒有這點警覺。

果然，田在歆點了點頭，「我也曾有這種猜測，不過導演說明天就要飛北京，半個月後才會回來，所以女主角的人選得快點決定下來，才這麼匆忙地約我進一步談話。我稍微查了一下，他的確有這個行程。」

見徐娜蓁仍一臉擔憂，她語氣愈發篤定地繼續補充：「不是只有我們，製作人和編劇也在，應該只是單純的會面。放心吧，我會多留心，一旦情況不對馬上走人。演藝圈確實存在許多這類見不得人的事，但也不能一竿子打翻一條船，因爲擔心被潛就不去嘗試，萬一是我們誤會了呢？上次試鏡我沒有好好發揮，這次不能再失去這個機會了。」

「可萬一是眞的呢？」徐娜蓁抿了抿唇，「要不然找個人陪妳去吧……海鳴哥哥？」

「明明我才是他的經紀人，怎麼能要他陪我去見導演？」田在歆搖搖頭，「千萬別讓他知道，這孩子容易衝動，我怕他在什麼情況都沒弄清楚前就闖禍了，到時搞得大家都難做人，再怎麼說我也在這行打滾好幾年了，這種程度我自己應付得來。」

「可是……」

「不說了！再說我就遲到了。」田在歆瞄了眼手錶，急匆匆地揹起包包，「我出門了，乖乖在家等我的好消息。」

田在歆站在莫晟的公寓門口猶豫了片刻，才摁下門鈴。雖然出門前和徐娜蓁說得那樣信誓旦旦，但她心裡其實還是有些忐忑的。

這樣的時間，這樣的地點，要人不多想也難……

「妳來了。」不一會兒，莫晟便來應門了。可能是因爲在自己家裡，他穿得休閒不少，鼻梁上還掛了副無框眼鏡，比起上次在試鏡時見到的他又平易近人許多。

「導演好。」田在歆禮貌地朝他打招呼，視線偷偷朝屋內掃去，「其他人都到了嗎？」

「還沒，妳是最早的一個，他們等等就來了。」莫晟對她溫和一笑，側身讓出空間，「進來吧。」

都到了這裡，田在歆也只能硬著頭皮進門。莫晟的住處裝潢風格很俐落，和他細膩唯美的作品風格相當不同，家具多半是黑白灰三色，充滿都會男子的幹練氣息。

莫晟讓她先找地方坐下，自己則到廚房泡咖啡。田在歆端坐在客廳沙發一隅，又看了看手錶。距離約定好的時間已經過了十分鐘了，怎麼還沒有人來呢？

她的心裡隱隱升起不安。這時，突然有手機鈴聲響起，那不是田在歆設置的手機鈴聲，那麼只可能是莫晟的了。她朝廚房喊了幾次，提醒他手機響了，但莫晟似乎沒有聽見。

她想或許是製作人或編劇來電告知遲到原因，便循著鈴聲傳來的方向走去。手機放在莫晟臥房的書桌上，他的房間沒有鎖門，她其實可以直接走進去。

然而田在歆的腳步卻被釘在臥房門口動彈不得。她睜大眼睛盯著他臥室牆上的照片，就這樣任由鈴聲不斷響著，直到對方掛斷電話，也沒有再上前一步。

她感覺渾身的血液開始逆流，她一步一步往後退，準備離開這鬼地方，後背卻倏地撞上一堵溫熱的肉牆。

「為什麼這麼害怕？」莫晟的嗓音沉了幾分，在她身後幽幽響起。

「我要先離開了，今晚的會議恕我無法奉陪。」田在歆的身子微微發顫，但還是強作鎮定地說。

莫晟直接無視了她的宣告，目光投向掛在臥室牆上的那張黑白照片，「妳應該對這幅作品不陌生吧？」

她怎麼可能陌生？不就是顏睦喬偷拍她的那張照片嗎？

田在歆做了個深呼吸，讓自己冷靜下來，「這張照片怎麼會在這裡？」

「我買的。」莫晟頓了頓，像是想到什麼好玩的事，愉悅地補充：「還是從一個公益攝影展買來的。」

他們根本不認識，他卻把她的照片掛在自己臥房最顯眼的地方……想到那張照片有可能會被用來做什麼，田在歆覺得自己都要吐了。

「今天晚上不會有其他人來了，對吧？」她扯出一個嘲諷的笑容。

「妳會到這裡來，難道沒有心理準備嗎？」莫晟一步步往前，慢慢將她逼進臥房裡，「我以爲妳是下定了決心才過來的。」

「莫晟，你是什麼樣的人我不想管，但是我要告訴你，我沒興趣陪你玩這個遊戲。」她邊說邊不動聲色地打量房間四周，尋找逃脫的機會。

「田在歆，妳已經不是剛踏入演藝圈的單純少女了，這個世界的規則是怎樣，妳難道還不清楚嗎？」他握上她的肩膀，似笑非笑地哼了一聲：「裝什麼裝啊。」

田在歆忽然很想哭，爲她的天眞，也爲她被狠狠摔碎的夢想與信任而哭，可她忍住了。她不能在這個衣冠禽獸的面前哭出來。

「我改變不了規則，但至少我可以選擇不玩吧！」她用力甩開莫晟放肆的雙手，朝他吼道：「不過是一部電影，也想要老娘賣身？」

「妳不會只有這一部，將來還會有更多部，我有的是能力捧妳。」他上前在她耳邊蠱惑地低喃。

「我看你根本聽不懂人話。」田在歆攥緊拳頭，渾身都在打顫，「……爲什麼是我？」

「在攝影展看到這幅作品時，我就對妳很感興趣了。後來妳投了試鏡履歷，對我來說簡直就是個驚喜。」莫晟挑起她的一綹髮絲，用指尖曖昧地摩娑著，「老實告訴妳吧，就算那次試鏡妳只是坐在那裡一動也不動，今晚妳還是會被邀到這裡來。不過那天妳的表現超乎想像地讓人驚豔，以導演的角度看來，我同樣很喜歡妳的表演。」

「既然你喜歡我的表演，我們就一起好好地、正正經經地拍個好作品，不好嗎？」田在歆閉上眼睛，無力地說。

「我是喜歡妳的表演，但也沒喜歡到不惜跟資方作對也要用妳的程度。」

「那麼今晚過後，你就願意爲我跟資方作對了？」田在歆覺得一切都荒謬到了極點，不自覺笑出聲來。

「那就要看妳的誠意了。」他握著她髮絲的手指緩緩上爬，輕輕撫弄著她的耳朵。

「眞是神經病！」田在歆拍開他的手，趁他不備，迅速撞開他奪門而出。

她才剛跑出臥房門口，便聽到莫晟惱羞成怒的聲音在背後響起：「妳還沒搞清楚狀況嗎？要不是我，妳根本連試鏡的機會都沒有！今天妳拒絕了我，妳以爲還會有下一次機會？妳以爲自己的演技眞的好到可以什麼都不做就能拍電影？不要不識抬舉，再過幾年，妳自己脫光光爬上床求人給妳戲演，也不會有人理妳。」

田在歆終究還是忍不住了，她氣到眼淚奪眶而出。她不禁想，原本她經紀人當得好好的，爲什麼她要跑來這裡受這種侮辱？

「不演就不演吧。」她吸了吸鼻子，紅著眼睛轉身看著莫晟說道：「大不了就回家賣雞排啊！不能演戲又不會死，演戲眞的沒了不起到讓我這樣作賤自己，當然，你更沒什麼了不起。」

她一說完，門鈴聲便從玄關處響起。摁門鈴的人像在惡作劇般瘋狂地連摁著，尖銳刺耳的門鈴聲以一種讓人躁鬱的頻率不斷響著，持續了整整三分鐘都沒有停歇。莫晟低罵了一句髒話，臉色陰沉地走上前開門。

「是哪個瘋子三更半夜……」他話還沒說完，秦海鳴就像一陣風似地闖進屋裡。

當他看見田在歆滿臉淚水、衣衫不整的模樣之後，他低吼一聲，衝上前往莫晟的臉上就是一拳。

莫晟沒有防備，直接被秦海鳴推倒在地，他吃痛地按著自己的臉頰，抬起頭看清來人後，錯愕地吼：「秦海鳴你發什麼神經！你信不信我告你傷害？」

「隨便你。」秦海鳴甩了甩手，長吐了一口氣，「很久沒有人能讓我這麼火大了，你給我等著，我一定會讓你付出代價！」

說完，他沒等莫晟回應，就拉著田在歆大步離去。

「還冷嗎？」秦海鳴瞅著神色異常平靜的田在歆，從未有過的恐慌占據了他的心頭。他想做點什麼，卻覺得自己做什麼都不對，最後只能徒然地將披在她身上的羽絨外套再拉緊了些，「外面風大，我帶妳回家好不好？」

田在歆搖了搖頭，仍舊沉默著。自從離開莫晟的公寓後，她就沒有再開口說過一句話。

秦海鳴從公園長椅起身，蹲在田在歆身前哀求地望著她，「是不冷還是不想回家？小歆姊，拜託妳說點什麼好嗎？大哭也沒有關係，想罵人我跟妳一起罵，妳這樣我眞的很害怕。」

田在歆終於聚焦起視線看向他，緩緩開口：「我不冷，也不想回家。」

見她總算有反應，秦海鳴鬆了口氣，「那就不回去，我在這裡陪妳。」

她靜靜地望著他，漆黑專注的眼睛卻看得秦海鳴一陣心慌，接著他聽到她低聲道：「海鳴，你殺了我吧，我沒臉在這世上活下去了。」

秦海鳴一愣，拳頭用力收攏，指甲幾乎要刺進肉裡。他沉著臉，咬牙艱難地問：「他對妳做了什麼……？」

「不是你想的那樣，他什麼都沒做……還沒做。」田在歆搖搖頭，「是我看不起自己，今晚的事全是我自己活該……」

「不！是我的錯！」秦海鳴急忙打斷她，「我不該鼓勵妳去的，也不該拜託Vicky姊介紹這個機會，都是我的錯，妳要怪就怪我好了！」

「你不用安慰我，我知道自己有多蠢。」田在歆扯了扯嘴角，「現在總算清醒了。」

「小歆姊……」

「這麼明顯的陷阱，我爲什麼還傻傻地跳進去呢？不對，不是傻，是不自量力。我居然心存僥倖，想著比起睡我，莫晟可能更欣賞我的才華，我到底是哪來的自信覺得自己會是與眾不同的那一個？」

「妳很好，只是踩到狗屎而已，妳爲什麼要爲那種垃圾譴責自己？」

田在歆彷彿沒聽到秦海鳴沉痛的質問，又繼續自言自語似地說：「還要怪我自己太貪心，急著想要有出道作品，急著想要做出點成績來證明自己，所以一看到誘餌就迫不及待地咬上去，你說我是不是活該？」

秦海鳴知道現在不管自己說什麼她都聽不進去，只能上前傾身摟住她，一下又一下地拍撫著她的背，做個傾聽者讓她盡情發洩。

「海鳴，你知道嗎？比起被強暴，更讓我害怕的是他後來說的話。」田在歆將臉埋在秦海鳴的胸口，聲音有些發顫，「要不是因爲他想睡我，我根本連試鏡的機會也沒有。這段時間以來我真的很努力，也相信努力一定會有回報，但會不會，其實我根本就不適合當演員？我一直以爲是種種理由阻擋了我實現夢想，但會不會，其實我根本就沒有那個本錢，只是一直不敢面對？」

「不是的，妳是我見過最好的演員，妳不相信自己，總該相信我吧！」秦海鳴摟緊了她。他感覺到自己胸前的衣服漸漸有了溼意，看她這麼難過，他的心就像被抽空了一樣，可他卻什麼都做不了，這種無能爲力的感覺快把他折磨瘋了。

田在歆依然搖著頭，「你們是我朋友，當然都說我好。海鳴，我突然覺得好累，我現在眞的不曉得自己爲什麼想要演戲了……」她說到最後，終究還是由原本的啜泣變成嚎啕大哭。

她實在太委屈、太不甘心、太無可奈何了。

秦海鳴不再說那些空泛的打氣話，只是靜靜抱著她、溫暖她，讓她在他懷裡哭個夠。

不知道過了多久，田在歆漸漸冷靜下來。她依舊靠在他身上，留戀著這個夜晚裡唯一的暖意，啞著聲音輕聲開口：「今晚看到你出現在莫晟家門口時，我很意外。」

秦海鳴的嗓音有幾分發虛，「呃，我能想像。」

「你怎麼知道我在那裡？娜蓁告訴你的？」

「我也不曉得她有沒有來找過我，我看不見她。」他頓了頓，接著深吸一口氣，做好被唾棄的心理準備，招認一切，「我是從妳家一路跟過去的，看見妳一個人進到單身男人的住處這麼久，我覺得很不安，所以才去摁電鈴。」

「你跟蹤我？」

「還不是因爲妳最近一直躲著我，讓我想跟妳好好談談都找不到機會。我知道妳不喜歡我這樣，但等我意識過來時，人已經在妳家樓下了……」他愈說愈覺得自己跟莫晟那個變態在某種程度上來說沒兩樣，只好乖乖認錯，「對不起，不會再有下次了。」

「要不是你跟著我，我也不知道能不能全身而退，我反而要謝謝你才是。」

沒有出現預想中的責備，秦海鳴一時有些受寵若驚。畢竟在今晚以前，他們之間的氣氛一直處在冰點，他很明顯地感受到田在歆試圖用公事公辦的態度整理他們倆的關係，試圖讓他「清醒」。

他直起身，趁著這難得一見的氣氛一鼓作氣說出心中所想：「如果眞的想感謝我，就不要再對我說謝謝了。我說過，我不會讓任何人傷害妳，這是我自己想做的事，所以不需要對我說謝謝。」

「海鳴……」

害怕田在歆又要說出什麼拒絕他的話，秦海鳴趕緊搶在她之前開口：「我知道，說是我忠實粉絲的人，以及說會一直喜歡我的人都不是妳，是我誤會了。可是我還是要讓妳明白，我喜歡上的人是妳，是田在歆，和娜蓁一點關係也沒有，因此這個拒絕理由對我來說一點用都沒有。」

看著他再鄭重不過的神情，田在歆怎樣也說不出「只是過度依賴所產生的錯覺」這類的話。其實她心裡一直都很清楚，秦海鳴對她的感情是認眞的，所以她才想要逃開，她害怕總有一天自己也會陷進去。然而會有這樣的擔憂，不也表示在她心中已經承認自己很有可能愛上他嗎？

她雖然有過和徐凱的八年愛情長跑經驗，但她現在終於發現這兩種感情是截然不同的。她一直以爲自己對待愛情的態度是隨遇而安，既然緣分來了，她就順其自然地學著怎麼經營一段感情；而當愛情不得不走向終點，她也不會太傷心，她知道萬物皆有其規律，這是很正常的事。

可是面對秦海鳴熾熱的心意，她不知怎地竟下意識想逃。在聽他唱第一首歌時，她就已經被他的才氣深深吸引了，然而她不敢承認，她不斷催眠自己這只是出於經紀人對藝人的惜才心情。

她用一堆冠冕堂皇的理由來說服他，也說服自己：因爲公司規定、因爲會影響到他的事業、因爲她的年紀比他大上六歲、因爲他們不是一個世界的人……但事實上是她害怕離他太近，害怕愛上他，害怕愛上他之後沒有好結果，她沒辦法想像那會是怎樣的痛楚。

她擔心受傷，所以乾脆不付出心力去爭取，對待夢想是這樣，對待愛情也是這樣，她其實是個連自己都看不起的膽小鬼。

她好不容易向前踏出一步，爲自己的夢想勇敢一次，結果卻是如此的慘烈，她還能提起勇氣，誠實面對自己的心嗎……

田在歆望著秦海鳴沒有半點隱瞞的清澈雙眸，良久，終於不再閃躲。

「你知道嗎？剛才在莫晟家時，有那麼一刻我有了這樣的念頭：如果那時有個人從天而降帶我離開那裡，不管他是誰，我都會愛上他。」

她抿了抿唇，彷彿要用盡全身力氣才能將剩下的話說完，「那瞬間我想起了你，然後你就來了。」

「Vicky姊，很抱歉辜負了妳的好意，《愛默》的女主角我沒有拿下。」

田在歆思考了很久，還是決定不把差點被潛規則的事說出來。正如莫晟所說的，她已經不是初入演藝圈的單純少女了，她知道演藝圈是這個嚴酷社會的縮影，不是慈善機構。

莫晟的做法確實很齷齪，但如果那天到他家的是別的女演員，她們會推開他嗎？或許還有人會覺得這是個千載難逢的好機會。

潛規則的確不光彩，可老實說，那也是一場利益交換。女演員陪他逢場作戲，他許她一個角色和前程，只是田在歆不屑用這種方式換來的前程。

至少莫晟沒有做到眞正傷害她的那一步，而且秦海鳴正處於事業高峰，身爲經紀人的她不宜把事情鬧大，模糊媒體的焦點，所以，她選擇吞下這個啞巴虧。

Vicky無所謂地聳聳肩，「這有什麼好抱歉的，我也只是轉介這個機會給妳而已，況且要是妳一個沒有任何經驗的素人眞拿下莫晟電影的女主角，其他人也白混了。」

田在歆抿了抿唇，沒有多說什麼。

「對了，今天叫妳過來，是想給妳看樣東西。」Vicky從抽屜裡拿出一份檔案，遞給田在歆。

田在歆伸手接過，垂下視線瀏覽了起來，「派蒂．珍妮斯導演的演員工作坊？爲什麼要給我看這個？」

「上面有寫導演想透過這個工作坊爲下部電影尋覓新血，尤其對華人臉孔特別感興趣。怎麼樣，要不要去試一試？妳的年齡還在徵選範圍內。」

「我嗎？」田在歆愣了愣，隨後笑出聲來，「怎麼可能？這可是要去美國耶！」

「去美國又怎麼了？」

「那海鳴怎麼辦？《唯一神曲》就要總決賽了，我還得帶他去北京錄影，還有……」

明明有很多理由綁住她，田在歆此刻卻突然語塞。不知怎地，每個理由聽起來都是那麼的蒼白無力。

「秦海鳴的人生是他自己的，妳不是他，不需要爲他負責。」Vicky 一針見血地下了總結。

田在歆靜默半晌，最後還是苦笑著搖搖頭，「Vicky 姊，我想我可能眞的不適合走演員這條路吧。也是時候認清現實，不要再抱著無謂的希望了。」

她終於明白，其實秦海鳴只是一個擋箭牌，眞正讓她去不了美國的是她的恐懼。她實在沒有勇氣再面對一次體無完膚的打擊了。

Vicky 沉默片刻，最後點點頭，「我明白了，妳決定好就好，不過那份檔案妳還是可以拿回去看，放我這裡也沒什麼用。對了，既然妳決定放棄演員這條路，之前跟妳提過多帶幾個藝人的事，好好考慮一下吧，人活在這世上，還是多握著點鈔票，過得比較自在。」

田在歆點頭答應，「我會好好想想的……另外，Vicky 姊，我想要一小段假期。」

❤

「媽，我搬回桃園，幫你們一起賣雞排好不好？」田在歆盯著油鍋裡蒸騰起伏的金黃泡泡，忽地冒出這麼一句。

在一旁串雞心的田母看都沒看她一眼，「妳突然發什麼神經？」

「我是說認眞的。」田在歆用夾子推了推漂浮在油炸鍋裡的雞排，聲音隔著口罩，聽起來格外飄忽遙遠，「我有點厭倦了，台北的一切。」

田母停下手邊動作，側頭深深地凝視她。半晌後，她又繼續低頭串著雞心，語調沒有太多起伏，「妳已經是大人了，自己的人生自己決定就好。」

田在歆垂眸，口罩底下的唇角擠出一個苦笑。

是啊，她本來就沒期望她媽會說出「不要放棄演戲，我相信妳一定可以成爲一個好演員」之類的話，雖說沒有期待就不會受到傷害，可她心裡還是有塊地方鈍鈍地疼。

多少子女希望父母不要干預自己的人生，羨慕那些可以自由自在過活的人們，但田在歆卻是自由過頭了。

她有時候會想，如果自己說要去搶銀行，她父母大概也不會反對吧。他們對她從來沒什麼意見，或許也不在乎。

她在家裡排行老二，和許多同類人一樣，她在家中就是被父母放牛吃草的那一個。她總是得讓著不夠懂事的大姊，讓著從娘胎裡就帶著病的小弟。她知道父母很辛苦，所以一直努力照顧好自己，不讓他們操心。

久而久之，她的父母似乎就忘了，其實她也需要人關心，她也會迷惘和不知所措，需要有人爲她指引方向。

不曉得是誰曾經說過，當選擇成爲抉擇，自由無異於刑罰。田在歆抬頭望向灰濛一片，像是混雜了過多水彩顏料的夜空，長嘆了一口氣。

她只能自己做決定。

「早就跟妳說過會很無聊，是妳自己堅持要跟來的。」田在歆坐在梳妝台前往臉上拍化妝水，一邊淡淡地說。

徐娜蓁躺在她的床上哀號，「我哪知道眞的這麼無聊啊！妳難得回老家一趟，除了幫忙賣雞排，就是在家睡覺，妳都沒有朋友嗎？都沒有好姊妹聚會可以參加嗎？」

察覺到田在歆透過梳妝鏡射來的警告目光，徐娜蓁吞了吞口水，乾笑道：「無論如何，總比自己一個人留在台北獨守空閨來得好，哈哈！而且難得來到這麼偏僻的地方，體會一下鄉下人的生活也不錯。」

見田在歆眼中的殺氣愈發濃烈，徐娜蓁趕緊轉移話題：「對了小歆姊姊，我一直很好奇，爲什麼你們家的雞排店是用妳的名字起名啊？妳家又不是只有妳一個小孩，還是妳是最受寵的那個？」

「最受寵的那個？」田在歆彷彿聽到什麼天大的笑話般笑著搖搖頭，「是因爲我從小就有陰陽眼，常常被那些別人看不見的東西搞得無法正常生活，後來我爸不知道從哪裡找到一個道士，說解決方法是讓人多喊我的名字加重陽氣，剛好那時候正在籌備開店，就順勢用我的名字當店名了。」

徐娜蓁嘖嘖稱奇，「那之後眞的就沒再看過了嗎？」

田在歆頷首，「所以我也很疑惑自己爲什麼能看到妳。」

「因爲是命中注定呀！正好妳是海鳴哥哥的經紀人，又這麼巧只有妳能看見我，然後被我附身，才能給我機會跟海鳴哥哥告白……」提起秦海鳴，徐娜蓁不禁又有些黯然，她甩甩頭，用開朗到有些刻意的語氣開啓別的話題，「小歆姊姊，妳還留著高中時的畢業紀念冊嗎？我想看看你們那個年代的高中生都長什麼樣子。」

什麼叫做「你們那個年代」？她距離高中畢業也才不過十年好嗎！

田在歆忍不住翻了個白眼，但還是起身去翻置物箱，「我不記得收到哪裡去了，可能要找一下。」

「沒關係，考古學家告訴我們，見證歷史時總是需要多點耐心的。」

找到畢業紀念冊後的第一件事，就是將它往徐娜蓁的臉上砸過去……田在歆在心裡咬牙想著。

田在歆打從出生起就住在這間房子裡，沒有搬過家，所以從小到大累積的物品數量非常可觀。她一開始也只是意思意思地找一下，不過翻著翻著也被勾起了不少童年回憶，最後索性盤腿坐在房間地板上，興致勃勃地尋起寶來。

「這是小學四年級時，班上有個男生送我的生日卡片。」田在歆盯著卡片，嘴角微揚地解說：「那時候一直很不解他爲什麼總是找我麻煩，現在看來根本是暗戀我嘛。」

「天啊！居然還有以前沒及格的數學考卷，我留這種垃圾到底要幹麼……」

她翻出了許多承載著過往記憶的東西，高中社團的成果展手冊、梅莉史翠普主演的電影海報、五月天的專輯，還有同學朋友們寫給她的卡片，她全都好好地收藏著。

她將那些卡片一一拆開來看，有些人她現在已經記不太得了，可他們卻十分湊巧地都在卡片上寫著同樣意思的一句話。

好羨慕有夢想、有目標的妳，相信妳一定可以成爲一位非常了不起的演員！

沒有。十年的時間過去了，她並沒有成爲一位了不起的演員，她甚至無法確定自己現在到底還愛不愛演戲了。

對不起，辜負你們的厚望了。她輕嘆一口氣，將卡片重新收回各自的信封裡。

「在這裡。」她總算在櫃子深處找到徐娜蓁想看的高中畢業紀念冊。雖然已經過了十年，但冊子仍像新的一樣，一點磨損都沒有，可見這段時間以來，它的主人根本翻都沒翻過它。

田在歆翻到屬於自己班級的那一頁，徐娜蓁連忙湊上前觀看，沒費太大力氣便從一張張大同小異的學生照中找出了當年的田在歆。

「我沒有變太多吧？」看著照片中氣質青澀的自己，田在歆揚起一抹懷念的微笑。

徐娜蓁摸著下巴認眞地點頭，「也可以解釋成妳是『老起來等』一型的。」

田在歆額角上的青筋跳了幾下。

「不過小歆姊姊妳年輕的時候好漂亮！有沒有很多男生追妳啊？」

這句話是該翻譯成她現在又老又醜嗎？田在歆白了徐娜蓁一眼，「沒有，漂不漂亮跟有沒有人追並沒有絕對的關係。」

「也是，我這麼年輕又可愛，海鳴哥哥居然選妳不選我，真是令人匪夷所思。」

田在歆不想再跟她繼續瞎扯蛋，一把闔上畢業紀念冊，準備將東西一一歸位。突然間，一張有些泛黃的紙從冊子間隙滑了出來，在空中翻了幾圈後輕巧地飄落在地。

田在歆愣了愣，隨後撿起那張紙仔細查看。

那上面落著一個大大的簽名，字跡稚嫩而歪扭，但字體明顯是被設計過的，就像是那些明星或作家送給粉絲的簽名。她研究了一會兒，總算分辨出上面的字。

徐娜蓁。2007.04.02

田在歆緩緩轉過頭望向同樣一臉茫然的徐娜蓁，「妳什麼時候偷偷把自己的簽名塞在我的畢業紀念冊裡的，還故意落款在十年前？」

「我不知道啊！」像是見鬼一般，徐娜蓁嗓音微顫，「而且現在的我根本沒辦法握筆好嗎？」

田在歆當然清楚這不可能是徐娜蓁的惡作劇，她思忖片刻，沉聲開口：「要不是同名同姓，就是我們在十年前已經相遇了。」

她邊說邊把紙張翻面，看到背後再熟悉不過的字跡後又是一怔。她喃喃地讀出上面的文字：

「今天遇到一個可愛的小鬼頭，送給我這張簽名要我好好收著，說是以後會很值錢。她年紀還很小，可她說自己將來一定會成爲一名偉大的漫畫家。她說，畫漫畫是爲了讓媽媽快樂起來，她要畫很多很多能讓人看了就忘記哭泣的漫畫。我不知道她有沒有天賦，但我相信她一定會完成夢想的，藝術的美好之處不就在於可以撫慰人心嗎？我們約好了，在往後的十年內，她會以漫畫家的身分正式出道，而我也會成爲一名家喻户曉的女演員。有夢最美，希望相隨，願我們都因夢想而偉大。在歆。2007.04.02」

念完後，田在歆感覺渾身都起滿了雞皮疙瘩。不是感動，是被自己噁心的。有夢最美，希望相隨？願我們都因夢想而偉大？十年前的她腦子是進水了嗎？怎麼會寫出這種矯情做作的句子？怎麼會……相信這種鬼話呢？

她揉了揉太陽穴，轉頭看向徐娜蓁，「妳還記不記得自己以前喜歡畫漫畫？」田在歆分明記得之前問徐娜蓁有沒有喜歡做的事情時，她說的全和秦海鳴有關，自始至終都沒提到「漫畫」這兩個字。

徐娜蓁反常地陷入沉默，過了好一陣子才點頭，「記得。」

田在歆大爲意外地睜圓眼睛，「那會不會……妳還逗留在人世的原因，就是跟這個有關？」

「我不知道。」徐娜蓁的嗓音透著無措，「其實舅舅之前就曾提過，我的夢想是成爲一位能用漫畫拯救世界的偉大漫畫家。可是我已經很久不畫畫了啊！要不是聽他提起，我都快忘了還有這件事，怎麼可能因此投不了胎？」

「拯救世界？」田在歆不合時宜地笑出聲。原來有中二病的不只她一人。

被她這麼一笑，徐娜蓁瞬間窘迫了起來，「妳不要不相信！眞的會有人因爲一首歌或是一幅畫而放棄自殺的念頭！」

就像當初她最無助、最絕望的時候，就是聽到秦海鳴的〈晚安安娜〉才又重新鼓起勇氣面對人生。

田在歆收起笑意，鄭重而認眞地頷首，「我相信。」

她相信漫畫可以拯救世界，至少可以拯救某個人的世界，只是老天爺沒有給徐娜蓁這個機會。

十年的期限到了，她們都沒能完成對彼此的承諾。

「爸爸你來看一下，收音機是不是又故障了？」

正在撒胡椒鹽的田在歆聽到她媽媽的呼喊聲，放下調味罐走上前查看，「好像眞的沒有聲音……不過你們最近不是都沒在聽廣播了嗎？怎麼又把這台拿出來了？」

「今天突然想聽了……」田母支吾著，眼神有些飄忽，好像在掩飾著什麼。

田在歆一眼就看出她媽媽的不對勁，但既然她有心瞞她，她也不打算點破。

剛醃好雞肉的田父摘下手套走了過來，拿起收音機研究著。

一旁的田母瞄了眼牆上的時鐘，催促道：「你快一點，不然就來不及了！」

來不及什麼？田在歆還沒來得及問，便見田父用力拍打了幾下機身，廣播聲終於又從那台老舊的收音機緩緩送出：「各位聽眾朋友晚安，歡迎回到《溫暖之音》，我是你們永遠的朋友阿正。接下來進行到觀眾點播的部分，今天點播的兩首歌曲都跟『勇氣』有關，首先聽到的第一首歌曲，來自台中的小靜要送給她的女友玫玫……」

楊丞琳清澈甜美的歌聲從收音機流淌而出，田在歆笑著搖搖頭，又回去繼續先前的工作，「這節目都做了多少年了，竟然還存活著，也是了不起。」

「嗯……是呀。」不知道是不是錯覺，田在歆總覺得自己從她媽媽的聲音裡聽出了一絲緊張。

可她沒有追問，安靜地聽著音樂工作。一首〈想幸福的人〉播完，接著是一小段廣告，當主持人阿正的聲音再度響起時，雞排攤前又聚集了一小群客潮。

「下面這首歌，是來自桃園的美華要送給二女兒的歌。」

原本正在剪雞排的田在歆愣住了，鬼使神差地轉頭朝她媽媽看去。

田母低頭專心地摘著四季豆的硬梗，彷彿什麼都沒聽到。

「她想要告訴女兒，爸爸媽媽一直不干涉妳的選擇，是因爲知道妳不管做什麼都能做得很好。雖然從來沒跟妳說過，但是每次看妳演戲都讓我們覺得很驕傲，所以不要不相信自己。如果眞的累了，也沒關係，回家吧，爸爸媽媽還是養得起妳的。一起來聽這首歌，蕭煌奇的〈逆風飛翔〉。」

吉他伴奏響起時，田在歆的眼淚也隨之奪眶而出。

不夠聰明　你說你　注定失敗很徹底
很努力　總是得不到肯定
不夠幸運　你說你　注定飛不上天際
就快要　失去繼續的力氣
親愛的寶貝　有我陪著你　鼓起勇氣　拋開傷心
因為青春　就該好好闖一闖
要飛翔　要尋找真理想

「小姐妳還好嗎？」櫃台前的客人看到滿臉淚水的田在歆，微愕地詢問。

「沒事，胡椒鹽噴進眼睛了。」她吸著鼻子搖搖頭，將打包好的雞排遞過去，「一共九十五元。」

不要害怕失敗會受傷　努力啊乘著夢想往前　別說累
總有人在你身旁　為你加油啊
逆著風也要飛翔　很辛苦也要堅強
帶著夢想去飛翔　努力啊乘著夢想往前　別怕累

總有人在你身旁 為你祝福啊
逆著風也要盼望 很受傷也要勇敢飛翔

（〈逆風飛翔〉作詞：賴鈺婷 作曲：蕭煌奇）

她很少有這種時刻，眼淚怎麼止都止不住，像故障的水龍頭般不停往下落，一滴一滴暈溼了桌上的紙袋。

她終於還是撐不住了，匆匆和客人說了聲抱歉後，蹲下身使勁用衣袖抹著鼻涕和眼淚。

忽地一包衛生紙出現在眼前，她抬頭一看，田母微微別開視線，表情有些不自在。

「快點把眼淚擦一擦，噁心死了。」

於是她的眼淚又更加氾濫了，「妳眞的很三八欸，美華！」

田在歆一邊用冰湯匙敷著紅腫的眼睛，一邊讀著Vicky給她的演員工作坊徵選資料。明明早該把它丟到垃圾桶的，她不知道自己爲什麼鬼使神差地就一起帶回桃園了。

「去吧去吧。」徐娜蓁的目光越過她的肩膀看向文件，「又不用繳學費就能跟好萊塢的名導演學習，幹麼不去？」

田在歆輕輕搖頭，「沒有妳想得那麼簡單，這個工作坊爲期半年，一旦去了美國，等於現在生活上的很多事都得停擺。再說了，參加工作坊並不代表就有演出機會，如果在那裡待了那麼長的時間，最後卻是一場空呢？更何況這個工作坊是要經過甄選的，優秀的演員這麼多，我覺得自己的機會……實在很渺茫。」

「再渺茫也總比我的機會還大吧！」徐娜蓁恨鐵不成鋼地咬牙道：「要是等到妳死了，就像我一樣，什麼機會都沒有了！我一個女鬼要怎麼成為偉大的漫畫家？參加鬼畫符大賽嗎？」

雖然說到最後變成了搞笑風格，卻很貼切。田在歆琢磨著她的話，是啊，等到死了，連失敗的機會都沒有了。

她正想著，忽地聽見田母在房間門外輕喊：「妹妹，在忙嗎？」

「沒有。」她放下湯匙起身開門，門口處她媽媽抱著一疊衣服站在那裡。

「外面在下雨，我就把妳晾在陽台的衣服都收進來了。」

「謝謝。」田在歆趕緊接過衣服，放在床鋪上。

然後氣氛陷入一片尷尬的沉默。他們家從來都不是走「愛要說出口」風格的，今天晚上她媽媽玩了點播歌曲那一齣，她雖然很感動，卻也一時之間不曉得該如何面對這突如其來的示好。

最後是田母先開口打破沉默，「妳剛剛在講電話啊？」

田在歆想了想，她媽媽都這把年紀了，還是不要告訴她其實自己是在跟一隻女鬼對話好了，於是點頭道：「對啊，工作上的電話。」

「那我有打斷妳嗎？」

「沒有，剛好講完了。」

話題結束，又是一陣靜默。田在歆搔了搔頭，終於還是問出口：「……妳是怎麼知道的？」

田母輕嘆一口氣，「妳這孩子從來都報喜不報憂，突然跑回家，又說了那些喪氣的話，肯定是在外面受委屈了。妳做經紀人這麼多年，什麼樣的難關沒遇過，也沒看妳這麼沮喪，所以只可能是跟演戲有關了。」

田在歆搖頭笑笑，原來最了解她的還是她媽媽。

田母的目光無意間掃到田在歆放在書桌上的工作坊檔案，「妳想去美國？」

田在歆有些此地無銀三百兩地將那份文件塞回包包裡，「沒有，剛好主管拿給我，我就隨便看看。」

田母靜默片刻，突然轉身走出房間，「妳等我一下。」

再回來時，她手中拿著一本磚紅色封面的厚冊子，看起來像是相簿，又像集郵冊。冊子的邊緣有些磨損起毛，明顯有段歷史了，但田在歆完全沒印象自己見過這東西。

見田在歆投來困惑的眼神，田母有幾分難爲情地輕咳了一聲，將冊子塞進她手中，「妳自己看就知道了。」

田在歆好奇地翻開手中的冊子，當她看到第一頁的內容時，不禁怔了怔。

那是她參演人生中第一齣舞台劇的節目單，不僅如此，還浮貼了當時的演出票根，旁邊則貼著幾張演完後和朋友以及家人的合影。照片中的她抱著鮮花，笑得純粹而燦爛。

她都忘了自己也曾經這麼笑過。

照片旁的空白處清楚地載明劇名、演出時間，還有當時田在歆飾演的角色名稱。那是她媽媽的字跡。

田在歆的手指緩緩撫上有些凹凸不平的紙面，彷彿被這幾行字拉進了時光的隧道裡。她繼續往後翻著，裡面全是和她演出相關的剪報，大大小小的、或售票或免費的演出都按照時間被好好地整理著，旁邊也一樣有著手寫說明。田在歆自認連她這個當事人都未必能這般珍惜這些經歷，這才忽然清晰地意識到，以往每當她有演出時，她爸媽嘴上雖然總說著生意忙走不開，但最後一定會到場看她演戲。

那時她一直以爲他們這麼做是出於長年放養她的愧疚，可現在看來，並不是這樣的。

「本來想等妳結婚時，給妳未來的老公看的……」出母語氣彆扭地解釋：「不過還是覺得現在就給妳比較好。」

田在歆撓了撓發酸的鼻頭，她知道她媽媽給她看這本冊子的用意，但再看到後面的內容時，她又感到迷茫了。

舞台劇演出的最後一份紀錄停留在她的大學畢業公演。在那之後，開始記載了她成爲經紀人後的戰績：她帶的男歌手拿下金歌獎歌王的報導、她旗下的歌手組合「攻蛋」成功的演唱會相關新聞……

注視著這些剪報，田在歆才發覺自己雖是誤打誤撞走上經紀人這條路，卻也在不知不覺中留下如此多的足跡。她幾乎能從這些沒有溫度的文字中重溫當時的激動與成就感，感受到在那些當下因欣喜而加速搏動的心跳。

「妹妹，妳眞的不想再當經紀人了嗎？」望著田在歆糾結的神情，田母輕嘆一聲，「媽媽知道，妳說想回來家裡賣雞排只是一時的喪氣話，依妳的個性，不可能在這裡待得下去的。不管妳是想當經紀人也好，想去演戲也罷，我們都尊重妳的決定，但妳要自己想清楚，什麼才是妳眞正想做的。」

田在歆垂下眼眸，抿了抿唇。她一直只把經紀人當作一項謀生的工作，所以也沒想太多，不，準確來說是故意不去想太多。

她故意無視了從這份工作中得到的成就感與快樂，下意識告訴自己，她是爲了賺錢才迫不得已做這份工作。總有一天、總有一天她還是會成爲一位優秀的演員，這是她一直以來的目標，是她生存的意義，她現在只是在將就自己。

她從不正視自己到底喜不喜歡這個工作，彷彿一旦承認了，就是甘於平淡，就是拋棄夢想、屈服於現實。說到底，其實也只是爲了讓自己的心裡好受一點。

但她眞的有比較好受嗎？

第九章

「不好意思，我們已經打烊嘍。」田在歆正彎腰刷著櫃台上的油漬，忽地感覺到前方光源被一道人影遮蓋，她的頭抬也沒抬地提醒著。

「我知道。」說話的是個男人，似乎是戴著口罩，聲音聽起來不太眞切。

你知道還來！田在歆在心裡碎念著，丟下菜瓜布直起身，「請問有什麼需要……」

她的話在對上那雙充滿笑意的熟悉黑眸後驀地止住，「你怎麼會到這裡來？」

「想妳了。」簡簡單單的三個字，讓防備不及的田在歆不小心被自己的口水嗆到。

她撫著胸口，滿臉通紅地瞪了他一眼，「……你是怎麼收買Alice的？你人都到這裡了，她居然連通電話都沒打給我。」

秦海鳴有些心虛地摸摸後腦勺，「她應該還不曉得吧……」對上田在歆警告的眼神後，他趕緊補充：「我等等就跟她說！」

這麼三番兩次被忽悠，田在歆似乎已能預見這位新助理受不了地遞出辭呈的日子到來了……她輕嘆一聲，「明早一定要回去，距離畢業公演也沒剩多少日子了，要是再缺席整排，你的同學會殺了你的。」

秦海鳴連忙拍胸脯保證：「明天早上一定會回去！」

「妹妹，這位是……？」田母注意到田在歆一直在和一位高個子男人說話，湊過來一邊問著，一邊用八卦的目光打量秦海鳴。

田在歆還在猶豫該怎麼介紹秦海鳴，他就先客氣地微微欠身打了個招呼：「阿姨好，我是秦海鳴，是小歆姊旗下的歌手。」

田在歆頗感意外地看了秦海鳴一眼，還以為他會坦白一切，準備「見家長」呢……不過這的確是比較恰當的作法。老實說，她也還沒想好要怎麼解釋他們如今的關係，雖說總算是正視彼此的心意了，但畢竟秦海鳴是公眾人物，牽一髮而動全身，要將這份感情放到台面上，遠遠沒有想像中容易。

更何況她還是他的經紀人，他的事業發展和他本身在她眼中同等重要，她必須為他考慮得更多。如今她已不再逃避，而是為了保護這份心意才謹慎處理。

為此，秦海鳴總抱怨自己像個見不得光的小三，他的演藝事業才是正宮。可抱怨歸抱怨，現在看來，在台面上他們還是有共識的。

田在歆見一向有記名字障礙的田母一臉茫然，覺得她媽媽也沒本事把秦海鳴的私人行程曝光出去，便誠實道：「就是《唯一神曲》的那一個。」

《唯一神曲》這個節目儼然是今年度的最熱門話題，紅到連田母這種只愛看韓劇、八點檔的大媽都看過幾集。

田母頓時驚呼：「我知道你，你唱歌很好聽，對面那家賣包子的小女兒很喜歡你。哎呀，要是她曉得你在這裡，肯定會很高興的。」

「媽，他的行程妳千萬要保密，不然會很麻煩的。」

「我懂。」田母點頭，「我都當經紀人的媽多少年了，會連這點常識也沒有嗎？」那句「經紀人的媽」從她嘴裡說出來時，帶著點或許連她本人都沒有察覺的自豪，田在歆心裡不由得泛起一股淡淡的暖意。

「謝謝阿姨。」秦海鳴乖巧地答謝完，又接著開口：「請問可以在阿姨家打擾一晚嗎？時間已經很晚了，我實在找不到其他地方住。」

聞言，田在歆忍不住在一旁瞪眼，「秦海鳴先生，這種事你略過我，直接問我媽是什麼意思？……而且我家也沒有空房間。」拜託他千萬別腦袋抽風，說要跟她睡同一間！

秦海鳴可憐兮兮地垂下頭，「因爲我曉得問小歆姊一定會被拒絕……」

哪個中年大媽有辦法拒絕這麼一個帥氣小伙子的懇求？尤其他還是個大明星。田母笑著點點頭，「這有什麼難的？讓妳弟弟跟我和妳爸睡一間，把他的房間借給海鳴就行了。海鳴是妳的藝人，我們當然要多照顧人家。」

田在歆無暇深究她媽怎麼這麼快就自來熟到直呼「海鳴」，想到她那個八卦的大姊可能會帶來的麻煩，哀求似地對秦海鳴道：「我弟的房間很小，你還是去睡酒店比較舒服。」

「睡酒店多貴啊！」田母不贊同地說：「一個晚上而已，擠一下沒關係。」

那是妳不清楚他家多有錢！田在歆在心裡翻了個大白眼，正想再找別的理由拒絕時，便聽秦海鳴搶先開口：「謝謝阿姨！」

說完，他示威般地將視線重新投回田在歆身上，笑眼彎彎的像隻狐狸。

最後秦海鳴並沒有獨占田在歆弟弟田智輝的房間，而是和他一起睡，理由是畢竟田智輝也是個高三的大男孩了，和父母同睡一張床太過勉強，如果田智輝不介意的話，兩個人擠總比三個人來得自在。

一個人一生中能有幾次機會可以和同學口中三天兩頭就會談論到的大明星同床共枕？對此，田智輝當然不介意了。

「鳴哥。」田智輝躺在床上，盯著天花板猶豫了片刻，終於還是問出口：「你是不是喜歡我二姊啊？」

「這麼明顯嗎？」既然他都直接開口問了，秦海鳴也爽快承認：「不過還沒正名，革命尚未成功，同志仍須努力。」

「我姊又沒范思琳漂亮。」

范思琳是最近很火紅的新生代宅男女神，常常在媒體採訪時有意無意提起自己的理想型就是秦海鳴這款的，因此記者偶爾會將他們擺在一塊談論。不過秦海鳴從來沒有針對這點做出過回應，因此更像是范思琳單方面的一頭熱，稱不上緋聞。

「你姊哪裡都比范思琳漂亮。」秦海鳴想也不想地回答，彷彿這是個根本不需要討論的問題。

「睜眼說瞎話成這樣，我相信你是真的喜歡我姊了。」田智輝被他如此篤定的語氣激出一身雞皮疙瘩，「……不過，我也覺得我姊比較好，不是因為她是我姊姊才這樣說的。」

秦海鳴微微揚起嘴角，「看來我們的眼光一樣好。」

「其實我一直很崇拜二姊，我覺得她跟我們都不一樣。」田智輝頓了頓，努力尋找適當的措辭，「我不知道該怎麼說……二姊就像是個有翅膀的人，她總有一天會飛去很高很遠的地方。」

秦海鳴盯著微微泛黃的天花板沉默了許久，久到田智輝以為他已經睡著，準備關燈時，才聽見他嘆息般地輕聲低喃：「我一定會讓她飛的。」

「啊啊啊啊啊——」

正準備上床睡覺的田在歆聽到從她姊房裡傳來的尖叫聲後，立刻穿上拖鞋衝出房間。

「田家怡妳沒事吧？」她站在田家怡的房門外試圖開門，卻發現門是上鎖的，於是焦急地拍著門板，「到底怎麼了？」

過了片刻門才被緩緩打開，田家怡瞪著田在歆，一張臉臭到不行，「我才想問妳怎麼了，大半夜來敲門有病嗎？」

田在歆微愣，「妳剛剛不是尖叫了嗎？」

「是妳幻聽吧。」田家怡翻了個白眼，「都是妳啦，害我忘記漫畫看到哪一頁了。」

田在歆透過半敞的門往裡頭看去，見到跪坐在田家怡床上，瞪著某一頁漫畫出神的徐娜蓁後，才總算明白過來。

難怪尖叫聲響起後，都沒有其他人出來關心，原來只有她聽得到。

不管怎樣，還好是虛驚一場。田在歆舒了一口氣，望向床上成堆的漫畫問：「都這麼晚了妳還在看漫畫?白天不是看一整天了嗎?」

「漫畫就是要熬夜看才爽。」田家怡有些敷衍地擺擺手,「說了妳也不懂。」

「我回來這幾天讓妳休息不用去店裡,妳怎麼都不做點別的事,整天宅在家裡?」

「我每天累得像隻狗一樣,難得可以休假耍廢,妳還想要我做什麼『有意義』的事?」田家怡語氣尖酸,臉上卻帶了點惱羞成怒。

她原本也只是隨口問問,誰知道田家怡的反應竟然會這麼大,於是田在歆的火氣也上來了,「妳愛幹麼就幹麼,又不關我的事。」

田在歆朝裡頭聞聲望過來的徐娜蓁投出個惡狠狠的眼神示意她出來後,轉身就要離開。

「等等!」田家怡在背後喊住她。

田在歆回過身,沒好氣地問:「幹麼?」

田家怡畢竟才剛凶完她,面子拉不下來,但實在又按捺不住好奇心,臉上的表情複雜得很精采,「那個……秦海鳴為什麼特地跑來這裡找妳啊?」

她說話時視線還不斷往田智輝房間的方向望去,田在歆覺得她能忍到現在才問也是挺了不起的。

「沒爲什麼。妳千萬別亂拍照上傳知道嗎?」自家老姊沒經大腦做出的蠢事可多了,田在歆實在對她沒太大信心,趕緊警告。

「我知道啦。」田家怡沒好氣地應了一聲,仍不放棄地追問:「他是不是對妳有意思？」

田在歆被她這敏銳的八卦嗅覺嚇得差點嗆到口水，可表面上還是裝得一派鎮定，「妳漫畫看太多了。」

田家怡一眼就瞧出自己妹妹的不對勁，她雙手抱胸靠在門板上，瞇著眼睛審問道：「秦海鳴去敲妳房門了沒？」

田在歆這次是真的嗆到了，她撫著胸口惱怒地瞪向她姊，「他幹麼敲我房門？」

「不然他專程跑來我們家就只是爲了和田智輝擠那張小床？妳當他白痴嗎？」田家怡一臉恨鐵不成鋼，「夜黑風高、乾柴烈火，不發生點什麼，也太對不起他這麼言小男主的設定了吧。」

田在歆早就是成年人了，田家怡說的是什麼她當然聽得懂。以前只把秦海鳴當作小孩子，聽到這種話可以輕鬆地一笑置之，可是現在……

「懶得理妳。」田在歆扔下這句話後，逃難似地快步走回房間。

回到自己房裡關上門後，田在歆背靠在門板上重重地吐了口氣。她姊腦袋裡裝的都是些什麼啊！她愈想愈覺羞窘，忽地聽見徐娜蓁的聲音幽幽地從一旁傳來：「針對妳姊說的那一點，我也覺得海鳴哥哥實在是不夠男人。」

田在歆白了她一眼，「妳還敢說！妳在我姊房裡亂叫什麼啊？我還以爲這種時候妳應該在我弟的房間對著秦海鳴發花痴。」

徐娜蓁故作老成地嘆了口氣，「本來是啊，我一直想等海鳴哥哥洗澡時，跟去浴室『保養眼球』，誰知道他跟妳弟聊了半天就是不去洗。妳姊最近在看的那部漫畫我看到正精彩的地方，要是沒跟上，後面的劇情就看不懂了。爲了連貫劇情而放棄美色，這就是所謂的長大吧。」

聞言，田在歆再度翻了個白眼。

度過了枯燥無趣的頭兩天，接下來的日子徐娜蓁終於找到了打發時間的好方法，那就是和田家怡一起看漫畫。

田家怡永遠不會知道，當她看漫畫看得正起勁時，有一隻女鬼也在她背後看得津津有味……田在歆覺得她姊還是永遠都不要知道眞相的好。

「妳還沒告訴我，那時妳突然尖叫是爲了什麼？」田在歆拉回正題。

說到這個，徐娜蓁的表情也肅穆了起來，「小歆姊姊……我好像知道能投胎轉世的方法了。」

田在歆緩緩站直身體，「怎麼回事？妳仔細跟我解釋。」

「我剛才看到漫畫上的廣告，忽然就記起來了。」徐娜蓁不自覺抓緊裙襬，「我以前一直想參加一個漫畫比賽，我想這有可能是我留在人間的最後心願。」

「漫畫比賽？可是妳現在這個樣子怎麼有辦法參加？」田在歆說到這裡，像是想到了什麼，望著她遲疑地啓唇：「如果是……」

「附身。」她們同時說出了那看似荒謬，卻是目前唯一的辦法。

「這可行嗎？」田在歆搔了搔後頸，「我完全沒有畫畫基礎啊。」

「如果我進到妳的身體裡作畫，用意識控制妳身體的是我，妳不會畫畫也沒有關係。難是難在能不能控制附身的次數和時間，之前我都是碰運氣才能附上的，不過這些也還好說……」徐娜蓁的視線移向放在田在歆書桌上的簡章，長嘆了一聲，「重點是，漫畫比賽的截稿日和妳飛去美國的時間很接近，妳如果要準備徵選，是不可能有時間幫我的。」

田在歆擰眉苦思，「難道就沒有其他辦法了嗎……」

「小歆姊。」清脆的敲門聲倏地響起，秦海鳴的聲音隔著一扇門傳來，打斷了她的思緒，「妳睡了嗎？」

他的語氣裡帶著幾分緊張、幾分小心翼翼，田在歆和徐娜蓁兩人不約而同地對看了一眼。

徐娜蓁哀號一聲，摀上了眼睛，「這世界對我真殘忍。」

田在歆乾咳幾聲，整理了下頭髮後，打開房門，「……有什麼事嗎？」

秦海鳴看著她，臉色微紅，「我肚子餓了。」

田在歆坐在便利商店用餐區，托著下巴等待泡麵泡好。瞅著玻璃窗因外頭漆黑的夜色而清楚倒映出的自己的身影，她不禁搖頭笑笑。

她也老大不小了，怎麼還會有那種荒謬的綺想？

一旁的秦海鳴完全沒有發現她心裡的彎彎繞繞，像隻等待餵食的柴犬期待地緊盯著泡麵的蓋子。

「泡好了吧？可以吃了吧？」他呑了口口水，伸手就要去掀開蓋子，一雙竹筷不輕不重地打在他手背上。

「才過一分鐘而已。」田在歆懶懶地說。

秦海鳴規矩地縮回手，摸了摸有些發紅的手背，「這種感覺眞好。」

田在歆哭笑不得地斜睨了他一眼，「你是被虐狂？」

他輕輕搖頭，盯著泡麵上僅供參考的展示照片，嗓音輕柔道：「我是說，能這樣和妳一起在這裡等泡麵泡好，眞好。」

田在歆垂下眼眸，微微彎起了嘴角，「所以你就是爲了等這碗泡麵，才專程從台北下來的？」

「因爲想見妳，所以就來了。」秦海鳴頓了頓，「我怕再不多看看妳，會記不住妳的樣子。」

田在歆翻了個大白眼，「你最好再誇張一點！才幾天沒見就會忘記我的樣子，是少年失智嗎？」

秦海鳴搔搔頭，沒心沒肺地笑道：「反正又不是從台北到月球，坐高鐵到這裡來根本不用半個小時。」

「也是。」田在歆點頭，心中忽然升起幾分悵然。

台北到桃園的確不遠，那麼台北到美國呢？

「可以吃了吧？再泡下去，麵都要爛了。」

秦海鳴的聲音將她從思緒裡拉了出來，她低應一聲，替他揭開泡麵蓋子，「吃吧。」

泡麵的熱氣蒸騰而上，氤氳的水氣彷彿鑽進了他的眼底，將他的黑眸染上一層朦朧霧氣。

她望著專心將麵條吹涼的秦海鳴，心中的惆悵愈擴愈大，漲得她的心開始發疼。

如果沒有了那些她一直掛在嘴上的束縛，她想去美國給自己一次放手一搏的機會嗎？

她想，她當然想。

可那也意味著她將離開他，離開這個只是和她一起吃一碗泡麵就心滿意足的青年。

他是一顆會自體發光的星星，就算她不再當他的經紀人，她相信他依然會繼續閃亮，可到了那個時候，陪在他身邊、和他一起創造輝煌的人將不再是她。

當他寫完一首自己很滿意的歌，興高采烈地想找人分享時，她不在；當他被投資方欺負，像隻羔羊孤立無援時，她不在；當她迷失自己，想要有人和她說點什麼時，他不在；當她遍體鱗傷，需要一個溫暖的擁抱撫平傷口時，他不在。

更遑論，她已經喜歡上他了。

她這趟去美國，就是得下定無論如何都要在那裡做出點成績的決心，短時間內是不可能回來的，畢竟她已經為此放棄了太多東西。雖說現在科技發達，視訊通話、聊天軟體照樣能讓兩人維持聯絡，但總歸還是不同的。

就算她想和現在一樣，只是單純地和他坐在一起吃泡麵，也很難辦到了。

想到這裡，她開始弄不清自己到底還想不想去美國了。這碗泡麵太暖，暖得她不由自主地留戀這溫度，害怕以後再也感受不到這平淡卻紮實的幸福。

「我會想妳的。」在她思緒紛亂之際，秦海鳴忽然沒頭沒尾地冒出這句。

田在歆愣了愣，有那麼一瞬間以爲他洞悉了她的糾結，但隨後又看到他露出了他慣有的傻氣笑容，「明天分開後，又有好幾天見不到小歆姊了，妳什麼時候才要銷假回來？」

「老娘自從帶了你這個燙手山芋後，沒日沒夜地操心爆肝，白頭髮都長出好幾根了，我就休了這麼兩個星期，你也要我銷假？還有沒有人性！」她忿忿地咬了咬牙。

秦海鳴倏地放下筷子，傾身靠近她。他靠得很近很近，澄淨的黑瞳裡滿滿都是她的倒影。

「你突然湊過來幹麼？」田在歆反射性向後縮了縮，他眼中的溫柔讓她有些害怕，害怕只要他一開口叫她不要走，她就會什麼也不想管地留下來。

「我要看妳是不是眞的長白頭髮了啊。」

她一怔，隨即搖頭失笑，「還眞是不能對你抱有太大的期待。」

他垂下眼眸，也勾了勾唇角，但此刻的笑容不知怎地給人的感覺有些勉強，「其實我現在很想親妳，但是我忍住了，因爲這裡是公眾場所，要是被人看到會很麻煩，我不想給妳添麻煩。妳放心，我會照顧好自己的，知道什麼該做，什麼不該做，就像現在這樣。所以妳好好休息吧，妳要是過得快樂，那我也會快樂，不用擔心我。不過《唯一神曲》總決賽的錄影妳可以來看嗎？我有些話想在那時跟妳說。」

什麼話不能現在說就好？田在歆雖然納悶，可是見他態度堅決，終究還是沒有問出口，「那麼重要的錄影我怎麼可能放著不管？放心吧，我一定會去的，在那之前你要好好排戲、好好工作，Alice那邊我都交代好了，有什麼事隨時打給我，我們北京見。」

秦海鳴望著她，緩緩地、鄭重地點了點頭，「嗯，我們北京見。」

「Vicky姊，我不是很懂妳的意思……交接？我為什麼要跟阿傑交接？」田在歆握著手機，聲音有些發顫。

電話那頭的Vicky似乎輕嘆了一聲，「小歆，我再說一次，從下個月開始妳就不是秦海鳴的經紀人了，希望妳在離開這個工作崗位前，盡快和接手他的阿傑完成交接。」

田在歆咬著下唇，做了幾次深呼吸後，才鼓起勇氣問：「我想知道我哪裡做得不好。是因為我休了長假嗎？還是……」還是秦海鳴和自己經紀人談戀愛的事，被公司知道了？

「小歆，妳沒有哪裡做得不好，相反的，妳帶秦海鳴的這段期間，公司對妳的表現非常滿意，關於這點，年終獎金不會虧待妳的。」

田在歆感到太過荒謬，忍不住輕笑出聲，「那為什麼還要把我換掉？」

Vicky沉默了幾秒，語帶憐憫地緩緩開口：「更換經紀人的要求是秦海鳴親自向公司提出的，至於詳細原因，我認為妳直接問他會比較清楚。」

《唯一神曲》總決賽的錄影現場早已被熱情的觀眾擠爆。這個風靡了兩岸三地，甚至在播出期間也受到國外媒體廣泛討論的本季度最火紅歌唱實境節目，終於要在今晚畫下句點了。

在今夜，綜合前幾期成績所分別誕生出的線上歌手前兩名與素人歌手前兩名將進行最後對戰。爲了防止冠亞軍皆由線上歌手奪下，讓節目失去素人與藝人切磋對抗的初衷，第一輪比賽會先採同組廝殺的模式，最後各勝出一位線上歌手與素人歌手進入最終對決爭奪冠軍。

而爲了總決賽的豐富度與完整度，比賽規則也不再是一貫的限時命題創作，而是在上一期比賽的最後就揭曉了總決賽的題目，讓選手們有時間提早做足準備。

第一輪比賽的題目很簡單也很困難，只有一個字——「愛」。

作爲目前排行成績最高與聲勢最旺的選手，秦海鳴的表演無疑是最受矚目的。在總決賽的題目公布之後，網民們都在猜測秦海鳴這次會以何種形式詮釋這個主題。「愛」是一個很廣義的詞，可以是友愛、情愛、熱愛、父愛母愛，甚至是對大自然的敬畏之愛。畢竟是總決賽，大家都認爲秦海鳴不會胡鬧到用「對食物的愛」來應戰，而眾人皆知他的感情史爲白紙一張，因此也不覺得他會以「愛情」爲題。

爲了製造驚喜感，在錄影之前選手們的參賽歌曲皆嚴格保密，所以秦海鳴登台演出的那一刻，觀眾們全都愣住了。

他居然寫了首關於愛情的歌。

而更讓他們跌破眼鏡的是，作爲節目裡冠軍呼聲最高的參賽者，秦海鳴竟然在第一輪比賽就輸了。

不是一、兩票之差的光榮輸法，而是差距顯著的，慘敗。

「要再喝點水嗎？」田在歆邊替秦海鳴整理西裝的領子，邊柔聲問道。

自從到了北京的攝影棚後，田在歆就腳不沾地四處奔波，悉心打點一切只爲了讓秦海鳴呈現最完美的演出。

她怕油膩的便當飯菜會傷害他的嗓子，就特地借電鍋親自燉煮清甜的魚湯；她曉得他有低血糖症狀，便整夜不敢闔眼地守在一旁，在他熬夜寫歌寫到渾然忘我時，適時地爲他送上宵夜點心。

而關於撤換經紀人這件事，在演出結束前，兩人很有默契地隻字未提，就像根本沒有這件事情的存在。田在歆知道他會給她一個答案，他自己也說過，在總決賽錄影這天他有話要跟她說，所以她等他。

「不要了，我怕等一下會想上廁所。」秦海鳴搖頭。

爲了方便田在歆替他整理衣領，他微微俯下身靠近她。她的氣息就噴灑在他的頸間，柔韌的手指不時擦過他的肌膚。秦海鳴繃緊身體，閉上眼做了個深呼吸，又再一個，最後他睜開眼，笑眼彎彎地看著她，「我今天好看嗎？」

他今晚穿上正裝，是隆重到彷彿要去走紅毯的那種正裝。一身修身橄欖綠西裝將他襯托得格外英氣挺拔，瀏海則向後梳起，露出光潔飽滿的額頭。

秦海鳴在演出時通常只專注於音樂本身，對於服裝造型沒有太大的意見，但今天這套衣服卻是他自己挑的。

服裝師一開始並不太贊同，因爲這組造型和他今晚演出的曲風完全沒有關聯，甚至還有點違和。田在歆曉得他少見的堅持定有用意存在，便和服裝師溝通，由他去了。

「很好看。」田在歆由衷地點頭稱讚，「不論歌喉，光是看顏值，我們也贏定了。」

爲了緩和比賽的緊張氣氛，一向嚴謹的田在歆難得說了玩笑話，然而秦海鳴卻沒有捧場。

望著他凝重的表情，田在歆放柔了神色，「不要想太多，當你決定要唱這首歌時，就已經不把輸贏當回事了，既然如此，盡情享受這舞台就好。」

彩排時秦海鳴不讓田在歆在場旁聽，他希望她和其他觀眾一樣，到錄影時才正式見到歌曲的全貌。雖然不曉得他葫蘆裡賣的是什麼藥，她還是聽從了他的意見，畢竟在音樂方面她不是專家，就算先一步聽到他比賽的曲目也幫不上太大的忙，她做好後勤支援便是。

儘管如此，從工作人員的討論中，她還是隱約得知秦海鳴這次選擇了一首並不討喜的曲子。

秦海鳴寫歌從來都不是爲了迎合社會潮流，他只做自己喜歡的音樂，說他想說的話，而田在歆也不打算改變這樣的他。

比賽到了這個環節，該達到的宣傳效果也都有了，老實說，有沒有得到冠軍並不重要。當然，能獲勝是最好的，報導起來也好聽，但她更希望他玩得開心。

只有這樣，表演才會純粹，秦海鳴最吸引人的地方就是這份純粹。

「我不是害怕輸掉比賽，我是捨不得。唱完這首歌後，就要畫下句點了。」他垂眸，睫毛輕顫。

「看不出你對這節目的感情這麼深。」田在歆莞爾，「想當初要你接下這個節目時，你還心不甘情不願的。」

他靜默著，沉澱著，過了片刻才緩緩抬眸，十分鄭重地凝視她，就像他的衣著一樣鄭重，「小歆姊，待會妳要好好聽我唱歌，每一句歌詞、每一段旋律都要聽清楚，我是唱給妳聽的。」

「掌聲有請秦海鳴帶來的——〈爲妳押韻〉。」

當主持人介紹完畢，場上燈光漸暗。當燈光再次亮起時，舞台上什麼布景都沒有，只有秦海鳴獨自一人站在舞台中央的黑色三角鋼琴旁邊。一盞聚光燈打在他身上，他的西裝外套上有亮粉裝飾，在燈光照射下折射出閃耀的光芒，像是被滿天繁星溫柔地擁抱著。

他是第一輪比賽裡最後一個登場的選手，和其他參賽者或直接將交響樂團搬上舞台，或結合中國戲曲、耍刀弄槍的表演相比，簡單到可謂簡陋。

儘管如此，舞台上的他仍舊俊秀到令人屏息。那是一種與生俱來的氣場，不需要依靠外物助長氣勢，他光是安靜地站在那裡，就是一幅述說著故事的美麗圖畫。

他朝台下觀眾深深一鞠躬後，緩緩走到鋼琴前坐下。他調整了下呼吸，下一刻指尖便在琴鍵上靈巧地跳動起來。

前奏是一段鋼琴獨奏，旋律俏皮靈動，卻絲毫不按牌理出牌，是如同孩童在惡作劇般的即興亂彈，你永遠猜不到下一個音符會是什麼，可聽起來卻是那樣舒適悅耳。

他彈鋼琴時微微瞇起眼睛，側著臉將耳朵貼近琴鍵，臉上掛著淺淺的微笑，讓人瞬間有種錯覺，他不是在比賽，只是在玩，全心全意地投入，玩著自己的音樂。

節奏漸漸緩了下來，轉變成柔和輕快的爵士曲風。他坐直身子，對準麥克風啓唇。

看看那片雲多麼俏皮　好想拍照傳送給妳
又怕把剛睡的妳吵醒　怎麼辦這忐忑心情
沉迷　妳總是皺起的眉頭
細細的眼睛
頭髮的香氣
想將這一切申請專利

如果情歌也算是告白　全世界我只為妳押韻
找不到詞彙來形容這　姍姍來遲的美麗
如果　我不是這麼的喜歡妳

我會為了自己
用盡我厚臉皮
乞求妳與我寸步不離

為妳押一個ㄢ 希望妳一路平安
早晚記得吃飯 睡覺前道聲晚安
為妳押一個ㄤ 寂寞時不要慌張
我會隔著海洋 抬頭陪妳看月亮
為妳押一個ㄧ 不想妳不太容易
我會試著努力 為妳照顧好自己
為妳寫一首詩
為妳唱一首歌
為妳留一顆心
記得回來招領

這是秦海鳴自《唯一神曲》開播以來，第一次演唱這麼低難度的歌曲。整首歌旋律簡單，沒有嘶吼也沒有飆高音，誰都能唱，但他卻選了這麼一首歌作爲總決賽的比賽歌曲。

沒有人理解他在想什麼，除了田在歆。

到了歌曲的最後，連唯一的鋼琴伴奏都消失了，只剩下他乾淨柔軟的嗓音，輕輕地、重複地哼唱副歌的旋律。

整首歌是難得出現在他作品中的小清新風格，像是水果軟糖一樣，一點點酸、很多的甜，清新的果香被糖粉包裹著，藏住裡頭的苦澀。

是的，苦澀。

在場的觀眾都認爲這是一首充滿粉紅泡泡的可愛情歌，只有田在歆一人聽得淚流滿面。

她抬手揉著自己的胸口，如果不這麼做的話，裡頭那一團壓抑的、飽漲的鬱氣可能會讓她無法呼吸。

最後那一段哼唱明明是輕快俏皮的旋律，可每個音符在她聽來都是那樣的悲傷。

沒有歌詞，不是因爲偷懶，不是爲了效果，而是他已經沒有辦法再說些什麼了。

就像他們才剛剛萌芽就要面臨分離的愛情，沒有辦法，再說些什麼了。

「明明是我輸了比賽，我都沒哭了，妳哭什麼啊？」飯店房間裡，秦海鳴從小冰箱拿出一罐可樂，塞到田在歆手中，「敷一敷眼睛吧，待會還要去慶功宴。」

田在歆握著冰涼的可樂，抱怨地嘀咕：「也不知道是誰害的……」

秦海鳴在她身側坐下，布製的沙發頓時陷下一小塊。他瞅著拚命眨眼，想把眼淚壓回去的田在歆，鬼使神差地伸出手，揉了揉她柔軟的頭髮。

「死小孩，你現在是在摸誰的頭？」田在歆不滿地仰頭看他，一雙眼睛還紅紅的，像隻委屈的小狗。

秦海鳴不但沒收回手，還像逗弄小狗似地拍了兩下，「乖。」

「你找死嗎？」儘管滿臉的眼淚鼻涕，田在歆仍舊沒忘記教訓這個沒大沒小的小鬼頭。

秦海鳴緩緩垂下手，神情黯淡了幾分，「以後就連要被妳這樣罵，也沒有機會了。」

田在歆靜默了片刻後，用乾啞的聲音開口問道：「你爲什麼要替我做決定？」

「我說過了，我的夢想之一就是看妳重新演戲。」他擠出一個笑容，看起來卻有些勉強，「妳看，我也是有在努力實踐夢想的。」

「你問過我的意見了嗎？爲什麼連說都沒說一聲，就直接跟公司說要換經紀人？說不定我……」說不定我會因爲捨不得你，就不走了啊……最後那句話田在歆終究沒有說出口。

但秦海鳴知道她要說什麼，他望著她，溫柔地望著她，眼神了然，「小歆姊，承認吧，妳其實很需要我替妳下這個決定。」

「我……」

「讓我先說，好嗎？」他雙手握著她的肩膀，微微俯下身與她平視，「妳問我眞的想讓妳去美國嗎？當然不想，我恨不得拿根繩子把我們綁在一起，二十四小時都不分開。我害怕再也看不見妳，可是我更怕以後妳會埋怨我。這是一個很艱難的決定，我不想妳爲此煎熬，所以讓我來當這個壞人。妳希望我能愈來愈好，同樣的，我也是，因此我不能自私地折斷妳的翅膀，把妳留在我身邊。我再也不想看到只能遺憾感嘆命運的小歆姊了，這麼好的機會就在眼前，妳應該抓住它。」

「但要是我根本沒有翅膀呢？」田在歆看著他的眼睛，將無助的情緒赤裸裸地展現在他面前，「海鳴，我好怕，要是我放棄一切到那裡去，回來時卻一無所有呢？」

秦海鳴用指腹輕柔地擦去她的眼淚，「怎麼會一無所有？不是……還有我嗎？我等妳風風光光地回來，然後再也不用遮掩，再也不用顧忌大眾的目光，我會很驕傲地告訴他們，這個優秀的女人，是我喜歡的女人。」

田在歆沒再猶豫，扔下手中的可樂罐，抬臂摟住秦海鳴的脖子，深深地吻住他。

他用力地抱緊她，像是拚命抓住最後一點空氣般，急切地回吻她，彷彿要用這個吻記住彼此的溫度、味道和心跳。

淚水的鹹味落到舌尖，是她的，也是他的。

❤

距離《唯一神曲》圓滿收官已近兩個星期了，不過網路上的討論熱度仍舊不減，主因皆是秦海鳴。

秦海鳴在總決賽的表現雖然和很多人的期望有所落差，那首〈為妳押韻〉卻已成為近來風靡大街小巷的洗腦神曲。儘管由於編曲過於簡單而讓他失去奪冠機會，可也正是因爲這首歌曲相當平易近人、琅琅上口，才終於讓歌迷有機會傳唱，畢竟他之前的作品藝術性都太高，只可膜拜不可模仿。

而另外，先前說過自己沒有戀愛經驗的秦海鳴，這次卻創作出了一首如此甜膩的情歌，讓大眾不禁懷疑這位樂壇小霸王是不是談戀愛了。不僅迷妹們玻璃心碎滿地，媒體也樂此不疲地翻著舊報導，試圖從曾和秦海鳴有過接觸的女藝人中找出蛛絲馬跡。

然而，面對採訪一向想到什麼就說什麼的秦海鳴這次難得閉緊了嘴巴，堅決不透露女方身分，令大家對於這位神祕兮兮的「王的女人」又更加好奇，一時之間「秦海鳴女友」、「秦海鳴理想型」、「誰是〈爲妳押韻〉的『妳』」成了排名高居不下的網站熱搜。

與此同時，演藝圈還有另一件大事發生。一向形象良好的大導演莫晟竟被查出利用公益活動的名義逃漏稅，儘管莫晟本人堅稱這是惡意抹黑，將會請律師提告，抗戰到底，但檢方證據確鑿，他再多說什麼也只是自掌嘴巴。

對比他先前塑造出的正面形象，網友們氣到不行，堅決抵制莫晟的所有作品。而在這痛打落水狗之際，又爆出了有小模曾被莫晟威脅潛規則的新聞，輿論頓時一面倒地譴責莫晟，過去和他有過合作的藝人見情況不妙，也趕緊跳出來撇清關係。

不過，這些演藝圈裡的紛紛擾擾都和現在的田在歆沒有關係了。

「不好意思瞞了大家這麼久，其實海鳴一直很想公開，是我怕影響他的事業，才要他隱瞞我們的戀情……」徐娜蓁邊念著秦海鳴粉絲後援會的粉專裡其中一名粉絲的留言，邊翻了個極致的白眼，「這位大嬸有事嗎？也不看看自己長什麼樣子，這種白日夢她也好意思作？小歆姊姊，快按『怒』！快幫我按『怒』啊！」

正盯著手上的東西若有所思的田在歆，側頭瞥了一眼手機螢幕中那位留言粉絲的大頭貼，「她如果是大嬸，那我是什麼？」

「歐巴桑。」

田在歆默了默，緩緩將手機拿了回來，並按上鎖屏鍵，「我要跟秦海鳴說妳移情別戀了。」

徐娜蓁立刻堆起諂媚的笑容，「當然是開玩笑的，您是女神！海鳴哥哥的謬思女神，就是我的女神！」

「我以為比起她們，妳會更討厭我。」

「經過這段時間的調適，我已經認命地轉當親媽粉了。」徐娜蓁清了清嗓子，故作老成地開口：「媳婦啊，叫聲『媽』來聽聽？」

「皮在癢是嗎？」田在歆瞇起眼睛，雙手環抱在胸前，「話說回來，說是親媽粉的人怎麼不去探秦海鳴的班，而是跑來這裡跟我一起見葉書騏？」

「海鳴哥哥明白我對他的愛，就算不去也沒關係，但見到野生葉影帝的機會錯過就沒有了！」

「我還以為妳這輩子只迷秦海鳴。」

徐娜蓁搖了搖食指，「海鳴哥哥是唯一的眞愛，不過嘛……後宮還是可以收的。」

「嘖，葉書騏的那張臉眞是造孽。」田在歆搖頭下了結論。

她的目光再次落到手中的喜帖，指尖輕輕撫過上面寫著新人名字的燙金字體。片刻後，她鄭重地將喜帖，以及那封伴隨著喜帖寄來的手寫信一起妥貼地放回信封裡。

如今的田在歆已不再是君皇娛樂的經紀人，交接完秦海鳴的經紀工作後，她也遞出了辭呈。

雖然Vicky表示可以讓她留職停薪，等她從美國回來後，再決定要不要繼續這份工作，但田在歆仍舊乾淨俐落地辭職了。

她想，只有破釜沉舟地將一切退路都斷去，她才能毫不回頭地往前走。

而就在幾天前，她到公司收拾自己座位上的個人物品時，負責收發信件的工讀生拿了這張喜帖給她。

喜帖中的男女主角她都認識，是她曾經帶過的雙人歌手組合。他們離開君皇娛樂前就已經是情侶，而過了這麼長的一段時間後，兩人終於修成正果。

這算是她到美國之前收到的最好的消息了。身爲他們曾經的經紀人，就算當時因爲沒能把他們留在君皇娛樂而受到公司處分，現在看到他們過得幸福，她比誰都開心。這種心情就像自己悉心灌溉的幼苗終於開出飽滿美麗的花朵，欣慰之餘又有著滿滿的成就感。

本以爲這只是一份制式的喜帖，沒想到信封裡還夾著一封信，字跡是新娘的。

Dear 小歆：

離開君皇已有好一段時間了，但依然經常想起妳。謝謝妳的知遇之恩，更加感謝妳最後理解並支持我們的決定。加入君皇、走上流行歌手這條路後，最讓我們感到慶幸的是遇見妳這個經紀人。妳知道我很少說煽情話，可我還是想告訴妳，妳是我們不後悔踏進演藝圈的重要原因之一。

如果沒有妳，我們不可能實現創立工作室的夢想，當然，也不會有攜手走上紅毯的這一天。謝謝妳一直包容我們的吵吵鬧鬧，在那些不能公開的日子裡，替我們保護著這段戀情，讓我們能安心相愛。

不管是夢想還是愛情，妳都是我們最重要的見證人。希望妳能帶著自己的幸福，一起來祝福我們，也接受我們最眞摯的祝福。

永遠愛妳。

By 霓色貓咪

就是這張喜帖，讓田在歆重新思索經紀人這份工作在自己心中的定位。最初的她的確是爲了賺錢才決定走上經紀人這條路，但如果讓她重新選擇，她還願意再當一個「造夢者」嗎？

她想，她是願意的。無關薪水、無關環境，她不知道實現自己的夢想會有多快樂，因爲她一直沒有機會體驗，不過她可以肯定的是，作爲推手，幫助別人實現夢想這件事，眞實地給過她快樂。

她不知道這世界缺不缺她這麼一個演員，可她知道，身爲經紀人的她是被這世界需要的。

她其實很喜歡，也享受著這份被需要的感覺。

到底是該爲了那前途未知的夢想放手一搏，還是踏踏實實地在這屬於她的位置盡力揮灑出最豐富的色彩？

她想得出神，忽地聽見包廂木門被拉開的聲響。

「抱歉，讓妳久等了，剛才導演又補拍了幾個鏡頭。」葉書騏進門後就摘下了頭上的棒球帽，雖然半張臉被口罩遮住，但仍舊掩飾不住臉上淡淡的倦色。

田在歆頓時有些內疚，「你忙著拍戲我還找你出來，是我要說抱歉才對。什麼時候要趕回去？」

葉書騏在她對面坐了下來，喝了口玄米茶，「不急，接下來是女主角跟男二的戲分，晚上才會輪到我。」

田在歆朝坐在葉書騏身旁，眼冒愛心的徐娜蓁射出一個警告的眼神後，將菜單擺至他面前，「看看想吃什麼，今天我請客。」

葉書騏又將菜單推了回去，「妳點妳想吃的就好，我最近在控制飲食。」

都已經瘦成這樣了還得控制飲食……田在歆突然覺得自己對秦海鳴眞是無比佛心。

最後葉書騏只點了碗湯，他在食物都上得差不多後，直接切入正題：「妳怎麼會突然想找我聊聊？」

田在歆抿了口茶，正了正神色後緩緩開口：「書騏，你爲什麼想當演員？」

葉書騏顯然沒預料到她會提出這個問題，有些意外地揚起眉，「妳不當經紀人後，決定轉戰娛樂記者？」

她不禁失笑，「我是以朋友的身分問你的，那些官方答案網路上隨便找就一堆了。」

葉書騏點點頭，雙手交疊在桌上思索了片刻，「因爲我有些想說的話、想讓世人知道的事不曉得該怎麼表達，最後發現演戲是最適合我的媒介。」

「儘管你有了今天這樣的成績，你仍是這樣想的嗎？」

「這並不衝突。」他的語氣沒有半點遲疑，「我紅不紅、有沒有得獎和這是兩碼子事。當然，當你成爲有一定地位的演員後，你的影響力變大，就會有更多人接收到你想傳達給他們的東西，但初衷還是不變的。」

「那……像現在這樣大紅大紫，是你成爲演員的目標之一嗎？」

葉書騏搖頭笑了，「這圈子裡很多人就是先後次序擺錯了，所以才會感到痛苦。當你清楚自己爲什麼想當演員、想達到的目的又是什麼，那麼成名只是伴隨而來的贈品。可若要說我從來沒想過，那也是不可能的。不只是演戲，做任何工作都一樣，總是會想做到頂尖並受到認可，這是對自己的努力負責任。我會告訴自己，成名或得獎都是在對我自己負責，而不是對別人的眼光負責，這樣才不會在這條路上迷失。」

田在歆咀嚼著他的話，過了一會兒後，又問出顏睦喬曾丟給她的問題：「那麼你覺得『喜歡演戲』和『想成爲演員』也是兩碼子事嗎？」

葉書騏抿了口茶，聳了聳肩，「這也是先後順序的問題，想成爲演員，一定是喜歡演戲的……我指的是想認眞演戲的演員。但是喜歡演戲不一定要當演員，演員有演員的使命，光只有喜歡是不夠的。」

演員有演員的使命……那麼田在歆，妳曾經思考過妳成爲演員後，將要擔負的使命是什麼嗎？她在心底輕聲問自己。

❤

大幕緩緩降下，遮住了演員鞠躬謝幕的身影，而熱烈的掌聲仍在持續著。

田在歆沒有立刻離席，而是坐在觀眾席上，長長地吐出一口氣。

眞好，青春眞好。雖然這群學生演員們演技的青澀顯而易見，不過這將會是他們一輩子都難忘的演出，畢竟一生中也就這麼一次大學畢業公演了。所有的缺憾，當往後回想起來，都將被記憶罩上美好的濾鏡。

觀眾席的大燈亮起，準備離席的觀眾喧騰聲頓時炸了開來，如同年節前的菜市場一樣。大家摩拳擦掌準備到會客區占個好位子，畢竟此次公演有大半觀眾都是衝著秦海鳴來的，待會的會客時間是拍照送禮和要簽名的最佳時機，不早點卡位那怎麼行？

相較於他們的忙亂，田在歆就顯得格外從容。她慢悠悠地走到場外偏僻無人的樓梯間，席地一坐細細地翻起了節目冊。剛才的演出中有些演員和技術設計者的表現引起了她的興趣，她想多了解這些充滿才氣的孩子們。

她將節目冊的最後一頁也仔細讀完，拿出手機看了看時間。都過了這麼久了，外面的會客群眾應該已經散了吧……她邊想著邊將節目冊收好，揹起包包準備往大廳走去，一雙復古款式的皮鞋卻突然出現在她面前。

田在歆抬起頭，看向還沒換下戲服的秦海鳴，「你怎麼知道我在這裡？」

「猜的，妳那麼怕吵，肯定會在外面那些人離開之前先躲起來。」秦海鳴笑瞇瞇地朝她伸出手，「我的花呢？」

「你敢說你今天收到的花沒有超過二十束？」

「那不一樣，我要妳送的。」

田在歆勾了勾唇角，從包包裡拿出一顆繫著粉紫色緞帶的白花椰菜，「恭喜你終於從這場噩夢中解脫了。」

秦海鳴唇邊的笑容頓時有些僵硬，「妳認真的？」

「本來我想送炸雞花束，但食物不能帶進劇場裡。」她將那顆花椰菜塞進依然愣怔著的秦海鳴手裡，「總是吃肉對身體也不好，得吃點蔬菜平衡一下。」

秦海鳴低頭望著手中的花椰菜，半晌後噗哧一笑。他在她身旁的台階坐下，指尖把玩著那顆花椰菜，有些緊張又有些期盼地囁嚅問道：「我今天……演得怎麼樣？」

「嗯……」田在歆偏頭認真思索了一會兒，「如果人生能重來，求你別讀戲劇系了。」

他的臉立刻垮了下來，「真有那麼差嗎？」

田在歆低低地笑了起來，臉上有著惡作劇得逞的得意，「還不算太壞，勉強給你打個七十分吧。」

「才七十分啊？」秦海鳴耷拉著眉毛。

「你之前連及格邊緣都搆不上。」

她並不是在說好話逗他開心而已，秦海鳴臨時抱佛腳了這幾個月，到眞正上場時總算有點演員的樣子了。

不是說他一夕間就變成了天才演員，而是對比他先前的演技渣模樣，如今的表現至少沒讓她這個老師太丟臉。

見秦海鳴像是吃了糖一樣傻樂著，田在歆抬手用指節輕敲了一下他的額頭，「不要得意忘形，之後還是專心唱歌就好，別妄想踏入戲劇圈。」

「我當然知道。」他揉了揉額頭，接著伸長脖子環視四周，似乎是在找什麼，田在歆卻在這時淡淡開口：「她不在這裡。」

「不在這裡？那是在家嗎？」他有些驚訝，「我以爲娜蓁會想來看我表演。」

「她是想來看你表演的，只是……」田在歆閉上眼睛，嗓音低啞，「她不在了。」

秦海鳴愣愣地張了張唇，許久後才找到自己的聲音，「什麼時候離開的？」

「昨天早上。」她頓了頓，唇邊勾起一抹苦澀的微笑，「她離開前特別交代我，就算今晚你演得再爛，也只能稱讚你。」

秦海鳴笑了出來，眼眶卻是微紅，「果然是我的元老級粉絲。」

「她說，如果下輩子你還唱歌，她依然會做你的腦殘粉。」

秦海鳴點點頭，沒有再多說什麼。兩人就這麼沉默著，不知道過了多久後，他輕聲問：「什麼時候的飛機？」

「……後天。」

「我可以去送妳嗎？」

田在歆望向他，微微一笑，「不行。」

秦海鳴垂下頭，這回答似乎早已在他的預料之中，「那妳什麼時候回來？」

「不曉得，可能很快，也可能會待很長一段時間。」

「……要不然我也去美國發展吧！去那裡學習嘻哈音樂，改當饒舌歌手也不錯。」

田在歆拍了拍他的頭，像在安撫一個無理取鬧的小孩，「好好做你喜歡的音樂就好，哪天你紅到美國去，我在那裡也能經常聽到你的消息了。」

「嗯。」秦海鳴終究還是忍不住了，展臂將她攬入懷中。他的下巴靠在她的肩膀上，低低的聲音帶著隱忍，「到那裡之後，每天都要打電話給我。如果妳真的太累了，至少也傳個訊息。」

「好。」

「如果有外國男人跟妳搭訕，不要理他們，跟他們說妳死會了。」

「好。」

「三餐要記得準時吃，我會不定時開視訊抽檢。」

「好。」

「……不要忘記我，更不要愛上別人。」最後一句他說得很慢，彷彿要將之化成咒語，深深刻進她的腦子裡。

田在歆點了點頭，語氣鄭重，「……好。」

「再見。」

「會再見的。」

尾聲

秦海鳴拉起棉被蒙住頭，不想理會床頭櫃上不斷響著的手機。鈴聲響了一陣子後總算停止，他如獲大赦地翻了個身，沒想到惱人的鈴聲卻又再度響起。

他本打算無視到底，但腦中倏地閃過一種可能，他連忙從床上跳起來，拿起手機一看。

是他的新經紀人阿傑打來的。

秦海鳴心中頓時升起一股淡淡的失落。今天是田在歆飛往美國的日子，因爲擔心他到機場會引起不必要的騷動，也怕兩人見面後會捨不得分開，所以田在歆堅持不讓他去送機。

雖說昨晚兩人已經煲了許久的電話粥，可他依然期待著田在歆在登機之前，至少會打個電話跟他道別。他不敢主動打給她，他怕聽到她的聲音後，會忍不住開口求她留下。

秦海鳴煩躁地抓了抓一頭亂髮，他的初戀今天就要飛往遙遠的美國了，下次再見面也不知道是什麼時候，在這絕望的日子他就不能罷工一天嗎？

他不是很想接阿傑的電話，但想起自己答應過田在歆會替她好好照顧自己，而認眞工作就是照顧好自己的內容之一，他最後還是不情不願地接起了電話，「喂……阿傑哥。」

「海鳴啊，抱歉打擾你休息了。是這樣的，今天早上十點要麻煩你到公司一趟，Alice

待會兒會到你家載你過來。」

「我記得早上不是沒通告嗎？」

「從今天起，你的經紀事項會交由另一位經紀人來打理，因此想請你過來公司和新經紀人見面詳談未來的演藝規畫。」

秦海鳴邊打著哈欠，邊往歌手經紀部的會議室走去。他實在不解為何才換了新經紀人沒多久又要換人，不過除了田在歆以外，君皇娛樂旗下的其他經紀人他都不熟，所以不管是誰來帶他，對他而言其實並沒有差別。

領路的實習生妞妞停在會議室門外，禮貌地敲了敲門，「秦海鳴先生已經到了。」

「請他進來。」裡頭傳來的是一道低沉的女聲。

她一說完話，秦海鳴頓時有些愣怔。傳進耳裡的嗓音十分熟悉，但他又覺得那只是自己太過想念對方所產生的錯覺，畢竟此時此刻她應該已經在飛機上了，怎麼可能會出現在這裡……

他還在恍神，妞妞便已替他打開了門，「秦先生，請進去吧。」

秦海鳴點頭致謝，才剛踏進會議室，就看見坐在桌沿翻看著檔案的田在歆，瞬間定住了腳步。

他就這麼傻站著，半點反應都做不出來。

田在歆闔起手中的檔案夾，扭頭望向他，如往常般輕責道：「跟你說了十點到公司，你自己看看現在都幾點了？」

妞妞安靜地帶上門離開，會議室內頓時只剩他們兩人。秦海鳴嘴唇微張了好半晌，最後才艱難地找回自己的聲音，「……我還沒睡醒嗎？」

田在歆站起身，走上前用力捏了捏他的臉頰，「會痛嗎？」

秦海鳴愣愣地點頭。

「所以這不是作夢。」她瞅著他，眼睛裡是藏不住的笑意。

下一刻，秦海鳴將她緊緊擁入懷中，嗓音帶著餘悸猶存的微顫，「怎麼回事？妳怎麼沒去美國？」

「美國太遠，我發現自己還是想待在這裡。」田在歆語氣平和。那不是妥協，更不是將就，而是終於看清自己內心的輕鬆坦然。

「妳是爲了我留下來的？」

「少自戀了。」她輕嘖一聲，「不過……你當然也是原因之一。」

「是不是因爲我，都不重要，重要的是妳留下來了。」秦海鳴收緊手臂，「今天才臨時決定不走的？」

田在歆搖搖頭，「不是，很早以前就決定不走了。」

秦海鳴傻了幾秒，接著拉開距離，看著她悲憤控訴：「那妳還一直騙我！」

「誰叫你之前一聲不吭就把我炒魷魚了，我當然也要整整你。」田在歆得意地挑了挑眉，「怎麼樣，姊這演技不去好萊塢是有點可惜吧？」

他沒有回話，只是沉默地注視她。田在歆想了想，覺得自己的玩笑確實是開得有些大了，換作是她也要生氣，正要出聲安撫，便聽他緩緩問道：「……不會覺得可惜嗎？」

「當然可惜啊。」田在歆長嘆。

秦海鳴的眸光立刻黯了下來，卻還故作堅強地開口：「妳現在去的話，還來得及。」

「你捨得再讓我走？」看著秦海鳴臉上的糾結，田在歆決定不再繼續折磨他。

她凝視著他的雙眼，一字一句都說得分外鄭重，讓他明白她不是爲了他才放下自己的夢想，這是她經過審慎的思考後，爲自己做的決定，「就像一場作了很久很久的夢，現在醒過來了，不過畢竟那是一個太過華麗的美夢，剛醒來時當然會覺得空虛。可是我終於發現，在那個夢裡一切都是模糊的，只記得那個夢很美，卻無法在裡面看見自己。那是別人的夢，不是我的，比起羨慕別人的美夢，我更想當幫人編織出美夢的人，那才是最舒服自在的我。」

秦海鳴一臉懵然地瞅著她，顯然有聽沒有懂，「剛才那段是……某齣劇的台詞？」

田在歆忍不住失笑，抬手捏了捏他的鼻子，像是在捏小豬一樣，「翻譯成白話就是，我好不容易把你養得這麼白白胖胖，送給別人太可惜了。」

秦海鳴點了點頭，淺淺地笑了開來。

雖然他依舊不太明白田在歆那段話的意思，但那又有什麼關係呢？他知道她做出了自己的決定，而他只需要傾聽她、支持她、陪伴她就好。

將來還有很多很多的時間讓他去學習理解她，一切都不急。

他握住捏著他鼻尖的那隻手，移到唇邊親了親，「既然我已經被妳養得白白胖胖，那是不是可以吃了？」

田在歆猛地一嗆，「秦海鳴，我不在的這段時間你去哪裡學壞了？」

他挪開手，這次直接低頭貼上她的唇，「……我本來就很壞。」

❤

「小歆姊姊，謝謝妳，還有對不起。」徐娜蓁倚坐在床邊，望著從昨天晚上開始就沒有離開過書桌的田在歆，虛弱地緩緩開口。

田在歆仍努力擦著最後一張畫稿的鉛筆線，沒空回頭看她，「有什麼好對不起的，是我自願幫妳的。」

「可是，都是因爲要幫我參加這個漫畫比賽，妳才放棄了去美國徵選的機會。」

「妳只是原因之一，不用把自己看得那麼重要。」田在歆終於扭過頭朝她翻了個白眼。

徐娜蓁微微彎起了嘴角。她知道田在歆這麼說，是爲了減輕她的愧疚感。

她可能不是田在歆放棄追逐演員夢的唯一原因，但若不是爲了趕上比賽的截稿日，田在歆也不一定非要現在就放棄機會。

她終於想起了自己在這世上還有什麼事情沒有完成。和田在歆待在她桃園老家休假的那段日子，她從田在歆的姊姊，田家怡手中的漫畫上偶然看到了漫畫比賽的廣告，於是記憶就在那瞬間復甦了。

她一直很想參加一個長年舉辦的原創漫畫大賞，以前她喜歡的漫畫家都是從那裡出道的。

她的童年大多是一個人度過，爸爸總是忙著打理生意，在外頭出差的日子恐怕要比他待在家的時間來得多，而媽媽一心沉浸於自己的繪畫世界，對任何事都漠不關心，就連她也不例外。只有舅舅顏睦喬偶爾會來陪她玩，但舅舅也有自己的事情要忙，不能每天和她待在一起。

每當這個時候，她就看漫畫。那時的她總覺得漫畫家就是魔法師，能將人帶進另一個世界，一個只充滿歡樂和笑聲的世界，讓她暫時忘記現實生活中無止盡的孤單和寂寞。

或許是繼承了名國畫家母親顏青荷的繪畫細胞，她自幼就展現了卓越的繪畫天分。她的父親曾經想讓她走上母親的路，培養她成爲下一顆國畫界的新星，她卻完全沒有這個打算，甚至可說是相當抗拒。

那時她還太小，不曉得「憂鬱症」這個名詞到底是怎麼回事，可是她知道，一直在畫畫的媽媽其實並不開心。

她不清楚媽媽是因爲畫畫才不開心，還是因爲不開心所以才畫畫，她只隱約感覺出當一個大名鼎鼎的國畫家是件非常痛苦的事。

但是畫漫畫就不一樣了。在她媽媽生病生得最嚴重的那段期間，她從漫畫雜誌上看到了原創漫畫大賞的宣傳後就一直很想參加。她想透過這個漫畫比賽出道，發行自己的漫畫單行本，然後再拿給她媽媽看，她想媽媽看完後一定會開心起來的。

只是那個比賽參賽的最低年齡限制是十四歲，而她當時還太小無法參賽。她告訴自己再等等，再等兩年她就能參加了，然而還沒等到那時候，她媽媽便已自殺離世。

在那之後，她爸爸就很厭惡「畫畫」這件事，認爲她母親之所以會得憂鬱症，全是因爲畫畫所造成的心病，於是將家裡一切和繪畫有關的事物統統丟棄，也不准她再畫畫，就連畫漫畫也被禁止。

她畫漫畫本來就是爲了哄媽媽開心，現在她媽媽都死了，她也沒理由再繼續畫下去了。久而久之，她漸漸忘了自己曾經喜歡畫漫畫，卻沒想到這件事其實一直藏在她心底深處，成爲她揮之不去的執念。

她始終沒給自己一個交代，沒給她死去的媽媽一個交代，所以她才會逗留在人間無法投胎。

如今的她已經到了可以參賽的年紀了，可她只剩下一個虛無縹緲的靈魂，又要如何重拾畫筆呢？

田在歆卻在這時主動開口，表示願意借出身體，幫助她實現夢想。

她要附身到田在歆身上並不是件容易的事，但若是田在歆本人心甘情願，那又是另一回事了。

一個人的身體要當兩個人用，田在歆縱然是鐵打的身子也有些吃力，更何況還是趕漫畫稿這樣高強度的工作。起初徐娜蓁怕田在歆的身體負荷不了，只在白天借用她的身體，夜晚就讓她好好休息，然而隨著漫畫比賽的截稿日在即，連田在歆都感受到了緊迫的進度壓力，就要求徐娜蓁不要浪費時間，能用她的身體多畫一些是一些。

看著田在歆臉上的黑眼圈一天比一天重，徐娜蓁心裡滿是說不出的感動。這個大姊姊雖然嘴上總嫌她煩，卻願意爲了幫她完成夢想而這般拚命。

隨著田在歆身體的疲憊程度增加，徐娜蓁要進出田在歆的身體理應變得愈來愈容易，但到了後期，徐娜蓁的狀況每況愈下。而就在兩天前，她已經完全沒有精力附身了。

所幸剩下的都只是些貼網點、擦鉛筆線、塗黑之類較爲簡單的工作，田在歆自己摸索著也能完成，所以直到現在，一直是由田在歆接棒，獨自替她作畫。

這段日子以來，徐娜蓁每天都能清楚地感覺到自己比前一天又更加虛弱了一點。那種感受很微妙，明明知道自己存在的時間在一天天消逝，卻又覺得日子一天比一天過得更加充實了。

她已經好久好久沒有爲自己這麼認眞地做過一件事了，而這次，她還有了並肩作戰的戰友。

她覺得自己沒有什麼好遺憾的了。

「終於完成了！」田在歆扔下手中的橡皮擦，甩了甩麻到快沒有知覺的右手，紅著眼睛長吼一聲。

徐娜蓁想要湊過去看看，但她發現自己已經沒有力氣移動了。

她低頭望著逐漸變得透明的雙手，聲音有些發顫，「小歆姊姊，妳覺得我的作品……能入圍嗎？」

她已經有好多年沒有拾起畫筆了，她如今的水準如何，其實她自己心裡也沒有個底。

「妳的願望是拿到冠軍嗎？」田在歆忙著整理畫稿準備寄出，沒有注意到她的異狀。

徐娜蓁想了想，搖搖頭，「不是，我的願望是參加，然後完成。」

「那不就對了。有姊在，怕什麼？」

徐娜蓁費力地彎了彎唇角，正想說點什麼，就聽見田在歆語氣認眞地繼續說：「不過以一個讀者的角度來看，妳的故事很有趣，至少我很喜歡。」

徐娜蓁的參賽作品取名爲《誰的情歌那麼甜》，故事講的就是她們兩個還有秦海鳴之間的故事。

明明是田在歆也經歷過的事情，然而不知爲何，從徐娜蓁的敘事角度看來，每件事都變得格外歡樂有趣。

雖然……田在歆嚴重懷疑她基於私心，把漫畫裡的迷妹鬼魂畫得比經紀人姊姊還要漂亮可愛許多，並且扭曲事實，讓故事裡的大明星最後愛上了迷妹。可整體讀下來，是部會讓人看了會心一笑，心裡暖暖甜甜的輕鬆小品。

徐娜蓁愣了片刻，笑意漸漸盈滿眼底，「那要不要我先幫妳簽名啊？妳也知道這世上大部分的畫家都是死後才成名的，說不定以後我的簽名會很值錢……」

「用我的手簽給我自己？」田在歆笑著扭頭回去看她，這才發現徐娜蓁的整個身體已經呈現半透明狀態，早晨的陽光從窗戶灑進來，直接穿透了她的身體，落在被單上。

田在歆放下畫稿，急忙跑到徐娜蓁身邊。

「小歆姊姊……我好像……要離開了……」徐娜蓁努力朝田在歆擠出一個笑容。

「還沒有揭曉比賽結果，妳不能再多待一會兒嗎？」儘管早已有心理準備，田在歆還是慌了。

徐娜蓁輕輕搖了搖頭，「這樣就夠了……小歆姊姊，妳能夠幫我做幾件事情嗎？」

田在歆哽咽著點頭，「妳說，我都幫妳做。」

「我來不及去看海鳴哥哥的畢業公演了……不管他演得怎麼樣，一定要稱讚他。」

「好。」

「幫我告訴他，如果下輩子他還唱歌……我依然會做他的腦殘粉。」

「好。」

「有空幫我多去看看舅舅……雖然你們當不成戀人，但他會是一個很好的朋友。」

「好。」

「路口那間便利商店……裡面有個女鬼叫做阿宛。雖然妳看不見她，可是她看得見妳……幫我跟她說聲再見。」

「好。」

徐娜蓁緩緩轉頭望向窗外燦爛的陽光，接著閉起眼睛，深深吸了口氣，「好久沒有聞到陽光的味道了……」

田在歆明白分別的時刻就要到了，她虛虛地攏住徐娜蓁早已沒了實體的手，啞聲問：「妳還有什麼願望沒說嗎？」

徐娜蓁回過頭，瞅著田在歆，狡黠地勾起嘴角，「差點忘了，如果比賽有得名，拿到獎金的話……記得換成金紙燒給我……我好帶去地府賄賂閻羅王。」

即便已經滿臉淚水，田在歆還是忍不住失笑道：「妳想賄賂閻羅王什麼？」

「我想請求祂……下輩子一定要給我一個像妳這麼好的姊姊。」

全文完

後記

一起坦率地對待夢想吧

直到把初稿交給責編時，我都以爲自己寫的是一個「有夢就要去追」的熱血故事，但編輯看完卻告訴我，她覺得這個故事沒辦法讓人留下感同身受的深刻印象。那時候我就一直在思考，到底是哪裡出了問題呢？不斷撞牆的我最後又重看了一遍我很喜愛的日劇《重版出來》，最後在某個安靜的深夜裡，豁然開朗。

在《重版出來》第七集裡，新人漫畫家中田伯問了三藏山龍老師的首席助手沼田渡一句話：「那個NAME（漫畫分鏡圖），你不畫出來嗎？」，沼田回了他一句：「要畫我早畫了。」在這部日劇裡，我最心疼的就是沼田這個角色，他將所有心力投入漫畫，覺得追逐著夢想的自己是偉大的、特別的，和那些屈服於現實的上班族不一樣，就算身邊的同伴們一個個出道了，就算總是遇不到欣賞他的編輯，總有一天、總有一天他一定會成功的。

他不斷用「總有一天」這個魔咒催眠自己，卻只敢把作品深鎖在自己的抽屜裡。在這世上千千萬萬個追夢者裡，像中田伯這樣的天才是少數，大部分的人都是沼田渡。包括田在歆。

我曾經在書上看到這麼一段話：「寫作就像是裸體走大街：無關風格、無關類型，但關乎誠實。對自己誠實，不管你在做什麼，都要誠實以對。」於是，重新修稿時，我試著把一直披在身上的防護衣扯掉，讓田在歆誠實，讓自己誠實。

在創作這個故事的期間，大多時候是不太舒服甚至是痛苦的。一來，是因爲我初出社會，在平衡工作和寫作上遇到了很大的困難，不只沒有時間寫作，心情也浮躁不定，關於這方面眞的很感謝編輯在那段時間的體諒和鼓勵；二來，這是一個需要不斷和自己對話的故事，我必須去面對那些醜陋可恥的情緒，以及學會跟它和解。如果是看過我上一本書《少女心缺乏症候群》的讀者們，應該已從後記得知我是以自己爲原型，創造出女主角「宥哥」這個角色，而在這本書裡，田在歆也是某種程度上的我，只不過「宥哥」是經過美圖秀秀後製的我，田在歆則是沒有修圖過的、既膽小又不坦率的我。（但田在歆的演員夢不是我的，這並不是自傳，請放心。）

無論你們喜不喜歡這本書，至少我在創作這個故事的期間有了一些成長，也更加認識自己，希望你們看完這本書後，也能帶點什麼回到各自的生活中。

嚴肅的部分說完了，接下來我們來聊聊角色們吧！在閱讀故事的過程中，你們可能會覺得男主角秦海鳴一直給人一種熟悉的感覺。沒錯，他是有原型的。在讀大學的最後一年裡，我經歷了前所未有的迷茫期，一想到「畢業即失業」就覺得無比害怕，每天都在懷疑自己、懷疑人生。就在這時，我偶然聽到一位大陸男歌手華晨宇（花花）的歌，以往我其實不怎麼聽這種類型的歌，但在那個階段，花花的每一首歌都給了我莫大的鼓勵。之後我幾乎看遍了他所有的唱歌影片，眞是一入坑就出不來了，我忽然發現他台上台下的反差萌太迷人了，於是下定決心一定要寫個像他這樣的角色！所以我採用了花花身上的某些特質，創造出海鳴弟弟這個男主角。不過我要再三強調，這只是用花花的部分特點作爲主角原型創作的全新故事，並不是同人文，粉絲們請別罵我毀男神！

前段後記說的那些都是浮雲，其實這本書最大的宗旨就是：安利花花！如果你還不是粉絲，卻喜歡海鳴這個男主角，請快點去聽他的歌，你一定會愛上的；如果你已經是他的粉絲……火星人我也在這裡啊！（激動揮帕）

至於迷妹徐娜蓁小妹妹，那眞是一個讓我又愛又恨的角色。作爲一個迷妹有多不容易，身爲少女心缺乏症候群重度患者的我根本很難有所體會，頂多就是以偶像爲原型寫一本小說而已，哈哈哈，所以如果沒能精準呈現出迷妹的精髓，還請大家多多包涵，我眞的盡力了！

還有很多話沒說，可是眼看又要爆字數了，最後速速地感謝這本書的責編思涵及明珍，謝謝我的家人，以及看到這裡的每一個你們，謝謝華晨宇（很重要）。

希望我們還會再見。

蘭緗

國家圖書館出版品預行編目資料

誰的情歌那麼甜／蘭緗著. -- 初版. -- 臺北市；城邦原創出版：家庭傳媒城邦分公司發行, 民 107.06
面；　公分

ISBN 978-986-96522-1-6（平裝）

857.7　　107009079

誰的情歌那麼甜

作　　者／蘭緗
企畫選書／楊馥蔓
責任編輯／許明珍、陳思涵

行銷業務／林政杰
總 編 輯／楊馥蔓
總 經 理／伍文翠
發 行 人／何飛鵬
法律顧問／元禾法律事務所　王子文律師
出　　版／城邦原創股份有限公司
台北市中山區民生東路二段 141 號 6 樓
電話：(02) 2509-5506　傳眞：(02) 2500-1933
E-mail：service@popo.tw
發　　行／英屬蓋曼群島商家庭傳媒股份有限公司城邦分公司
聯絡地址：台北市中山區民生東路二段 141 號 11 樓
書虫客服服務專線：(02) 25007718・(02) 25007719
24小時傳眞服務：(02) 25001990・(02) 25001991
服務時間：週一至週五09:30-12:00・13:30-17:00
郵撥帳號：19863813　戶名：書虫股份有限公司
讀者服務信箱 email：service@readingclub.com.tw
城邦讀書花園網址：www.cite.com.tw
香港發行所／城邦（香港）出版集團有限公司
地址：香港灣仔駱克道 193 號東超商業中心 1 樓
email：hkcite@biznetvigator.com
電話：(852)25086231　傳眞：(852) 25789337
馬新發行所／城邦（馬新）出版集團 Cité(M)Sdn. Bhd.
41, Jalan Radin Anum, Bandar Baru Sri Petaling,
57000 Kuala Lumpur, Malaysia.
電話：(603) 90578822　傳眞：(603) 90576622
email:cite@cite.com.my

封面設計／黃聖文
印　　刷／漾格科技股份有限公司
電腦排版／陳瑜安
經 銷 商／聯合發行股份有限公司
客服專線：(02)2917-8022　傳眞：(02)2911-0053

■ 2018 年（民 107）6 月初版　　Printed in Taiwan

定價／260元

ISBN　978-986-96522-1-6

POPO城邦原創 www.popo.tw　城邦讀書花園 www.cite.com.tw

本書如有缺頁、倒裝，請來信至service@popo.tw，會有專人協助換書事宜，謝謝！